Buch der bösen Träume

Hrsg.: David Führt

AF221109

BUCH DER BÖSEN TRÄUME

Juliette Manuaela Braatz

Charly Essenwanger

David Führt

Simon Geraedts

Sarah Hagemeister

Fiona Limar

Sandy Mercier

Drea Summer

Nadine Teuber

BUCH DER BÖSEN TRÄUME
1. Auflage
(Deutsche Erstausgabe)
Copyright © 2020 dieser Ausgabe bei den Autoren
Satz: Nadine Teuber
Umschlaggestaltung und Konzeption: HollandDesign

Herstellung und Verlag: BoD – Books on Demand, Norderstedt

ISBN: 9783752859195
Auch als E-Book verfügbar

Ein Gemeinschaftsprojekt von:
Juliette Manuaela Braatz, Charly Essenwanger, David Führt, Simon Geraedts, Sarah Hagemeister, Fiona Limar, Sandy Mercier, Drea Summer und Nadine Teuber

Herausgeber: David Führt
Margarethenstr. 16
99820 Hörselberg-Hainich

Inhalt

Vorwort

Kurzgeschichten sind kurz. Dieser banale Umstand schreckt viele Leser ab, jener außergewöhnlichen literarischen Gattung die nötige Aufmerksamkeit zu schenken. Dabei ist es eine hohe Kunst, sich kurzzufassen. Auf den Spuren von Edgar Allan Poe, F. Scott Fitzgerald und Ernest Hemingway befasste ich mich anno 2018 erstmalig mit ebensolchen Prosatexten. Schnell stellte ich fest, dass es nicht leicht ist, eine Handlung ohne Einleitung und Hintergründe, dafür mit jeder Menge Metaphern und dichter Subtilität so zu erzählen, dass Leser dennoch meine Botschaft verstehen und vor allem unterhalten werden – und das, obwohl ich generell schnörkelfrei sowie pointiert schreibe. Im Strange Tales Club ist es mir eine große Freude, mit meinen Kollegen dieses »kurz« zu bewältigen. Wir #BookBitches arbeiten derzeit ebenfalls an Short Stories, wobei nicht jede von uns gleich begeistert war. Denn tatsächlich treibt es vielen Autoren den kalten Angstschweiß auf die Stirn, wenn sie sich kurzfassen sollen. Insbesondere im sehr komplexen Genre Thriller ist dies eine Meisterleistung. Ohne großes Setting und mit nur wenigen Worten einen Spannungsbogen aufzubauen, kann wahrlich nicht jeder.
Und genau deshalb präsentiere ich euch, liebe LeserInnen, gern und voller Respekt diese fulminante Anthologie großartiger Vertreter der Spannungsliteratur. Neun Autoren, neun

Kurzgeschichten, neun Albträume, die unterschiedlicher nicht sein können. Juliette Manuela Braatz, Sarah Hagemeister, Simon Geraedts, Drea Summer, Ilona Salz, Charly Essenwanger, die beiden #BookBitches Nadine Teuber und Sandy Mercier sowie Herausgeber David Führt haben sich auf besondere Weise der Herausforderung gestellt und nehmen euch nun mit ins Land der bösen Träume ...

Ich wünsche Gänsehaut und verstörende Unterhaltung!
Eure Mari März

Juliette Manuela Braatz

Juliette M. Braatz, Jahrgang 1982, arbeitete viele Jahre im Hotelfach und wechselte 2014 in die Redaktion eines TV- und Radiosenders im Ruhrgebiet. In ihrer Freizeit schreibt sie Gedichte, Songtexte und betreibt einen erfolgreichen Buchblog. »After Dark« ist ihre zweite Kurzgeschichte für eine Anthologie. Derzeit arbeitet sie an ihrem ersten eigenen Buch, das über einen Verlag publiziert wird.

AFTER DARK

NACH EINBRUCH DER DUNKELHEIT

»Bei Tage ist es kinderleicht, die Dinge nüchtern und unsentimental zu sehen. Nachts ist das eine ganz andere Geschichte.«

Ernest Hemingway

Eins

Ein erstickter Schrei durchdrang die Nacht. Nur drei oder vier Sekunden lang, die ihm wie eine Ewigkeit vorkamen. Dann kehrte die bedrohliche Stille am alten Stadtmauerwerk zurück und mit ihr die Ungewissheit.

Stand sie wirklich vor ihm? In der feuchten und mit Wassertropfen übersättigten Luft hatte sich dichter Nebel gebildet. Dennoch nahm er ihren roten knöchellangen Stoffmantel wahr. Der eisige Novemberwind spielte mit ihren schwarzen Locken, die ihr über die Schultern fielen.

Der Geruch von modrigem Herbstlaub vermischte sich mit ihrem Parfum: Jasminblüte, die das Herz öffnen und verführen sollte. Tief atmete er den süßlichen Duft ein. Er wurde sich des Augenblickes bewusst. Dem Hier und Jetzt. Sie stand direkt vor ihm, das bildete er sich nicht ein. Doch als er abermals seine Hand nach ihr ausstreckte, wich sie ein paar Schritte zurück. Je näher er ihr kam, desto verschwommener wurden ihre Umrisse – bis ihre Silhouette in dichten Nebelschwaden zu verblassen drohte.

»Ich will doch nur mit dir reden!« In der männlichen Stimme schwang Ärger mit. War das seine Stimme?

»Können wir uns nicht für einen Moment vertragen und darüber reden?«

Wieder wich sie einen zaghaften Schritt zurück und verschränkte die Arme vor der Brust.

»Nein! Wir haben genug geredet. Ich bin deine Eifersuchtsszenen leid, deine Wutausbrüche und deine Handgreiflichkeiten. Du wirst mich nie wieder anfassen!«

Sie deutete mit dem Zeigefinger auf ihn, um ihren Worten Nachdruck zu verleihen.

»Komme mir noch einmal zu nahe und ich rufe die Polizei!« Sie durchbohrte ihn regelrecht mit ihrem stechenden Blick.

Sein Schädel brummte. Schon wieder hatte er zu viel getrunken. Seine Leber dürfte mittlerweile völlig hinüber sein, so sehr hatte er sie in den letzten Monaten beansprucht. Das letzte Highlight in seinem kümmerlichen Leben würde er nicht aufgeben, nur weil irgendwelche Organe in ihm nicht klarkamen. Sicher nicht. Das willkürliche Durcheinander von Spirituosen auf seiner Zunge ließ ihn würgen.

»Ganz vorsichtig, du Drecksstück! Von Huren lasse ich mir nichts vorschreiben. Sei gefälligst dankbar für die Scheißkohle, die ich dir in den Arsch gesteckt habe!«

Seine Stimme überschlug sich vor Wut.

Die Hure schnaubte verächtlich.

»Dankbar? Für was genau? Dass ich bei deinen perversen Spielchen mitmachen durfte? Dass du ohne Tabletten keinen mehr hochbekommst? Hey, vielleicht sollte ich das deinen Freunden erzählen.« Sie lachte laut auf. »Da ist bestimmt jemand dabei, der dir helfen kann. Oder nimm deine *Scheißkohle* und stecke sie dir in deinen eigenen fetten Ars...«

Ihr Wutausbruch wurde von einem Geräusch unterbrochen, das klang, als würde ein Stück Feuerholz brechen. Dann fiel sie mit einer absurden Verrenkung rückwärts, während sie sich eine Hand vor die Nase hielt. Ein roter Umriss, der schreiend nach hinten kippte und wie ein großer Sack im feuchten Laub landete. Für einen Augenblick blieb die Zeit stehen.

Fasziniert betrachtete er das Stillleben vor sich, wie ein Künstler seine Leinwand mit den getupften Farbklecksen und langgezogenen Pinselstrichen. Sie war wunderschön, wie sie da vor ihm auf dem Boden lag.

Fast folgte er dem Drang, die Konturen ihrer feinen Gesichtszüge mit seinem Zeigefinger nachzuzeichnen, als ein Stöhnen ihrer Kehle entwich. Blut schoss aus ihrer Nase und lief ihr über den Mund, das Kinn und sickerte auf ihren Mantel – Rot auf Rot, nahezu unsichtbar. Sie starrte ihren Angreifer mit glasigen Augen an, wirkte desorientiert und benommen.

»Au! Du hast mir die Nase gebrochen!«

Ihre Stimme klang schmerzverzerrt und Blutbläschen bildeten sich beim Sprechen zwischen ihren Lippen.

»Was hast du vor? Bi... bitte, bitte, lass mich gehen«, wimmerte sie undeutlich. »Ich schwöre, ich ... ich werde niemandem etwas erzählen. Ich gehe durch das Tor und du wirst nie wieder ...«

Eine Hand hob wie von selbst einen kantigen, handflächengroßen Stein auf, streckte sich dem aschgrauen Himmel entgegen, bevor sie mit

Wucht auf den Kopf der Hure niederschlug. Immer und immer wieder.

Vor ihm offenbarte sich ein zweites Gemälde: Der Künstler hatte das Pflaster in satten Rottönen gefärbt. Blut. Überall war Blut. Es tropfte von dem feuchten Laub, rann über das Kopfsteinpflaster und verlor sich in der Dunkelheit. In seinem Magen rumorte der Ekel. Galle stieg in seinem Mund hoch, bis er sie im Schwall erbrach.

***

Seine Lider zuckten und er öffnete die Augen. So endete es jedes Mal. Schweißgebadet lag er in seinem klapprigen Bett, starrte in die Dunkelheit. Sein magerer Körper zitterte. Das klamme Bettlaken klebte an seinem Rücken wie eine zweite Haut. Sein Rachen kratzte trocken. Ein Blick auf den Wecker verriet ihm, dass es erst zwei Uhr morgens war.

Mit seiner rechten Hand tastete er nach der Leuchte auf dem Nachttisch. Ein paarmal flackerte die Glühbirne, bis sie begleitet von einem leisen Surren aufhellte und ausreichend Licht spendete, sodass er die Weinflasche auf dem Boden fand und aufhob. *Ein paar Schlucke nur*, sagte er sich. Genug, um diesen Albtraum zu ertränken – und mit ihm die quälenden Fragen. Wer war diese Frau? Das Gefühl, sie zu kennen, ließ ihn einfach nicht los.

War es wirklich ein Albtraum, ein Hirngespinst, mit dem sein überanstrengter, wirrer

Verstand ihn peinigte? Oder eine Erinnerung, die er nicht recht zu fassen bekam? Was zum Teufel hatte er getan? Wieder schmeckte er bittere Magensäure. Diesmal war sie real. Mit zittrigen Händen stellte er die Weinflasche auf den Nachttisch und griff zum Wasserglas, das bis oben hin gefüllt danebenstand.

Verdammt, womit hatte er letzte Nacht die Schmerztabletten runtergespült? Das Saufen musste aufhören. Er sollte dringend mit jemandem darüber reden. Morgen vielleicht. Nachdem er einen Schluck Wasser getrunken hatte, lehnte er sich zurück und schloss die Augen, hoffte auf Schlaf ohne Träume.

Dunkelheit.

Zwei

»Du hast schon mal besser ausgesehen, Kumpel.«

Der leichte freundschaftliche Schlag von Ben auf seinen Rücken fühlte sich für Michael an wie ein Peitschenhieb. Brummend zuckte er zusammen.

»War 'ne lange Nacht.«

»Überrascht mich jetzt nicht. Du hattest schon etliche lange Nächte, seit Katharina dich verlassen hat.«

Der Klang ihres Namens ließ sein Herz verkrampfen. Noch nie hatte er so tiefe Reue empfunden.

»Es ist fünf Uhr morgens.«

»Und?«

»Halt einfach die Fresse und lass uns reingehen.«

Wie auf Kommando ertönte eine Sirene – das Signal dafür, dass jeder in der Zink-Fabrik sich an seinem Platz einfinden und an die Arbeit machen sollte.

Nicht nur in der Fabrik war alles streng getaktet. Während die Männer – oft bis zu dreizehn Stunden lang – Zinkschrott schmolzen und anschließend zu Barren gossen, begann auch draußen in Pottsfield der Tag. Die Morgendämmerung verzog sich gemächlich und gab den Blick frei auf die Plattenbauten, die eigens für die Arbeiter errichtet worden waren. Grau in Grau streckten sie sich empor und überschatteten die ohnehin schon trostlos wirkende Arbeiterstadt.

So trüb wie dieser Morgen, war auch die immerwährende Stimmung. Zwar hatte Pottsfield alles, was eine Stadt brauchte, aber man kam nur her, wenn man in der richtigen Welt keinen Platz mehr fand. Zahlreiche verlorene Seelen suchten hier eine Beschäftigung mit Unterkunft. Eine Zukunft. Und was fanden sie? Schwere Arbeit.

Nicht umsonst hieß es Schwerindustrie. Das Werkzeug war schwer, das Material war schwer, auch die Arbeitsbedingungen waren schwer. Die Luft war giftig; die Messwerte des Dioxins lagen dauerhaft über dem Grenzwert. Viele Arbeiter waren nicht ausgebildet, doch man brauchte sie für die Hilfstätigkeiten, die zu verrichten waren. Dafür wurden sie übertariflich entlohnt.

Die Tage zogen ins Land. Die Bedeutungslosigkeit, die von allem ausging, war den Bewohnern von Pottsfield längst ins Blut übergegangen. Wer Glück hatte, bewohnte eines der kleinen Reihenhäuser am Stadtrand. Weit weg von der Fabrik, deren Schornsteine ständig qualmten und hässliche Rauchwolken in den Himmel pusteten. Und weit weg von der Sirene, die bedrohlich in die Welt hinausschallte wie das Nebelhorn eines Kreuzfahrtschiffes, das den Aufbruch in ein neues Abenteuer verkündete.

Eines, das keinem von ihnen jemals beschieden sein würde, weil sie hier festsaßen und womöglich niemals von hier wegkommen würden. Pottsfield zog viele Menschen wegen der guten Bezahlung an, aber kaum einer brachte die Motivation auf, die Stadt wieder zu verlassen.

Rasen an Rasen, den Briefkasten exakt zehn Zentimeter vom Bürgersteig entfernt, kümmerten sich die Ehefrauen darum, dem Mann ein gemütliches Zuhause zu bieten.

Die alleinstehenden Männer fristeten ihr Dasein in den fahlen Wohnanlagen, die die Straßen zur Fabrik säumten wie eine Allee aus Beton. Nicht nur außerhalb, sondern auch hinter den Mauern war alles von derselben Tristesse.

Allesamt gleich karg eingerichtet. Keines glich einem warmen und gemütlichen Zuhause, sondern erinnerte eher an eine trostlose, kalte Zelle. In der Zeit zwischen den 13-Stunden-Schichten schliefen die Männer oder saßen oft nur herum, bis die Sirene das nächste Mal heulte und sie zurück in die Fabrik beorderte.

Die Freizeitangebote lockten niemanden aus seinen vier Wänden. Niemand besuchte den Sportplatz, die Gartenanlage oder das Schwimmbad. Die schwere körperliche Arbeit hinterließ ihre Spuren. Die Männer waren erschöpft, wollten in Ruhe den Abend ausklingen lassen und sich mit einem Feierabendbier belohnen. Der Pub war zu jeder Tages- und Nachtzeit gut besucht.

»Hattest du wieder diesen Albtraum?«

Ben, sein Kollege – und irgendwie auch sein bester Freund –, musterte ihn mit sorgenvollen Augen, während sie zu den heißen Öfen in der riesigen Halle schlurften. Die Herzstücke der Fabrik.

»Hatte ich.«

»Und hast du vor, etwas dagegen zu unternehmen? Wie lange geht das schon so?«

Ben zählte offenbar in Gedanken und verwendete dazu die Finger seiner linken Hand. Bis zum Ringfinger kam er. Vier Tage also. Die Zeit kam ihm länger vor. Michael fühlte sich ausgelaugt, als hätte ihn eine kräftezehrende Krankheit heimgesucht, die nach und nach jede Energie und alles Leben in ihm zu ersticken drohte.

»Ich habe es dir schon mehrfach gesagt.« Ben blickte ihn ernst an: »Rede mit Dr. Thompson. Er ist auf diese Traumscheiße spezialisiert und kann dir sicher helfen.«

»Was soll ich denn bei dem Quacksalber?« Dr. Thompson, der einzige Psychiater in dieser gottverlassenen Stadt.

Das Letzte, wonach ihm der Sinn stand, war, sich von diesem Seelenklempner in seinem Unterbewusstsein rumpfuschen zu lassen. »Dem zahle ich ein Heidengeld, nur damit ich bei ihm auf der Couch liegen darf. Das kann ich zu Hause umsonst haben.«

Aber in Wirklichkeit ging es ihm nicht um das Geld. Vor Ben wollte er es nicht zugeben. Aber er fürchtete sich davor, mit Thompson zu sprechen, fürchtete sich vor dem, was dabei vielleicht an die Oberfläche treten würde. Aber er wusste, er hatte keine Wahl. Thompson war der Einzige, der ihm helfen konnte. Wenn es überhaupt jemanden gab, der dazu in der Lage war.

Wenn es nämlich so weiterging — ihm grauste bei dem Gedanken, jede weitere Nacht seines Lebens von diesem Albtraum geplagt zu werden. Diese schrecklichen Bilder zu sehen, die Stimmen zu hören. Immer und immer wieder. »Ja, okay, ich werde zu ihm gehen.«

Bis eben war es nur eine vage Überlegung in seinem Hinterkopf gewesen, denn Michael wusste bei bestem Willen nicht, wie er das, was er durchmachte, überhaupt erklären sollte. Doch nun hatte er die Worte ausgesprochen und ihm war klar, dass Ben ihm nun regelmäßig damit auf die Nerven gehen würde, wenn er den Psychiater nicht aufsuchte.

»Michael, das ist großartig! Ein wichtiger Schritt in die richtige Richtung. Ich bin stolz auf dich. Und vielleicht kann dir Katharina verzeihen und gibt dir noch eine Chance, wer weiß?« Ben wirkte sichtlich begeistert.

»Jetzt verarsch mich nicht ...«

Ben boxte ihm gegen die Schulter.

»Gib die Hoffnung nicht auf! Wenn ich dich begleiten soll, gib mir Bescheid. Überhaupt kein Problem, Kumpel.«

»Seid ihr unter die Schwuchteln gegangen? Wohin begleiten? Aufs Klo?«

Ethan, der das Gespräch mitverfolgte, machte eine Blase mit seinem Kaugummi, ließ sie geräuschvoll platzen und musterte Michael dabei von oben bis unten. »Du konntest es deiner Verlobten wohl nicht anständig besorgen, was?«

Aus Sorge, Michael könnte dem Arsch eine verpassen, stellte sich Ben zwischen die beiden.

»Und aus Frust hast du sie grün und blau geschlagen«. Ethan grinste schief.

Ben machte einen entsetzten Gesichtsausdruck, sah sich eilig um und hob den Zeigefinger an seine Lippen, um ein *Pssscht* hervorzupressen. Er sah die Faust nicht kommen. Michael hatte sich nicht mehr beherrschen können. Die Erinnerungen an Katharina waren einfach unerträglich, alles in ihm wehrte sich dagegen. Und doch musste er zugeben, dass Ethan vielleicht recht hatte, er und alle anderen in dieser beschissenen Stadt, die ihn für ein Monster hielten, für einen Frauenschläger.

Die Polizei hatte ihn bisher nicht verhaften können, weil eindeutige Beweise fehlten. Niemand brachte seine Verlobte dazu, eine Aussage zu tätigen. Michael fragte sich selbst nach dem Warum. Darüber schwieg sie hartnäckig.

Ben hatte recht. So konnte er nicht weitermachen. Sich diesen Träumen zu stellen, sich mit der Vergangenheit auseinanderzusetzen, war der einzige Weg, sich von allem zu befreien. Er schaute auf. Ethan hielt sich das Kinn, das womöglich bald in bunten Farben zu bestaunen war. Dann zog er seine dicken Schutzhandschuhe aus und ließ sie auf den Boden fallen, um beide Hände zu Fäusten zu ballen, doch bevor er auf Michael einschlagen konnte, eilte der Schichtleiter zu ihnen herüber.

Keiner der Männer hatte den Pulk bemerkt, der sich mittlerweile um sie geschart hatte. Eine

Prügelei machte die Maloche um einiges erträglicher und unterhaltsamer.

»Ihr werdet nicht fürs Rumstehen bezahlt. Macht euch an die Arbeit oder verpisst euch! Ich kann keine Faultiere hier gebrauchen. Verstanden?«

So schnell, wie die Männer zum Gaffen herkamen, so schnell waren sie auch wieder verschwunden. Man konnte es sich nicht leisten, rausgeworfen zu werden. Die Arbeit war wichtiger. Zumindest wichtiger als drei Idioten, die sich anpöbelten.

Ethan spuckte Michael vor die Füße.

»Schon gut, Chef. Ich lass die zwei Schwuchteln in Ruhe. Ist mir doch scheißegal, ob der Wichser eingebuchtet wird.«

Er hob seine Handschuhe vom Boden auf und schlenderte langsam Richtung Ofen. Ben sah ihm kopfschüttelnd nach.

»Und du, Michael, gehst jetzt nach Hause und schläfst dich mal richtig aus.«

Der Schichtleiter sah ihn finster an. »Den Tag muss ich dir vom Lohn abziehen. Und beim nächsten Mal fliegst du raus, kapiert? So eine Scheiße können wir hier nicht gebrauchen, also reiß dich endlich zusammen. Hier bekommt niemand eine Extrawurst.«

Drei

Auf seine eigene, zugegebenermaßen etwas ver-
korkste Art liebte er sie. Nun, wo sie für immer fort
war, wurde es ihm umso deutlicher.

Aufgeregt öffnete er die Schublade mit ihrer
Unterwäsche und nahm ein schwarzes Spitzen-
höschen heraus. Nach jedem Treffen – üblicher-
weise nach Einbruch der Dunkelheit und außerhalb von Pottsfield, damit die Leute in der Stadt
sie nicht zusammen sahen – schenkte sie ihm ihre
Unterwäsche, die sie gerade trug. Die Spuren ihrer
Geilheit, die noch immer an den ungewaschenen
Slips klebten, machten ihn an.

Wenn er an ihnen roch und seine Augen
schloss, sah er sie vor sich. Ihr perfekter Körper
mit den weichen Brüsten, an denen er leckte und
in deren gepiercte Nippel er biss, bis sie vor
Schmerz aufschrie und sich unter ihm aufbäumte.

Er sah ihren geöffneten Mund, in den er seine
Finger steckte, bis sie würgte und kurz davor war,
sich zu übergeben. Sein Blick wanderte hinunter
zu ihrem Bauchnabel und schließlich zu ihrer
glattrasierten Muschi. All das gehörte nur ihm.
Das hatte er ihr immer wieder eingetrichtert. Niemand außer ihm durfte sie ficken. Hätte sie doch
nur auf ihn gehört …

Seufzend öffnete er die Augen und sah sich um.
Die Zeitung lag halb verdeckt unter seinem Kopf-
kissen. Die gestrige Ausgabe der *Daily News*.

Mit seinen Fingern strich er langsam über die Titelseite. Die übergroßen Lettern zu ignorieren, die ihn anschrien und zwangen, sich der Wahrheit zu stellen, war schier unmöglich.

MORDOPFER IN POTTSFIELD GEFUNDEN –
POLIZEI SUCHT NACH DEM TÄTER

Heute Morgen wurde die Leiche einer jungen Frau auf dem Schrottplatz von Pottsfield gefunden. Nach Angaben der Polizei konnte sie aufgrund der Ausweispapiere, die sie mit sich führte, identifiziert werden. Es wird vermutet, dass sie bereits einige Tage dort gelegen hat, ehe ein Gabelstaplerfahrer sie in einer der Schuttgruben entdeckte.

»Wir ermitteln in verschiedene Richtungen und haben schon einen Tatverdächtigen«, so Detective Gordon.

»Allerdings bitten wir die Einwohner um Mithilfe.

Wer hat sie zuletzt gesehen oder kann sachdienliche Hinweise zu ihren Beziehungen in Pottsfield geben?«

Grinsend ließ er die Zeitung sinken. Die Polizei tappte völlig im Dunkeln. Sie umschrieben das immer mit denselben Worten. Natürlich mussten sie die anderen Einwohner beruhigen, indem auf einen Tatverdächtigen hingewiesen wurde. Aber er wusste, dass nichts dahintersteckte. Weil er

vorausschauend war und sich einen Plan zurechtgelegt hatte.

Er würde die Falle langsam zuschnappen lassen, ohne dass sie es bemerkten. So wie sie es nicht
bemerkte, als er sie um den Finger wickelte. Er erinnerte sich daran, als sei es erst gestern gewesen.
Der Vegas Club war gut besucht an jenem Sams-
tagabend, an den langen Theken saßen Männer
unterschiedlichen Alters und unterschiedlicher
Gehaltsstufen. Solche, die Abwechslung suchten,
weil das Eheleben zu Hause sie zu ersticken
drohte. Junge Männer, die hier irrtümlicherweise
auf der Suche nach der großen Liebe waren. Und
Männer, die einfach nur ihr Feierabendbier trinken und auf nackte Frauenkörper glotzen wollten.

Er war sich nicht sicher, zu welcher Gruppe er
gehörte. Es mochte von allem ein bisschen gewesen sein.

»Was darf's sein, Süßer?«, fragte eine zierliche
Blondine, die fast nackt vor ihm stand. Lediglich
zwei rosafarbene Sterne verdeckten ihre Nippel.
Untenrum trug sie eine löchrige schwarze Netz-
strumpfhose, die ihren Intimbereich mit einer
kleinen Stoffeinlage bedeckte und die Pobacken
frei ließ. Trotz ihrer schwarzen High-Heels reichte
sie mit ihren Titten nicht mal bis über den Tresen.

»Gib mir einen Whisky mit Cola.«

Er musste fast schreien, so laut war die Musik
in diesem Laden.

»Die Cola können wir doch weglassen, Süßer.
Richtige Männer brauchen richtige Drinks.«

Das Blondchen schaute ihn süffisant an und stellte ihm ein Glas 1776er Bourbon hin, doch er schob es zurück.

»Whisky mit Cola.«

Verwundert runzelte sie die Stirn und schenkte ihm zögernd Cola ein. Zufrieden bemerkte er ihre plötzlich auftretende Unsicherheit. Sein Herz raste. In seinen Ohren rauschte das Blut. Heftig erregt wegen dem, was noch passieren würde. Denn es würde passieren. Nur er hatte die Macht, die Kontrolle, und er würde sie sich von niemandem mehr nehmen lassen.

Gelangweilt von seinem Gegenüber nahm er einen großzügigen Schluck des braunen Gesöffs und sah sich im Club um.

In dem Etablissement befand sich in jeder Ecke eine Bühne, auf der sich Tänzerinnen um Stangen schlängelten und bei jeder Drehung ein Kleidungsstück auszogen und den Gaffern in der ersten Reihe zuwarfen. Jenen Zuschauern, die eifrig ihre Scheinchen loswerden wollten, indem sie sie in die Slips der Tänzerinnen steckten – oder einfach zwischen ihre Titten.

Um die aufsteigende Übelkeit zu unterdrücken, atmete er tief ein. Gerade, als er sich von diesen Huren abwenden wollte, bemerkte er eine Schönheit nur wenige Meter neben sich. Schwarze, gelockte Haare, die das schönste Gesicht umrahmten, das er jemals gesehen hatte. Sie unterhielt sich angeregt mit einer Kollegin und wirkte ziemlich vergnügt.

Unwillkürlich fragte er sich, worüber die beiden wohl lachten und unterdrückte den Drang, zu ihnen hinüberzugehen.

Stattdessen drehte er sich auf seinem Barhocker etwas nach rechts, so war es ihm möglich, sie weiterhin zu beobachten und im besten Fall Blickkontakt zu ihr aufzunehmen.

Wenn er es geschickt anstellte, würde sie wie eine hungrige Biene zu ihm herüberschwirren, und er würde sie von seinem süßen Saft kosten lassen. Nur so viel, wie er ihr gestattete.

Sie hob den Kopf und schaute sich suchend im Club um. Das war seine Gelegenheit. Auffällig kramte er in seiner Manteltasche und zog eine kubanische Zigarre mit goldenem Etikett heraus: eine Partagás No. 2. Aus dem Augenwinkel heraus sah er, dass sie in seine Richtung blickte.

Aus seiner Hosentasche fingerte er eine Packung Streichhölzer. Dabei ließ er einen Bündel Geldscheine fallen und zündete sich anschließend seine Zigarre an. Wenige Sekunden später stand sie neben ihm.

»Du hast da was fallen lassen.«

Betont langsam drehte er sich zu ihr um und sah, wie sie sich nach dem Geldbündel bückte.

»Ah, ja? Tatsächlich. Danke!« Als er die Scheine entgegennahm, berührten sich ihre Hände und er hielt kurz inne. Nur einen winzigen Moment, aber lange genug, dass sie es bemerkte.

Einen kurzen Augenblick schien sie zu zögern, war womöglich unsicher, ob sie einfach wieder gehen sollte, doch sie setzte sich auf den Hocker rechts von ihm. »Du bist neu hier, oder? Zumindest habe ich dich noch nie hier im Club gesehen, und ich arbeite schon eine Weile hier.«

»Bin ich.«

Er legte eine künstlerische Pause ein. Die Angelrute hatte er nun ausgeworfen. Jetzt musste er warten, dass der Fisch anbiss.

»Du wirkst niedergeschlagen. Kann ich dich irgendwie aufmuntern?«, fragte sie.

Sein Blick wanderte zur Blondine hinter dem Tresen. »Eine Flasche Blanton's Gold«, orderte er und legte ein paar Scheine auf den Tisch.

Aus dem Augenwinkel heraus registrierte er, dass sie ihn beobachtete. *So neugierig bist du also*, dachte er und grinste still in sich hinein.

»Es ist unhöflich, eine Frage nicht zu beantworten und den Gesprächspartner links liegen zu lassen.«

»Mir war nicht klar, dass wir ein Gespräch führen«, antwortete er.

Jetzt war der Moment gekommen, sich zu ihr umzudrehen. Kurz zuckte er mit den Achseln und seufzte. »Also schön. Wie munterst du denn normalerweise Männer auf?«

»Naja, ich habe ein paar ziemlich gute Witze auf Lager.«

»Ich mag keine Witze.«

»Wenn du nicht gern lachst, kann ich dich auch zum Stöhnen bringen. Meine Blowjobs sind noch besser als meine Witze.« Sie zwinkerte ihm selbstbewusst zu und kicherte. Etwas zu arrogant für seinen Geschmack. Eine Chance gab er ihr noch.

»Du könntest für mich tanzen«, schlug er vor. Jetzt war der Moment gekommen, dachte er. Der Köder wurde geschluckt. Ihre Mundwinkel zuckten. »Komm mal mit, ich zeig dir einen Platz, wo wir ungestört sind«, sagte sie, nahm seine Flasche und forderte ihn mit einer Handbewegung auf, ihr zu folgen.

Dann drehte sie sich um und ging in die Richtung eines weinroten Vorhanges zwischen zwei Bühnen, der von zwei Muskelprotzen bewacht wurde. Er rutschte von seinem Hocker und folgte ihr.

Hinter den Bühnen schloss sich ein enger, spärlich beleuchteter Flur an, von dem eine Menge Türen seitlich abgingen. Sie öffnete eine davon und hielt sie für ihn auf. Als er eintrat, fiel sein Blick zunächst auf die Stange in der hinteren rechten Ecke. Außerdem befanden sich ein Polstersessel sowie ein runder Tisch im Raum.

»Setz dich und mach es dir gemütlich«, sagte sie und stellte seine Flasche auf den Tisch. »Diesmal magst du deinen Whisky pur?«, fragte sie schmunzelnd. Dann dimmte sie das Licht. Als sie Anstalten machte, sich umzudrehen – um womöglich zur Stange hinüber zu gehen –, hielt er sie fest.

»Ich dachte, ich soll für dich tanzen …«

»Tanz auf meinem Schoß«, raunte er ihr zu. Er hielt Blickkontakt, während er langsam sein rechtes Bein zwischen ihre Oberschenkel drückte. Ihr blieb nichts anderes übrig, als sich rittlings auf seinen Schoß zu setzen. Aufreizend bewegte sie ihre

Hüften und ihren Oberkörper, knetete dabei ihre prallen Titten.

Das Rauschen in seinen Ohren verstärkte sich. Er packte ihre Kehle und zog ihren Kopf dicht an sein Gesicht heran. »Hast du Angst?«, flüsterte er erregt. Sie schaute ihm fest in die Augen.

»Wenn man bereits auf der dunklen Seite ist, fürchtet man sich vor kaum etwas«, flüsterte sie zurück.

Seine rechte Hand glitt zwischen ihre Schenkel und er spürte, wie feucht sie war. Ihm gefiel das Feuer, das in ihr loderte. Es fiel ihr sichtlich schwer, ihre Lust zu zügeln, und er wusste, dass sie ihn in sich haben wollte. Er genoss die Macht, die er über sie hatte. Noch nicht, sagte er sich.

»Was macht so ein hübsches Mädchen wie du in einem Loch wie diesem hier?«, fragte er, während er sich in seinem Sessel zurücklehnte und sanft über ihre Klitoris strich.

»Geld verdienen«, antwortete sie knapp.

Interessiert musterte er sie. Feiner Schweiß begann, an ihr zu glänzen.

»Du gefällst mir, wie du sicher längst gespürt hast. Was hältst du davon, den Arbeitgeber zu wechseln?«

Als sie ihn verwirrt ansah, verstärkte er den Druck auf ihre pulsierende Stelle. Ihr Atem wurde heftiger.

»Ich will, dass du mir gehörst, wann immer ich dich möchte. Ich will, dass du für mich tanzt, dass du dich für mich ausziehst, mir meine sexuellen Wünsche erfüllst und meine Fantasien. Dafür bezahle ich dich. Du wirst nicht schlechter verdienen als jetzt, aber nur noch für mich die Beine breitmachen. Was sagst du?«

Sie lächelte, versuchte dabei einen spöttischen Ton zu wahren. »Woher willst du wissen, dass du nicht die Katze im Sack kaufst?«

Er griff mit der freien Hand in ihre Haare und zog so ihren Oberkörper zu sich heran, bis ihr linkes Ohr an seinem Mund war. Sie wehrte sich nicht. Lust flammte erneut in ihm auf. Während er mit drei Fingern in sie eindrang, sagte er: »Weil du keine Angst hast.«

***

Langsam fuhr er mit den Fingern die Konturen ihres Gesichts nach; das abgedruckte Foto von ihrem Ausweis wurde der Hure nicht gerecht. Es zeigte nicht ihre vollen Lippen, auf die sie sich verführerisch gebissen hatte, um ihn geil zu machen. Ihre Zunge, mit der sie sich langsam einen Weg an seinem Bauch hinab zu seinem Schwanz geküsst hatte.

Sie hatte gewusst, was ihm gefiel, und er merkte, wie er hart wurde. Dachte an ihre sanften und dennoch wilden Augen, wenn sie ihn von unten anschaute. Seine Hand in ihren weichen Haaren, die genau die richtige Länge hatten, um grob daran zu ziehen.

Die Erinnerungen an ihre gemeinsamen Nächte genügten fast, um ihn kommen zu lassen.

Nach ihrem ersten zufälligen Treffen in einer Bar hatte sie ihn überrascht und war direkt in die Vollen gegangen. Es hatte ihm gefallen, dass nicht er die Initiative ergreifen musste. Niemals hätte er vermutet, dass hinter diesem unschuldigen Äußeren so ein Luder steckte. Sie war sein persönlicher Lust-Engel. War sich für kein Spielchen zu schade.

Nach jeder Session ein paar große Dollar-Scheine hinzublättern, machte ihm nichts aus. Geld spielte keine Rolle. Was er wollte, war das Extreme. Er wollte es hart, pervers und abwechslungsreich. Vor allem aber, wann immer er wollte, und ausschließlich mit ihm durfte sie es treiben.

Das war ihre Vereinbarung. Aber sie musste ja alles kaputt machen. Er schnaubte. Wut packte ihn, als er daran dachte, wie ihr letztes Treffen ausgegangen war. Wie sie gebettelt und gefleht hatte, als sie merkte, dass sie einen Fehler begangen hatte und zu weit gegangen war. Er ballte die Hände. Diese Hure.

Er hätte nicht nochmal zuschlagen sollen, aber die rasende Wut hatte sein Hirn völlig vernebelt. Die Angst in ihren Augen, als sie merkte, dass es zu Ende ging, faszinierte ihn. Wie sie mit geöffneten Lippen keuchte, ihn gehetzt anschaute. Er schloss die Finger um seinen Schwanz. Sie hatte es nicht anders verdient.

Vier

»Beruhigen Sie sich, bitte. Ich muss Ihnen diese Fragen stellen, anders kann ich Ihnen nicht helfen. Also, noch einmal von vorn: Wie oft hatten Sie diesen Traum bisher?«, fragte Dr. Thompson und sah von seinem Notizblock auf. Michael wich seinem Blick aus und knetete nervös seine Finger.

»Fünf Nächte in Folge«, antwortete er dem Psychiater.

»Und jedes Mal endete es damit, dass Sie Ihre Verlobte ermordet haben?« Dr. Thompson musterte Michael aufmerksam.

»Ich habe sie nicht ermordet«. Michael beugte sich vor und strich mit den Fingern durch seine Haare. »Sie hat ihre Sachen gepackt und ist Hals über Kopf ausgezogen.« Nach einer kurzen Pause fügte er traurig hinzu: »Nachdem ich sie geschlagen habe.«

»Warum haben Sie sie geschlagen?«

Dieser Psychiater war die reinste Folter. Michael haderte mit sich. Einerseits würde er am liebsten aufstehen und gehen, andererseits war er auf den Kerl ihm gegenüber angewiesen. Der Gedanke an weitere quälende Nächte machte ihm Angst. Also seufzte er und sagte: »Weil sie mich betrog.«

Dr. Thompson warf einen flüchtigen Blick auf seine Notizen und fragte: »Woher wissen Sie das?«

»Weil ich es mit eigenen Augen gesehen habe, verdammt! Deswegen habe ich sie aber noch lange nicht ...« Die Worte blieben ihm im Hals stecken und er kämpfte mit den Tränen.

»Können Sie sich erklären, warum Sie in Ihrem«, er betonte das nächste Wort, als setze er es in Anführungszeichen, »*Traum* am Tatort waren und den Mord mitverfolgen konnten?«

»Nein.«

»Haben Sie einen anderen Mann dort gesehen?«

»NEIN!« Als würde etwas in ihm explodieren, sprang er unvermittelt auf. Er schlug die Hände über seinem Kopf zusammen und schrie den Psychiater an: »Sonst wüsste ich doch mit Sicherheit, dass ich es *nicht* war. Haben Sie eine Ahnung, wie sich das anfühlt, wenn man die Zeitung aufschlägt und ... « Von seinen Gefühlen übermannt, begann er zu weinen.

Ungerührt davon machte sich Dr. Thompson Notizen und fragte weiter: »Wenn also nur Sie dort waren, was lässt Sie daran zweifeln, dass Sie der Täter sind?«

Michael begann, unruhig hin und her zu laufen. »Ich weiß es nicht. Vielleicht war ich es, vielleicht nicht. Ist das nicht Ihre beschissene Aufgabe, genau das herauszufinden?« Michael sah den Psychiater hilflos an.

»Nein, meine Aufgabe besteht darin, Ihre verlorenen Erinnerungen wieder hervorzuholen und das Erlebte zu verarbeiten. Dinge, die Ihnen angetan wurden oder die Sie anderen angetan haben.«

»Meine Erinnerungen«, flüsterte Michael, ehe er sich wieder zurück auf das Sofa fallen ließ. »Also war ich es.«

»Ich kann Ihnen nur helfen, wenn Sie wissen, weswegen Sie hier sind. Normalerweise suchen mich Patienten nicht auf, nur weil sie ein paar Nächte nicht gut schlafen konnten. Ich habe Sie hergebeten, weil ich Ihnen am Telefon angehört habe, dass es Ihnen schlecht geht. Aber ich muss es von Ihnen hören, Michael. Warum sind Sie hier? Haben Sie Ihre Verlobte ermordet?«

Michael holte tief Luft und ließ resigniert die Schultern sinken. Es gab keine andere Erklärung, die Träume waren es, die Träume klagten ihn an und er spürte, sie würden nicht von ihm ablassen, bis er seine schreckliche Schuld eingestand.

»Ja«, stieß er hervor. »Ja, ich habe Katharina ermordet.«

Im nächsten Moment wurde die Tür zum Sprechzimmer aufgeschlagen und Michael starrte ungläubig auf mehrere uniformierte Männer, die ihre Waffen auf ihn richteten.

»Michael Coleman, Sie haben das Recht zu schweigen. Alles was Sie sagen kann und wird vor Gericht gegen Sie verwendet werden. Sie haben das Recht, zu jeder Vernehmung einen Verteidiger hinzuzuziehen. Wenn Sie sich keinen Verteidiger leisten können, wird Ihnen einer gestellt. Haben Sie das verstanden?«

Michael blickte fassungslos von den Polizisten zu Dr. Thompson. Dieses Arschloch hatte ihn eiskalt hereingelegt. Wie konnte er so dämlich sein und es nicht bemerken? Scheiße, hatte er eben ein Geständnis abgelegt? Er war stumm vor Entsetzen. In seinem Kopf überschlugen sich die Gedanken.

»Haben Sie das verstanden?«, fragte einer der Polizisten erneut. Michael nickte und hörte die Handschellen an seinen Handgelenken einrasten. Was für ein verfluchter Albtraum! Aber dieses Mal konnte er nicht aus ihm erwachen.

***

Im Verhörzimmer saßen außer Michael noch sein Anwalt sowie zwei Polizisten, die bei seiner Festnahme dabei waren, am Tisch. Er war mit Handschellen an den Tisch gefesselt, vor ihm stand ein halbvoller Plastikbecher mit Kaffee. Doch Michael rührte das Getränk nicht an. Er traute diesen Leuten nicht.

Man hatte eine Akte vor ihm hingelegt und die erste Seite aufgeschlagen. Das Foto, das dort lag, zeigte das zertrümmerte Gesicht einer Frau. Katharinas Gesicht. Er schluckte schwer. Nun wurde ihm das tatsächliche Ausmaß der Gewalt, die man ihr zugefügt hatte, erst wirklich bewusst. Ihre Augen waren zugeschwollen, die Nase nicht mehr als solche erkennbar und die Lippen hingen zerfetzt herab.

»Kennen Sie diese Frau?«, fragte ihn einer der Beamten forsch.

»K... Katharina. Es ist Katharina«, brachte er mit erstickter Stimme hervor. Was zur Hölle hatte er ihr nur angetan?

»Sie haben erwähnt, dass Sie von ihr geträumt haben. Zudem haben Sie den Mord in der Praxis von Dr. Thompson gestanden und wir fanden Ihre DNA am Opfer. Sie wissen, was das bedeutet?«, fragte der Beamte.

Sofort sprang Michaels Anwalt für ihn in die Bresche: »Apropos Geständnis: Ich kenne die Aufnahme immer noch nicht, derentwegen mein Mandant überhaupt hier gelandet ist.«

»Wir sind noch dabei, das Band für die Staatsanwaltschaft zu transkribieren. Bis dahin könnte Ihr Mandant die Zeit nutzen und mit der Wahrheit herausrücken.« Der Beamte verschränkte die Arme vor der Brust. »Zum Beispiel könnte er damit beginnen, aus welchem Grund er das Opfer ermordet hat.«

Michael wäre diesem Arschloch am liebsten an die Gurgel gesprungen. In ihm brodelte es gewaltig, aber er musste versuchen, sich seine Wut nicht anmerken zu lassen. Zugleich fühlte er sich hilflos ausgeliefert, etwas in ihm war mit Katharina gestorben. Doch er durfte den Bullen einfach keine weitere Angriffsfläche bieten. »Müssen die Handschellen sein?«, schnaubte er.

»Klar müssen die sein, Mr. Coleman«, sagte der Polizist und tippte mit dem Zeigefinger auf das Foto, das vor Michael lag. »Also?«

»Ich kann Ihnen nur das sagen, was ich schon in der letzten verdammten halben Stunde gesagt habe. Ich! Weiß! Es! Nicht!« Michael brummte der Schädel.

»Sie wissen es nicht«, wiederholte der Polizist. »Da hat das Opfer wohl keinen bleibenden Eindruck hinterlassen. Fanden Sie sie nicht hübsch genug?« Michael merkte genau, dass der Typ versuchte, ihn mit allen Mitteln zu provozieren, doch er musste Ruhe bewahren. Herr der Lage bleiben – wie auch immer das in diesem Rattenloch möglich sein sollte.

Zudem waren da diese Träume, aus denen sich doch nur eine einzige Schlussfolgerung ziehen ließ: Er war es gewesen. Er musste es gewesen sein. Niemand sonst hatte Katharina umgebracht. Er wollte diesen Träumen nicht glauben, wollte sich ihnen nicht stellen, der schrecklichen Wahrheit, die sie enthielten und vor der er sich fürchtete. Doch er musste.

Der Beamte erhob nun seine Stimme und schlug mit der flachen Hand auf den Tisch. Der Plastikbecher vibrierte. »Hören Sie endlich auf, uns zu verarschen, Mann!«

Michael wich zurück, und noch ehe er dem Polizisten antworten konnte, mischte sich sein Anwalt ein: »Sie wissen, dass Sie darauf nicht eingehen müssen, Mr. Coleman. Man hat keine aussagekräftigen Beweise gegen Sie in der Hand. Die DNA an der Kleidung ihrer Verlobten ist kein Grund zur Verwunderung, das Geständnis in der Praxis von Dr. Thompson ...«

»Schon gut, ich möchte ja aussagen«, unterbrach Michael seinen Anwalt und wandte sich den

Polizisten zu. »Wobei ich trotzdem nicht mit Sicherheit sagen kann, dass ich sie ... also ...« Unfähig, es auszusprechen, machte er eine abwinkende Geste. »Theoretisch könnte es auch einer dieser notgeilen Säcke aus dem Club gewesen sein.«

Die Beamten fragten skeptisch nach: »Welchen Club meinen Sie?«

Sein Blick fiel auf das Foto vor ihm und er nahm es in die Hand. »Katharina und ich hatten Beziehungsprobleme, weil ich zum einen das Gefühl nicht loswurde, dass sie mich betrügt. Nennen Sie es Instinkt oder siebten Sinn, aber ich habe es einfach gespürt. Zum anderen hatte ich mehrfach versucht, sie davon abzubringen, in diesem verfickten Club zu arbeiten. Also fuhr ich eines Abends dorthin, zum Vegas Club, um meinem Instinkt zu folgen. Ich rechnete damit, sie hinter der Theke stehen zu sehen, denn sie versicherte mir immer wieder, sie sei ›nur eine Kellnerin‹, doch da war sie nicht. Erst wollte ich mich umdrehen und gehen, weil ich annahm, sie hätte vielleicht schon Feierabend oder läge bereits im Bett ihres neuen Mackers. Aber dann entdeckte ich sie einige Meter von der Theke entfernt, wie sie mit einer anderen Frau sprach. Doch ihre Aufmerksamkeit galt jemand anderem. Da saß so ein Typ an der Theke: Anzug, Lederschuhe – schien auf jeden Fall Kohle zu haben. Hat er auch gut raushängen lassen, hat sich betont lässig eine Zigarre angezündet. Sah teuer aus.«

Um sich kurz zu sammeln, machte er eine kleine Pause. Alle Blicke ruhten auf ihm. Eine unglaubliche Leere fühlte er in seinem Inneren.

»Und weiter?«, drängte ihn einer der Beamten.

»Dann sah ich, wie Katharina zu dem Kerl rüberging, seine Geldscheine aufhob und ihm zurückgab. Ich hatte den Eindruck, sie würde sich an ihn ranschmeißen wollen. So kam es dann auch.« Michael seufzte. »Ich bin den beiden zwischen die Bühnen hindurch gefolgt bis zu einem Vorhang, hinter dem sie verschwanden. Als ich hinterherstürmen wollte, hielten mich zwei Typen auf, die den Bereich absicherten. Weil sie mich nicht durchlassen wollten ...« Er hielt inne.

»Ja?«, fragte ein Polizist. »Was war dann?«

»Ich bin ausgerastet. Was denken Sie denn? Meine Verlobte ging mit irgend so einem Wichser ins Kabuff, um sich von ihm durchvögeln zu lassen, da stehe ich doch nicht tatenlos rum und drehe Däumchen.«

»Sie haben also eine Prügelei provoziert?«

»Hab ich. Und dann wurde ich rausgeschmissen und fuhr nach Hause.«

»Das war alles?«

»Das war alles«, wiederholte Michael.

»Mir fehlt die Stelle, wo Sie sie ermorden«, sagte ein Polizist.

Genervt verdrehte Michael die Augen. »Als sie nach Hause kam, stellte ich sie wütend zur Rede, sie wurde pampig, sagte, es ginge mich nichts an, wie sie ihr Geld verdienen würde, ich schlug sie,

sie packte ihre Sachen und ging. An mehr erinnere ich mich nicht!«

Die Polizisten sahen sich kurz an, standen auf und nahmen die Akte vom Tisch. »Bringen Sie Mr. Coleman zurück in seine Zelle«, ordnete einer von ihnen dem Police Officer an, der vor der Tür gewartet hatte.

»Wie geht es jetzt weiter?«, fragte Michael argwöhnisch, doch die Polizisten ignorierten seine Frage und verließen das Verhörzimmer.

Der Police Officer kam herein, löste die Handschellen vom Tisch und ließ diese zugleich an Michaels Gelenken einrasten.

Während sie aus dem Zimmer gingen, öffnete sich die Tür nebenan und er konnte hören, wie jemand sagte: »Danke, dass Sie uns als Berater zur Verfügung stehen, Dr. Thompson. Sie haben das Verhör hinter dem Spiegelglasfenster mitbekommen? Wie ist Ihre Meinung?«

Im Vorbeigehen blickte Michael in den Nebenraum und sah das blöde Arschloch, das ihn an die Bullen verpfiffen hatte. Wut stieg in ihm auf. Was hatte der Wichser überhaupt gegen ihn?

Dann sah er etwas in der Brusttasche des Anzugs, den der Psychiater trug, was ihn stutzen ließ. Im selben Augenblick sagte Dr. Thompson: »Ich halte ihn für schuldig. Meiner Meinung nach sprechen die Beweise gegen ihn.«

»Er sah ziemlich fertig aus«, meinte ein Polizist. »Ich glaube, dass ihn das Ganze doch mehr belastet, als Sie glauben, Doktor.«

»Sie sollten kein Mitleid jemandem gegenüber empfinden, der seine schwangere Verlobte kaltblütig ermordet hat, Detective. Beziehungsprobleme hin oder her. Er hat ihr mit einem Stein den Schädel eingeschlagen.«

Michaels Herz machte einen Aussetzer. Dieser Moment dauerte nur wenige Sekunden, doch in dieser Zeit prasselte alles auf ihn ein. *Katharina war schwanger gewesen!*

Fünf

Auf der harten Pritsche in seiner Zelle ließ Michael seinen Gedanken freien Lauf. Wie hatte es nur so weit kommen können? Warum hatte Katharina ihm nichts von der Schwangerschaft erzählt? War es sein Kind gewesen? Eine Flut von Erinnerungen übermannte ihn. Schuld und Reue waren nur zwei der Gefühle, mit denen er zu kämpfen hatte. Schlüssel klapperten im Gang des Zellenbereichs. »Schön, dass Sie es zeitlich einrichten konnten, Doktor. Er möchte nur mit Ihnen reden.«

Schritte näherten sich seiner Zelle, die Tür wurde geöffnet. Dr. Thompson musterte ihn interessiert. Während er die Zelle betrat, wurde die Tür hinter ihm wieder geschlossen und die Schritte entfernten sich.

»Worüber möchten Sie mit mir sprechen, Mister Coleman?«

Michael starrte auf die Brusttasche, sah eine dicke Partagás No. 2 mit goldenem Etikett und versuchte, sich seine Aufregung nicht anmerken zu lassen. »Ich wollte mich persönlich bei Ihnen wegen des Vorfalls in Ihrer Praxis entschuldigen.«

»Was das angeht …«

»Nein, nein, schon gut«, unterbrach ihn Michael. »Sie hatten ja gar keine andere Wahl … als es *mir* in die Schuhe zu schieben.«

Dr. Thompson zog die Augenbrauen hoch. »Ich verstehe nicht …«

»Ich war der perfekte Sündenbock, nicht wahr? Der alkoholsüchtige Typ, der seine Verlobte schlägt. Das passte doch ziemlich gut in Ihr Konzept. Ach, ich korrigiere: der seine *schwangere* Freundin schlägt. Katharina erwartete ein Baby. Aber das wussten Sie ja bereits. Woher eigentlich?«

Michael achtete auf jede einzelne Regung, auf jede Mimik und Gestik des Psychiaters, der sich zunächst nichts anmerken ließ. *Selbstgefälliges Arschloch, du bist dir deiner Sache zu sicher.*

Nachdem Dr. Thompson zum Gitterfenster der Tür ging, hindurchsah und sich kurz vergewissert hatte, dass niemand vor der Tür stand, schlenderte er langsam auf Michael zu. »Vielleicht waren Sie gar nicht der Vater, Michael. Sie sagten doch selbst: Theoretisch könnte es jedes notgeile Dreckschwein gewesen sein, das sie gevögelt hat.«

»Aber Sie waren das Dreckschwein, das sie unter die Erde brachte«, entfuhr es Michael. Verdammt, er musste cool bleiben, durfte dem Wichser nicht erlauben, den Spieß umzudrehen. Der Psychiater antwortete:

»Wie wollen Sie das beweisen, hm? Für die Polizei sind Sie der Täter, und Sie haben ihnen auch gut in die Karten gespielt. Unter uns: Wechseln Sie den Anwalt. Er hätte es gar nicht so weit kommen lassen dürfen.«

»Warum?«

»Was meinen Sie?«

»Weshalb haben Sie Katharina getötet? Nein, lassen Sie mich raten: Sie waren verliebt in sie, wollten sie heiraten, dieses ganze Rosa-Wölkchen-Ding, doch Katharina hatte kein Interesse an einem Kerl mit Stock im Arsch, der sich interessanter machen will, indem er mit seiner teuren Zigarre herumwedelt und Geldscheine fallen lässt. Habe ich recht?« Michael musste aufpassen, sich nicht zu sehr in Rage zu reden. Außerdem wollte er den Wichser in die Enge treiben, nicht dafür sorgen, dass dieser wütend abrauschte.

»Sie hat sich nicht an die Vereinbarung gehalten«, sagte Dr. Thompson und beugte sich hinunter, sodass er Michael direkt in die Augen sehen konnte. Im Flüsterton fügte er hinzu: »Niemand verarscht mich! Sie hatte ihre Chance und sie hat sie vertan. Ich habe gesehen, wie sie zu Ihnen nach Hause fuhr. Gab es Versöhnungssex? Hat sie Ihren Schwanz gelutscht? Oder sind Sie einfach so über sie rübergerutscht?« Der Psychiater glühte vor Zorn. Speichel lief ihm aus den Mundwinkeln und seine Stimme zitterte wie auch der Rest seines Körpers. Michael wurde übel, aber nicht nur wegen dem, was der Wichser ihm sagte.

»Katharina kam, um mir den Verlobungsring zurückzubringen. Ich bekam ihn von meiner Mutter und sie von ihrer Mutter. Er sollte im Besitz meiner Familie bleiben. Katharina war meiner Meinung.«

Irgendwas passierte mit dem Wichser. Sein Blick veränderte er sich. In ihm lag keine Wut mehr, aber Michael konnte nicht genau deuten, was er stattdessen sah. Fast glaubte er, so etwas wie Traurigkeit zu erkennen. Seine Information hatte dem Kerl offenbar ordentlich zugesetzt.

»Oh Mann, ich fasse es nicht!«, sprudelte es plötzlich aus Michael heraus. »Sie haben sich ja wirklich in sie verliebt! Sie haben die Frau ermordet, die Ihnen etwas bedeutete. Und das völlig grundlos. Reife Leistung, Doc!«

Erst jetzt bemerkte Michael seine eigenen Tränen, die ihm über die Wangen liefen. »Doc, schauen Sie mal«, forderte er den Psychiater auf und öffnete sein Hemd. Auf seiner behaarten Brust klebte ein Kabel, an dem ein Mikrofon oben befestigt war. »Mit diesem Albtraum müssen *Sie* jetzt klarkommen.«

Die Tür wurde aufgerissen und mehrere Polizisten stürmten in die Zelle. Doch diesmal war es nicht Michael, den sie packten. »Wie sind Sie auf mich gekommen?« Dr. Thompson musste die Frage beinahe hinauspressen, da er zu Boden gedrückt wurde, während man ihm Handschellen anlegte. Wie beiläufig wunderte sich Michael darüber, dass sie das Gleiche nicht mit ihm taten, als er in der Praxis festgenommen wurde.

»Ich habe Sie nicht im Traum gesehen, falls Sie das denken. Der ist nach wie vor undeutlich. Aber mittlerweile verstehe ich ihn viel besser. Ich war an jenem Abend dort. Woran ich mich noch erinnern kann, ist, dass ich nach dem Streit mit Katharina mit Ben und ein paar Kollegen im Pub war. Wir haben uns ziemlich volllaufen lassen. Mein Auto ließ ich stehen, sonst hätte ich es vermutlich gegen den nächsten Baum gefahren. Stattdessen ging ich zu Fuß weiter, brauchte frische Luft. Mir war kotzübel. Ich glaube, ich bin dann seitlich –

also von der Straße weg – ins Gestrüpp, um mich zu übergeben. Vielleicht täusche ich mich bei diesem Detail, aber ich erinnere mich irgendwie daran, in der Nähe die Gabelstapler vom Schrottplatz gesehen zu haben. Und dann hörte ich Stimmen. Ich bin mir ziemlich sicher, dass es Ihre und die von Katharina waren. Das ist es wohl, was ich in meinem Traum sehe. Wie Sie Katharina umbrachten. Aber darauf kam ich erst später, denn das Erste, was mich wirklich stutzen ließ, war Ihre Zigarre. Bilder konnte ich mir immer schon gut merken, Momentaufnahmen, Orte. Ich habe die Zigarre auf dem Revier in Ihrer Brusttasche gesehen und die Marke wiedererkannt, weil sie ständig in diesen Hochglanzmagazinen beworben wurden, die Katharina jede Woche gelesen hatte. Sie hatten sie auch im Club dabei, hielten das Ding so auffällig, dass auch jeder mitbekam, wie viel Kohle Sie womöglich haben. Ich stand nur wenige Meter hinter Ihnen. Die Zigarre stach mir förmlich ins Auge.«

Er zeigte auf die Brusttasche des Psychiaters. »Auch jetzt haben Sie eine dabei. Und dann die Sache mit der Schwangerschaft, die Sie nebenbei auf dem Revier erwähnten, als ich an Ihnen vorbeiging. Von der konnten Sie aber gar nichts wissen. Weder die Presse noch die Beamten haben dieses Detail irgendwo erwähnt. Selbst ich wusste nichts davon. In dem Moment, als ich es von Ihnen hörte, habe ich eins und eins zusammengezählt und meinem Anwalt davon berichtet. Als er den Cops von meinem Verdacht erzählte, waren sie erst skeptisch. Aber er konnte sie überzeugen, mich mit dem Aufnahmegerät zu verkabeln und Sie, Herr Doktor, zu diesem Stelldichein einzuladen. Ich hoffte inständig, Sie zu einem Geständnis bringen zu können. Wie Sie sehen, hat es funktioniert.«

Das fassungslose Gesicht des Psychiaters war das Letzte, was Michael sah, als er den Zellenbereich verließ. Dennoch fühlte es sich nicht wie ein Sieg an, nicht wie Gerechtigkeit, denn sie waren beide tot. Katharina und ihr gemeinsames Kind.

All seine Fehler taten ihm unendlich leid. Die Streitigkeiten, Beleidigungen, jede Verletzung, die er Katharina zufügt hatte. Leider gab es nichts, was er tun konnte, um all das rückgängig zu machen. Erst jetzt hatte er die Kraft, sich dieser Tatsache bewusst zu werden, sich ihr zu stellen. Dieser Albtraum war real.

Dunkelheit.

DANKE

... liebe Leser, dass ihr euch Zeit genommen habt, um Pottsfield zu besuchen. Lasst mich gern wissen, wie ihr die Story fandet.

... David Führt für die großartige Anthologie sowie den Kolleginnen und Kollegen, die hier mitwirken.

... Katharina McBane, Gereon Krantz, Isabell Schmitt-Egner und Jennifer B. Wind für eure unermüdliche Unterstützung, Geduld und hilfreichen Ratschläge. Ihr wart der (riesige) Fels in der Brandung.

... Silvia Vogt fürs Korrigieren, Nadine Teuber für den Buchsatz.

... Astrid Korten, Drea Summer, Jörg Piesker, André Wegmann, ThrillJunkie und ganz besonders dem Team von Recensio Online fürs Testlesen.

Zu guter Letzt schicke ich Grüße nach Berlin, zu meiner Schwester Maria und zu meiner Mutter. Ich hoffe, ihr seid stolz auf mich.

Julie

Charly Essenwanger

Charly Essenwanger wurde 1967 in Marktoberdorf/Allgäu geboren. Sein Traum, einen eigenen Roman in den Buchläden stehen zu haben, hat sich im März 2017 mit dem Kriminaldrama um den veganen Hauptkommissar Vincent Zeller, »FIRST TO FIND – Mord am Bärensee« erfüllt. Obwohl Charly Essenwanger gerne und viel seine Outdooraktivitäten ausübt, findet er Zeit, sich dem Schreiben zu widmen und zu lesen. In seiner eigenen Bibliothek befinden sich an die 2.000 Bücher der Spannungsliteratur.

DER KAMIN

Alles nur wegen dieser Schlampe. Über zwei Jahre waren wir zusammen. Wir sprachen davon, eine gemeinsame Wohnung zu haben, hatten Pläne für eine kleine Familie, obwohl wir erst Anfang zwanzig sind. Wir hatten sogar über Heirat gesprochen. Jeden Tag freute ich mich nach der Arbeit auf meine Süße. Das Lächeln. das mich empfing, die schönen braunen Augen, die mich verliebt ansahen. Ich schwebte seit dem ersten Kuss auf einer Wolke. Und dann? Beim Abendessen, sie hatte mein Lieblingsgericht gekocht, nahm sie meine Hand und sagte die Worte, die mein Herz bersten ließen.

»Du, Florian, ich muss dir etwas sagen.«

Kurz hatte ich die Hoffnung, dass sie mir sagen würde, dass sie schwanger wäre und unser Glück damit perfekt wäre, aber stattdessen drückte sie mir ein glühendes Eisen in den Leib.

»Das mit uns beiden, das geht nicht mehr.«

Die ganze Zeit sah sie mich dabei mit ihren rehbraunen Augen an. Ich hörte die Worte, die sie sagte, aber sie erreichten nicht mein Bewusstsein. Doch es wurde noch schlimmer.

»Ich habe einen anderen Mann kennengelernt.«

Niemals hätte ich erwartet, dass aus ihrem Mund solche Worte kommen. Bei anderen Paaren konnte das vielleicht der Fall sein, aber bei uns? Absurd.

Ich räusperte mich, ich konnte nur krächzen.

»Wer ist es?«

»Florian, bitte.«

»Kenn ich ihn?«

Sie druckste etwas herum, sagte dann aber: »Ja, du kennst ihn, aber ich sag dir nicht, wer es ist.«

Ich riss meine Hand zurück, stand abrupt auf und starrte aus dem Küchenfenster. Schnell wurde aus der Enttäuschung Wut.

»Ich bring den um, den mach ich kalt«, zischte ich.

»Du wirst niemanden umbringen, Flo. Das Leben ist halt einfach nicht vorhersehbar. Das hat sich einfach so ergeben.«

»Das hat sich so ergeben«, äffte ich sie nach. »Bei mir hat sich so etwas auch nicht ergeben. Für mich ist Treue das absolut Wichtigste in einer Beziehung.« Mein Herz schlug mir bis zum Hals.

»Für mich doch auch, Florian.«

»Ach, halt doch die Fresse. Ist das deine Art von Treue, wenn du einen anderen fickst?« Ich wollte ihr mit den harten Worten wehtun, und ich sah ihrem Blick an, dass ich das geschafft hatte.

»Wir haben nicht ...«

»GEFICKT. Sprich es aus, los. Das glaubst du doch selbst nicht, du Schlampe.«

»Florian, das ist ungerecht.« Tränen traten in ihre Augen; es tat gut, sie weinen zu sehen.

»Du bist ungerecht, werde glücklich mit dem Wichser. Ach, entschuldige, er kann ja kein Wichser mehr sein, wenn er dich deckt.«

»FLO!«

»Leck mich am Arsch.« Ich packte meine Jacke, meine Autoschlüssel und warf Sekunden später die Haustüre zu. Ich rechnete damit, ich hoffte, dass sie mir nachrief, dass alles nur ein Witz war oder dass sie es sich doch anders überlegt, aber die Tür der Wohnung blieb zu.

Ich stieg in meinen Mazda und trat das Gaspedal voll durch, sodass die Reifen durchdrehten. Mit jaulendem Motor bretterte ich über die spärlich befahrenen Straßen der spätabendlichen Stadt. Vor meinem inneren Auge sah ich meine ... Ex-Freundin auf dem Bett liegen, stöhnend, die Arme um den Nacken eines Typen gelegt, der womöglich mein Freund war. Es tat weh, es tat verdammt weh. Doch die Wut in mir machte es erträglich.

Ziellos fuhr ich über die Autobahn, dann über Landstraßen. ‚Was soll ich nur tun?‘, fragte ich mich. Die Musik war laut, der Regler voll aufgedreht. Harter Thrashmetal kitzelte meine Ohren, ich schüttelte meinen Kopf im Takt und hielt das Lenkrad fest, dass die Knöchel weiß wurden.

Ich erreichte eine Kleinstadt, in der ich noch nie war. Die kannte ich nur vom Namen her. Mir gefiel die Stadt, nette Häuschen, und es gab hier anscheinend auch genug Arbeit für alle, bemerkte ich, als ich durch das weitläufige Industriegebiet fuhr. Auf dem Gelände der größten Firma stand ein mächtiger Kamin. Ja, hier konnte ich mir vorstellen zu leben und zu arbeiten. Weg von dem Dreckstück, das mich betrogen hatte.

Ich stellte meinen Wagen auf dem Bahnhofparkplatz ab und stieg aus. Ich schlenderte zum nahen Industriegebiet. Der Maschendrahtzaun, der die Fabrik umgab, war an einigen Stellen passierbar. Anscheinend ging es der Firma doch nicht so gut; sie kam mir aus der Nähe betrachtet sogar ziemlich heruntergekommen vor.

Der Heizraum oder das Kesselhaus war gar nicht in Betrieb, der Kamin wurde offensichtlich gar nicht mehr benutzt. Ich sah an dem Schornstein nach oben. In regelmäßigen Abständen waren Eisenstreben eingemauert, die als Aufstiegshilfen angebracht waren. Allerdings war die erste Strebe nicht so einfach zu erreichen. Man musste erst auf das Dach des Energiegebäudes gelangen, dann wäre es kein Problem mehr.

Beim Umrunden des Gebäudes rüttelte ich an einer verrosteten Eisentüre, die zu meiner Freude unverschlossen war. Sie ließ sich öffnen und man konnte ein Ächzen vernehmen. Hier war schon lange keiner mehr, das Gebäude wurde nicht mehr benötigt. Es dauerte nicht lange, bis ich eine Treppe gefunden hatte, und ich stand vor einer weiteren Eisentür, die nach draußen führte. Ich stand im Freien, der Schornstein war direkt vor mir.

Ich rüttelte an der ersten Strebe, die stabil wirkte. Die nächste war ebenfalls in guter Verfassung, ebenso die übernächste. Meine Füße hatte ich bereits auf der unteren Stange, und jetzt hatte ich so richtig Lust, bis ganz nach oben zu steigen. Ich hatte Sehnsucht nach dem frischen Wind, der mich dort oben, etwa 50 Meter über mir, erwarten würde. Ein Ort absoluter Einsamkeit, nur ich und meine Wut, meine Enttäuschung, die ich dort oben rausbrüllen wollte. Also begann ich zu klettern.

Es stellte sich heraus, dass der Aufstieg ganz einfach war, wenn man vor Hass keine Angst verspürte. Ich sah nur die roten Ziegel vor meinem Gesicht, meine Hände, die regelmäßig die nächste Eisenstrebe fassten. Meter für Meter überbrückte ich. Der Wind rüttelte immer mehr an meiner dünnen Jacke. Ein Wind, den man am Boden kaum wahrnahm, pfiff hier um den Schornstein.

Ich schaute nach oben und sah, dass ich nur noch wenige der Stufen vor mir hatte. Auch kam mir das runde Bauwerk hier oben ziemlich groß vor. Nun bekam ich doch weiche Knie, aber nun war ich schon so weit gekommen; ich wollte meinen Aufstieg vollbringen, um mir selbst zu beweisen, was ich für ein harter Brocken bin. Endlich hatte ich die letzte Strebe ergriffen und hatte plötzlich keine Ziegel mehr vor mir, sondern einen sensationellen Ausblick in die Ferne.

Ich war überrascht, wie breit die Mauer des Schornsteins hier oben war. Er bestand aus mehreren Reihen Ziegeln, die Wandstärke schätzte ich auf wenigstens dreißig Zentimeter. Ein Kranz aus Edelstahl war hier angebracht. Ich hievte mich hoch und starrte in ein schwarzes Loch, das mich wie magisch anzog. Ein warmer, trockener Wind wehte mir von unten ins Gesicht, leicht modrig riechend.

Ich setzte mich auf den Eisenkranz und starrte über die Stadt. Lichter brannten in den Häusern. Was wohl hinter den Fenstern geschah? Paare saßen wahrscheinlich, wohlig in eine Decke eingemummelt, vor dem Fernseher und fütterten sich verliebt mit Salzstangen, die mit kleinen Schlucken Rotwein runtergespült wurden. Die Glücklichen. Und was machte Melanie in diesem Augenblick?

Ich nahm mein Handy aus der Jeans. Eine Nachricht von ihr in Großbuchstaben: – LASS UNS REDEN – Das war drei Stunden her. Wahrscheinlich wurde sie bereits getröstet, von diesem Bekannten von mir. Die Schlampe lässt es sich bestimmt besorgen. Mein Schrei, den ich losließ, wurde vom Wind verweht. Ich weinte bittere Tränen und fasste einen fatalen Entschluss.

Ich öffnete WhatsApp und schrieb meine letzten Worte an meine Exfreundin: – Du bist schuld an meinem Tod. Dein ganzes Leben lang sollst du daran denken, bis deine verkommene Seele der Teufel holt – Bevor ich weiter nachdachte, drückte ich die Augen zu und schickte die Nachricht ab. Ich steckte das Handy in die Tasche, stand auf, als wäre es das Natürlichste auf der Welt auf so einem schmalen Sims, und breitete die Arme aus, während ich in die Ferne starrte. Ich brüllte: »Fick dich, Melanie«, und kippte zunächst langsam nach hinten. Noch hätte ich mich selbst auffangen können; ich hätte nur in die Knie gehen müssen und mich am Sims festhalten. Aber ich überwand den natürlichen Instinkt.

Ich spürte, wie die Schwerkraft an mir zog und meine Beine den Kontakt zum Boden verloren. Die warme Luft hieß mich willkommen. Zunächst

als laues Lüftchen, das sich zu einem Sturm entwickelte, je schneller ich fiel. Endlos kam mir der
Fall vor. Fast glaubte ich, ewig zu fliegen, doch
dann spürte ich für die Dauer eines Wimpern-
schlages einen harten Schlag und dann nichts
mehr.

***

Höllische Schmerzen ließen mich aufwachen. Ich
wusste nicht, wo ich war und warum mir jeder
Knochen im Körper wehzutun schien. Ich öffnete
die Augen und sah absolut nichts, absolute, un-
durchdringliche Schwärze. Ich wollte den linken
Arm bewegen: Es ging nicht, ein brutal stechender
Schmerz hinderte mich daran.

Ich versuchte es mit dem rechten Arm; das
funktionierte. Ich wischte mir mit der Hand vor
dem Gesicht hin und her. Nichts zu sehen. Ich war
mir sicher, dass ich erblindet war. Ich wusste,
auch in allertiefster Nacht konnte man wenigstens
noch Schemen oder Umrisse sehen. Dass ich anscheinend nun blind war, rückte aber angesichts
dieser wahnsinnigen Schmerzen, die ich überall
im Körper hatte, in den Hintergrund. Ich stieß einen lauten Schrei aus, der sich in meinen Ohren
sehr seltsam anhörte, als hätte ich in Watte ge-
brüllt.

Ich machte eine Inventur meiner Leiden. Da
wäre also mein Arm, der sich nicht bewegen ließ,
weil ich darauf lag. Ich wollte mich erheben, was
aber kläglich misslang. Ich konnte meinen

Oberkörper vor Schmerzen kaum bewegen, also musste der verletzte Arm unter mir bleiben.

Am schlimmsten fühlten sich meine Beine an. Ich bewegte meine Hüfte ein wenig und versuchte, die Beine anzuziehen, um angenehmer liegen zu können. Ein paar Zentimeter schienen sie sich trotz Höllenqualen zu bewegen. Aber trotzdem glaubte ich, dass die Füße an Ort und Stelle blieben. Ich biss die Zähne zusammen und merkte, wie es mir schwarz vor Augen wurde.

Es klingt bescheuert, konnte ich doch eh nichts sehen. Doch wenn man einer Bewusstlosigkeit nah ist, steigert sich die Dunkelheit auf ein neues Level. Vielleicht wurde ich ohnmächtig und erwachte kurz darauf wieder; ich weiß es nicht. An den Schmerzen hatte sich nichts geändert.

Ich fragte mich, warum mein ganzer Leib so malträtiert war, und zwang mein Gehirn zu klaren Gedanken. Träge kam mein Kopf in die Gänge, und nur langsam sickerten die Erinnerungen durch einen dichten Nebel. Da war Melanie, wie sie meine Hand hielt. Warm und zart fühlte sie sich an. Aber warum spürte ich so einen Hass, wenn ich an sie dachte? Meine Freundin, die ich über alles liebte, die mich mit ihren schönen Augen ansah.

Sie lächelte nicht so wie üblich. Mir fiel es wie Schuppen von den Augen. Ich nannte sie Schlampe, richtig. Meine Melanie hat mich in den Wind geschossen, weil sie einen anderen pimpert. Jemanden, den ich kenne. Und was hatte das jetzt damit zu tun, dass ich blind war? Ich verschwand aus der Wohnung, fuhr durch die Gegend. Hatte ich einen Unfall? Wahrscheinlich. Nein, kein Unfall. Ich erinnerte mich, dass ich den Mazda abgesperrt hatte. Der Bahnhof, kaum belebt, ein Industriegebiet, ein Kamin. Der Nebel in meinem Schädel lichtete sich.

Oh mein Gott, der Schornstein, den ich erklettert hatte! Ich war oben, und dann? Die Erinnerung schockte mich, ich wollte mich umbringen, ich ließ mich vom Kamin fallen. Nein, falsch! Denk nach, Florian. Oh, Jesus, ich bin IN den Kamin gestürzt! Jetzt war mir alles klar: Ich war tot. Jeder Mensch fragt sich, wie es ist, wenn man tot ist. Wenn alles Leid vorbei ist und in endlosem Frieden die Seele in den Himmel schwebt.

Bullshit, kann ich da nur sagen. Auch wenn das Leben vorbei ist, fühlt man Höllenschmerzen. Aber stimmte das wirklich? Diese absolute Schwärze machte mich wahnsinnig. Ich drehte den Kopf hin und her. Das funktionierte ganz gut. Die Augen hatte ich aufgerissen und schaute angestrengt in das Dunkel. Schwarz, schwarz, schwarz, alles war pechschwarz. STOPP!

Da war etwas. Ein kleiner runder Punkt hob sich kaum merklich ab. Ich kniff die Augen nun zusammen, um diese Stelle fokussieren zu können. Tatsächlich, Hellpechschwärze.

Es dauerte eine Weile, bis ich eins und eins zusammengezählt hatte, dann fiel der Groschen. Das dort war die Öffnung des Kamins, und freudig bemerkte ich, dass ich gar nicht tot war. Ich würde weiterleben, die Schmerzen würden vergehen, meine Verletzungen heilen. Und vor allem: Ich war nicht blind.

Ich lachte vor Erleichterung auf. Die Freude war nur von sehr kurzer Dauer. Zu sehr hielt mich mein kaputter Körper davon ab und die plötzliche Erkenntnis, die mein Hirn erreichte: Und nun?

Mit übermenschlicher Anstrengung hatte ich es geschafft, meinen Arm hinter dem Rücken mit der heilen Hand hervorzuziehen. Mehrere Male dachte ich, ich würde das Bewusstsein verlieren. Immer wieder musste ich schwer atmend pausieren.

Schweißperlen standen auf meiner Stirn, die sich langsam zu einem kleinen Bächlein vereinten und mir in die Augen liefen. Das Salz brannte, aber es lenkte mich ein wenig von meinem Martyrium ab, so dass ich irgendwann meinen Arm befreit hatte.

Ein Arzt war für eine Diagnose nicht nötig: Ich fühlte, dass er nicht nur einmal gebrochen war. Jede noch so kleine Bewegung ließ mich aufstöhnen, aber ich hatte es geschafft. Ich legte mich flach auf den Boden und hörte auf meinen rasenden Herzschlag. Mein Atem wurde langsamer, ich beruhigte mich.

Wenn ich so liegen bliebe, wäre es erträglich. Ich tastete mit der rechten Hand um mich herum, ich wollte wissen, auf welchem Untergrund ich lag. Es fühlte sich an wie auf Wolken. Aber nachdem ich ja nun begriffen hatte, dass ich nicht im Jenseits war, musste es etwas anderes sein. Es raschelte und fühlte sich glatt an. Eine Art Folie, nur fester.

Dieser weiche Boden hatte mir also das Leben gerettet, und ich kam, obwohl ich mehr als 50 Meter gefallen war, mit ein paar Knochenbrüchen davon. Ich hätte mich selbst ohrfeigen können, dass ich im Affekt so einen Schwachsinn gemacht hatte. Eigentlich wollte ich mich gar nicht wirklich umbringen; ich dachte an Melanie, ich wollte sie mit meinem Tod bestrafen, hatte aber in meiner Wut nicht bedacht, dass ich ja überhaupt keine Genugtuung verspüren konnte, während meine Seele ins Nirvana driftete, oder wohin auch immer sie nach dem Abkratzen ging, und Würmer bald an mir nagten.

Ich klopfte auf meinen Untergrund. Es roch staubig und schon kitzelte es in meiner Nase. Ich musste niesen und schrie direkt auf. Meine Rippen ließen mich vor Schmerzen Sterne vor den Augen sehen. Auch hier schienen mehrere gebrochen zu sein. Ich versuchte, flach zu niesen, was leidlich schlecht gelang. Nach dem vierten Nieser war ich erledigt.

Wieder musste ich warten, bis meine Qualen nachgelassen hatten. Als ich wieder klar denken konnte, starrte ich auf den runden, nicht ganz so schwarzen Schemen in scheinbar unendlicher Entfernung über mir und überlegte.

Das Handy, schoss es mir durch den Kopf. Meine Fresse, das ist doch normal das Erste, an das man denkt. Ein Smartphone ist schließlich in der heutigen Zeit fast schon ein eigenes Körperteil.

Ich suchte meine Tasche ab und fühlte sogleich das flache Rechteck. Erleichterung machte sich in mir breit; nun würde doch noch alles gut werden. Im nächsten Moment verspürte ich Angst. Hatte das Gerät den Sturz überstanden?

Hektisch zog ich es aus der Hosentasche und drückte auf den Knopf, der das Display beleuchten ließ. Ich kniff die Augen zusammen, als ich plötzlich geblendet wurde. Es dauerte ein paar Sekunden, bis ich erkennen konnte, dass mein Smartphone den Freiflug unbeschadet überstanden hatte. Mit dem Daumen wischte ich über das Display und las eine Mitteilung, die mir bekannt vorkam.

– Du bist schuld an meinem Tod ... – stand in der Eingabeleiste von WhatsApp. Ich hatte die Nachricht an Melanie gar nicht abgeschickt.

Sie ahnte nichts, sie würde glauben, dass ich aus Wut oder Stolz nicht antworten will. Nur mit dem Daumen wollte ich die Nachricht löschen, drückte stattdessen aus Gewohnheit auf Senden.

Ich begann zu tippen: – Melanie, es tut mir leid, hilf mir bitte. Ich bin in einen Kamin in Ostrothe gefallen. Ich bin verletzt und brauch Hilfe. Hol mich hier raus. Das ist kein Witz!!! – Ich tippte auf Senden und wartete darauf, dass zwei Haken erschienen, die mir mitteilten, dass die WhatsApp Melanie erreicht hatte.

Aber es war vergebens; der Blick auf die Displayoberseite zeigte mir an, dass ich keinerlei

Empfang hatte. Nur Notrufe, ließ mich das Handy wissen. Natürlich, Flo, setz einen Notruf ab.

Ich tippte auf das Hörersymbol und suchte die Zahlen. 110 gab ich ein und aktivierte das grüne Hörersymbol. Ich überlegte, wie ich meine Lage am besten beschreiben konnte, während das Smartphone eine Verbindung herstellte. Aber es blieb bei dem Wunsch. Die Mauern ließen kein Signal durch.

Am liebsten hätte ich das Smartphone in die Ecke gefeuert und lachte hysterisch auf. In einem runden Kamin konnte man nichts in eine Ecke werfen. Meine empörten Rippen brachten mich wieder zurück auf den Boden. Noch einmal sah ich auf das Display. Nichts. Keine Haken bei Melanies Nachricht, kein Empfang. Aber ein Akkustand von 92 %.

Jetzt hatte es sich bezahlt gemacht, dass ich immer darauf achtete, dass mein Handy geladen ist. Ich aktivierte die Taschenlampen-App und beleuchtete meine Gegend.

Über mir sah ich rote, rußige Ziegel, die sich in der Unendlichkeit zu verlieren schienen. Ich war überrascht, dass hier auf der Innenseite ebenfalls diese Stangen für einen Auf- oder Abstieg angebracht waren.

In etwa vier Metern Höhe sah ich ein Loch in der Wand, das einen Durchmesser von gut zwei Metern hatte und eher oval als rund war. Hier kamen wohl die Rauchgase von der Heizanlage heraus, ehe sie im Kamin nach oben verschwanden. Unerreichbar weit weg für mich.

Ein kurzer Hoffnungsschimmer verflüchtigte sich, ehe er sich manifestieren konnte. Mich interessierte der weiche Untergrund. Als ich den Staub abgewischt hatte, sah ich silberne Folie. Das kam mir bekannt vor, ich drückte darauf, machte ein Loch hinein und zog etwas von dem gelben Gewebe heraus. Es handelte sich um Stein- oder Glaswolle.

Deshalb hatte ich also den Sturz überlebt, weil hier alles mit diesem Gewebe ausgelegt war. Was hatte ich doch für ein Glück! Tatsächlich? Die Anstrengungen hatten mich ermattet. Ich legte mich zurück und schlief ein.

***

Als ich wieder erwachte, fühlte ich mich wie in Abrahams Schoß. Es war so herrlich warm und weich. Ich wollte mich drehen und dazu den linken Arm benutzen. Ein Schrei entfuhr meiner Kehle.

Brutal wurde ich in die Realität zurückgeholt und daran erinnert, wo ich mich befand. Ich sah nach oben und erkannte, dass der kleine Kreis über mir in ein Grau übergegangen war und allmählich noch heller wurde. Ein neuer Morgen brach an. Ob Melanie schon wach war?

Ich fühlte Sehnsucht nach ihr, aber nicht für lange Zeit. Ich stellte mir die Frage, ob ihr neuer Stecher bei ihr übernachtet hatte. Jetzt, wo sie reinen Tisch gemacht hatte, war der Weg frei. Wut kroch wieder in mir hoch.

Ich schmatzte. Die trockene Luft hier drin machte durstig. Wie schön wäre es, wenn ich jetzt ein frisches, kühles Bier öffnen könnte und der Inhalt meine trockene Kehle trösten würde. Mir lief das Wasser im Mund zusammen.

Es wäre das Erste, was ich machen würde, wenn ich hier raus wäre. Ich riss die Augen auf und revidierte meinen Wunsch. Es würde Wasser genügen, meinetwegen pisswarm, egal. Niemand würde über den Rand des Kamins lugen und fragen, ob es ein Helles sein soll. Mir schwante ganz Böses.

Wie wahrscheinlich war es, dass hier jemand vorbeikommt und nach dem Rechten sah? Routinemäßig gucken, wie viele Selbstmörder sich versammelt hätten und evakuieren? Die Chance lag bei nahe null.

Nein, ich verdrängte die Gedanken und begann zu überlegen, was ich tun könnte. Ich tastete nach meinem Handy und hoffte, dass die Nachricht mittlerweile abgeschickt worden war, aber nein, absolut kein Netz. Ich versuchte den Notruf: nichts.

Mit Ringfinger und Daumen massierte ich mir die Schläfen, um besser denken zu können, doch kein Geistesblitz durchfuhr mein Gehirn.

Ich sah blauen Himmel und am Kaminrand die Sonnenstrahlen. Es würde ein schöner Tag werden. Verliebt würde Melanie mit ihrem Neumacker Hand in Hand spazieren gehen, ein Eis essen oder sonst was machen. Das Miststück.

Meine Beine hatte ich angezogen, so dass ich das Smartphone anlegen konnte. Lange starrte ich das Display an. Gerade sprang die Akkuanzeige von 87 auf 86 %.

Ich öffnete das Mailprogramm und begann zu tippen. Es dauerte lange, bis ich tausende Male Buchstaben tippend mit meiner Geschichte in der Gegenwart angekommen war und mein Erlebnis notiert habe. Ich schickte die Mail an mehrere Empfänger, an Freunde, Verwandte und Melanie, bevor ich weiterschrieb. Vielleicht kam sie irgendwo an.

68 % Akku. Die ellenlange Mail hat mich 18 % gekostet, obwohl ich die Helligkeit auf das Nötigste reduziert habe. Natürlich bekam ich die Meldung, dass das Versenden nicht erfolgreich war. Fuck. Großes Fuck.

Ich lehnte mich zurück, starrte auf die kleine blaue Scheibe über mir und beobachtete, wie die Sonnenstrahlen langsam wanderten. Eine Träne löste sich aus meinem Augenwinkel. Ich wischte sie ab und leckte sie vom Finger.

Toilette gab es hier natürlich auch nicht. Aber ich musste pinkeln. Ich wollte es nicht einfach laufen lassen und mich wie ein Baby nass machen. Wenn ich mich auf die Seite drehte, würde es wohl gehen, ohne dass ich mich selbst besudelte. Unter Schmerzen klappte das ganz gut.

Ich holte mein Teil raus und konzentrierte mich. Kurz bevor der Harn lief, hielt ich mich doch noch zurück. Siedend heiß fiel mir ein, dass das, was da unten rauskommen würde, wichtige Flüssigkeit wäre. Ich verzog angewidert den Mund, doch was blieb mir übrig. Mit der gesunden Faust machte ich eine Delle in die Folie meines himmelweichen Bettes.

Kurz darauf erleichterte ich mich, packte ein und rutschte vorsichtig nach unten. Mit der Nase war ich genau über meiner Pisse. Es kostete mich unglaubliche Überwindung, aber dann berührten meine Lippen den Urin.

Im gleichen Moment siegte der Durst über den Ekel und ich schlürfte die provisorische Schüssel bis zum letzten Tropfen leer. Ich lehnte mich zurück und war einfach nur glücklich, dass ich meinen Durst gestillt hatte.

Auweh, das ging verdammt schnell, ich hatte nur noch 55 % Akku. In Zukunft musste ich mich beim Schreiben der Mails kürzer fassen. Mein gebrochener Arm kribbelte, aber es war auszuhalten. Wenn ich mich nur langsam bewegte, dann meckerten auch meine Rippen nicht. Ich legte mich jetzt aber wieder etwas hin, um mich auszuruhen.

49 %. Keine Nachricht drang nach außen. Der Durst war zurück. Lange hatte ich das Wandern des Sonnenstrahles beobachtet. Jetzt war er weg und das Blau wurde dunkler. Es war Abend.

Ob ich mit meiner Schätzung auf 20 Uhr richtig lag? Es war so unglaublich leise hier unten, man hörte praktisch das Blut in den Ohren rauschen.

Ich genoss die Stille ganz und gar nicht und begann, mit mir selber zu sprechen.

War ich schon auf dem Weg zum Wahnsinn? Das hielt ich doch für etwas zu früh. Wow, es waren nicht einmal 24 Stunden vergangen, seit mir Melanie den Laufpass gegeben hat. Ich hatte keine Sorgen, war zufrieden, wohlgenährt und hatte jederzeit die Möglichkeit, etwas zu trinken.

Ich machte wieder schmatzende Bewegungen, um etwas Speichel zu bilden. Das funktionierte so lala. Ob ich nochmal pinkeln konnte? Schien nicht der Fall zu sein. Ich schmatzte, meine Zunge klebte am Gaumen. Das Blau über mir ändert sich langsam in Grau. Bald würde die Nacht hereinbrechen. 43 %, Nachricht konnte nicht versendet werden. Ich hatte etwas Hunger.

Zappenduster, mehr fiel mir dazu nicht ein. Es war so undurchdringlich duster, das hatte ich so noch nicht erlebt. Auch in absoluter Dunkelheit sah man in der Regel noch Schemen oder Konturen. Nicht so in meinem Gefängnis. Ich riss die Augen auf, um besser sehen zu können, aber ich war nun mal keine Katze.

Zum Glück konnte ich vorhin noch einmal pissen. Aber der Urin roch diesmal übel. Klar, der Urin verdickt sich ja, wenn keine Flüssigkeit nachkommt. Wahrscheinlich war mein Pipi schon orange. Aber natürlich trank ich aus meiner Mulde alles aus.

Wenn man vor Trockenheit kaum noch den Mund aufbekam, schmeckte auch stinkender Urin wie Nektar der Götter. Die Befriedigung über das warme Nass währte aber nur recht kurz. War mir doch klar, dass diese Quelle unweigerlich irgendwann versiegen würde. Ich überlegte, ob es helfen könnte, wenn Regen einsetzen würde. Käme das Wasser bei mir unten an? Ich klammerte mich an diese Theorie. Das Problem war naheliegend; es würde nicht regnen.

Die Selbstgespräche hatte ich aufgegeben. Es war mir zu anstrengend, meinen trockenen Mund zu bewegen, also ließ ich es bleiben.

Was sollte ich denn tun, ich hatte keine zündende Idee. Mein Körper war zu kaputt, um etwas zu unternehmen. Das Loch in der Wand, das ein paar Meter über mir war, das war unmöglich zu erreichen. Auch wenn ich es erreichen könnte, wo würde es hinführen?

Die ganze Anstrengung wäre für die Katz, wenn ich mich dann dort vor einer Metallplatte oder einer Wand befinden würde. Es war müßig, darüber nachzudenken.

»Du siehst ganz schön durstig aus. Schau mal, was ich dir mitgebracht habe.«

Melanie, sie ist zu mir gekommen. Am ausgestreckten Arm hält sie mir einen Krug mit goldfarbenem Bier entgegen. Der weiße Schaum läuft außen herab und über die Hand von Melanie. Es stört sie nicht, sie lächelt, ihre Augen glänzen.

»Und dann gehen wir endlich nach Hause. Wir kriechen unter die Decke und schlafen Arm in Arm ein. Aber erst ... danach.«

Neckisch blinzelt sie mir zu. Ich strecke meine Zunge raus, um in Vorfreude auf das kalte Getränk die Lippen zu benetzen. Das Glas ist kondensiert. Mit beiden Händen möchte ich den Krug von ihr entgegennehmen und stoße einen Schmerzensschrei aus.

Ich riss die Augen auf und sah ... nichts. Melanie war weg, mit ihr auch das Bier. Es blieben nur ein schmerzender Arm und die Erkenntnis, dass ich geträumt hatte.

Noch immer befand ich mich in meinem Gefängnis, mit spröden, rissigen Lippen, mit einem unerträglichen Durst. Ich stieß einen Schrei der Verzweiflung aus, mein Hals fühlte sich dabei an wie ein Reibeisen. »Ich muss hier RAUS!«, rief ich. Mir war klar, wenn ich jetzt nichts unternähme, würde ich hier unten elendig verrecken.

Mit einer unmenschlichen Anstrengung wälzte ich mich auf die Seite, die stechenden Schmerzen, so gut es ging, ignorierend, und rappelte mich auf. Zunächst zog ich mich auf die Knie. Nach einer Pause, die nötig war, bis der brutale Schmerz wieder erträglicher wurde, stand ich auf. Meine Beine zitterten wie Wackelpudding, während ich mich an der Wand abstützte, aber ich war aufrecht. Heureka.

Mit den Fingern tastete ich die Ziegel ab. Tatsächlich, die Wand war nicht glatt, der Putz war in einigen Fugen abgebröselt. Ich konnte meine Finger in manche Schlitze reindrücken. Euphorisch zog ich mich hoch, bis ich auf den Zehenspitzen stand. Im Reflex wollte ich den linken Arm hochheben und wurde jäh daran erinnert, dass das nicht möglich war.

Ein Wehklagen entfuhr meinen Lippen, und kurz darauf lag ich wieder auf dem weichen Boden. Gnadenlos schoss die Erkenntnis durch meinen Kopf: Es ist vorbei, ich komme hier nicht lebend raus. Ich werde sterben.

Seltsamerweise hatte diese nüchterne Feststellung etwas Tröstliches. Ich rollte mich auf den Rücken, suchte eine Stellung, die mir so wenig Schmerzen wie möglich bereitete.

Ich versuche wieder, diese Mail abzuschicken. Erfolglos. 18 % Akku.

Warum ich grinse, das weiß ich nicht wirklich. Aber das hätte ich besser sein lassen. Meine Lippen sind dadurch aufgerissen und Eisengeschmack füllt meinen Mund.

Gierig lutschte ich das Blut und saugte an meinen Lippen, bis der Schmerz nicht mehr auszuhalten war. Ich verzehrte mich nach mir. Wieder musste ich grinsen über das Wortspiel, erneut rissen meine Lippen.

Es war Tag, das sah ich. Aber der Himmel schien grau zu sein. Heute war dann wohl kein Eisdielenwetter, vielleicht regnete es sogar?

Kurz regte sich Hoffnung, aber war sie berechtigt? Nein! Dennoch öffnete ich den Mund und wartete darauf, dass Wassertropfen meine ausgetrockneten Lippen benetzten. Ich musste Akku sparen, 10 %. Durst war schlimmer als Heimweh, Durst war schlimmer als alles. Lieber Gott, lass diese Scheiß-Mail durch diese verfickten Mauern gehen. Amen.

Hurra, ich lebe noch. Hieß nicht ein Buch vom alten Simmel so ähnlich? Scheiße, ich werde kurz vor dem Abkratzen zum Philosophen. Da wird der da oben aber staunen. Ich habe vorhin tatsächlich gebetet.

Wann war eigentlich mein letztes Gebet? Im Angesicht des nahenden Todes wurde auch so ein Hardcore-Atheist, wie ich es war, zum frommen Schaf. Lieber Gott, mach's kurz, hab ich ihm gesagt.

Und nun? Lag ich immer noch hier auf dieser Isolierung und wartete, dass meine Seele die Biege machte.

Uff, gerade im Moment sagte das Handy zu mir, dass ich ein Ladegerät anschließen soll. Lediglich 5 % waren noch übrig. Das Display wurde dunkler. Ich klinkte mich aus, ich betete, ich hoffte. Bitte, nur ein Glas Wasser.

Liebe Melanie, die letzten 2 % sollen dir gehören. Du sollst wissen, du warst die Liebe meines Lebens. Wie habe ich mir erträumt, dass wir beide heiraten, Kinder kriegen und den ganzen Familienquatsch erleben. Und dann machst du alles kaputt.

Melanie, ich verzeihe dir. Ich will nicht im Bösen von dieser Welt gehen. Nie wieder werde ich in deine schönen Augen sehen können, nie wieder mit dir lachen und weinen. Bitte werde glücklich mit ihm, mit dem Typen, den ich kenne und dessen Namen du mir nicht gesagt hast. Lass mich bitte trotzdem ein Teil von deinem Herzen sein, und denk wenigstens ab und zu an die schöne Zeit, die wir zusammen hatten. Melanie, ich habe nie aufgehör

***

Immer wieder wurde gehämmert. Regelmäßig polterte es, wenn sich ein Stein löste und auf dem Boden aufschlug. Dann das Scharren auf Betonboden, Rumpeln, wenn der Schutt in eine Lore geworfen wurde. Nach vielen weiteren Hammerschlägen durchbrach der große Meisel die Wand.

Der Staub tanzte auf dem Lichtstrahl, der nach innen stach, und erinnerte an ein weißes Laserschwert. Weitere Steine polterten auf den Boden. Das Loch in der Wand wurde schnell größer.

Rote Ziegel wurden weggebrochen, nach hinten gereicht, krachend in die Lore geworfen, bis das Loch zu einem Zugang wurde.

Franz Käfer zwängte sich durch den Spalt und leuchtete mit der Taschenlampe die Wände des Kamins an, bis er zurückzuckte und laut »Scheiße« ausrief.

»Was denn?«, fragte sein Kollege, nahm seinen gelben Schutzhelm ab und wischte sich den Schweiß ab.

»Da liegt einer.«

»Bitte, was hast du gesagt?«

»Da liegt jemand.«

Kurt Laband zwängte sich ebenfalls in den Kamin hinein und riss wie sein Kollege zuvor die Augen auf. Ein eiskalter Schauer durchfuhr ihn. »Schau mal nach«, sagte er leise, als könnte er den Körper durch zu lautes Reden aufwecken.

Unsicher ging Franz zu dem Leib und erkannte sofort, dass der offensichtlich junge Mann tot war. Er lag auf dem Rücken, die Hände hielten ein altes Smartphone umklammert. Sein Körper mager, sein Gesicht wie mumifiziert.

»Wir müssen die Bullen holen.« Franz und Kurt hatten es sehr eilig, den Kamin zu verlassen.

***

Melanie jagte das Mädchen durchs Treppenhaus. Kichernd und kreischend rannte es nach oben und wollte sich verstecken.

»Ich krrrieg dich, ich krrrieg dich«, ahmte Melanie ein Monster nach, was noch mehr Kreischen bei der Vierjährigen hervorrief.

»Meli, dein Handy dreht durch«, rief Klaus ins Treppenhaus.

»Ich komm gleich«, rief sie zurück, strich ihre Haare aus dem Gesicht und ging schwer atmend in die Küche. Sie nahm das Smartphone entgegen, das ihr Klaus entgegenhielt. Noch immer vibrierte es, weil weiterhin Nachrichten ankamen. Sie schüttelte den Kopf und wischte über das Display. 24 E-Mails und etliche WhatsApp-Nachrichten, las Melanie ab. Sie kniff verständnislos die Augen zusammen, um zu begreifen, was auf dem kleinen Display angezeigt wurde.

»Probleme?«, fragte Klaus.

Ihre Tochter war in der Zwischenzeit aus dem Obergeschoss gekommen und sah skeptisch zwischen den Erwachsenen hin und her.

»Lauter Nachrichten von Flo.«

»DER Flo?«

»Ja, mein Exfreund, dein Kumpel, von dem ich seit damals nichts mehr gehört habe, seit jener Nacht, als ich Schluss gemacht habe.«

»Meine Güte, das ist ja schon über sechs Jahre her?!«

»Wir sind alle davon ausgegangen, dass er ins Ausland abgehauen ist. Sein Auto wurde damals ja an dem Bahnhof gefunden. Aber er ist einfach von der Bildfläche verschwunden; niemand hat ihn gesehen. Sie haben nach ihm gesucht, aber wir dachten, er wollte nicht gefunden werden. Ich habe mir solche Vorwürfe gemacht.«

»Und jetzt auf einmal meldet er sich wieder? Was schreibt er denn?«

Melanie scrollte nach oben, bis sie die erste Nachricht erreichte, und riss die Augen auf.

»Emma, verpass nicht deine Lieblingssendung, die kommt doch jetzt?«

Das Mädchen machte ein tonloses O mit dem Mund und flitzte ins Wohnzimmer. Kurz darauf schallte die bekannte Musik einer Animationsserie aus dem Raum.

»Oh mein Gott!« Melanie schlug sich die Hand vor den Mund.

Klaus legte einen Arm um seine Frau. »Lies vor.«

»Du bist schuld an meinem Tod. Dein ganzes Leben lang sollst du daran denken, bis deine verkommene Seele der Teufel holt.«

Klaus sprang auf. »Bitte? Dem hau ich aber direkt aufs Maul, dem Früchtchen.«

Melanie wechselte zu den Mails und öffnete die erste ungelesene Nachricht.

»Und alles nur wegen der Schlampe ...«, las sie mit Tränen in den Augen vor und reichte das Telefon an ihren Gatten weiter, der eine Mail nach der anderen kopfschüttelnd anklickte. Am Ende angekommen, las er noch die letzte WhatsApp von Florians Account vor.

»Sehr geehrte Frau Melanie. Bitte setzen Sie sich mit der Polizei Raudenstadt in Verbindung. Wir müssen mit Ihnen sprechen. Gez. Hauptkommissar G. Schneider.«

David Führt

David Führt hat sich vor zwei Jahren seinen Traum vom Schreiben erfüllt. Er schreibt Kriminalromane sowie Kurzthriller. Beim BUCH DER BÖSEN TRÄUME agierte er erstmals als Herausgeber und Autor.

BLACKBOX

NACHTS IN DEINEM KOPF

Mysterythriller

FÜR INES

Prolog

»Komm schon, Ulrike. Jetzt mach endlich hinne«, sagte Veronika und stieß ihre Freundin mit dem Ellbogen an. »Du musst das tun, wenn du zu unserer Clique dazugehören willst.« Mehrere Stimmen ertönten hinter ihr. Alle lachten über sie. Sogar Sören. Ausgerechnet er. Er war der Junge, mit dem sie ihren ersten Kuss erleben wollte. Der, der einfach der Richtige war. Prinz Charming.

Ulrike schaute auf das Haus, das im fahlen Mondlicht noch schauriger aussah, als bei Sonnenschein. Es war kurz nach Mitternacht und ein Schauer durchfuhr sie, als sie an ihre Aufgabe dachte, die ihr hier bevorstand.

Sie machte einige Schritte auf das Haus zu und das grollende Lachen verebbte plötzlich. Es war unheimlich still. Zu still. Da!

Plötzlich spürte sie über sich einen Luftzug. Eine Eule zog ihre Runde, unweit von ihrem Kopf. »Uuuuhh«, schallte es in die Nacht hinein.

Am liebsten hätte sie laut losgeschrien, und schlug sich gerade noch im letzten Moment die Hand vor den Mund. Vorsichtig griff sie nach dem Knauf der alten Tür, nahm allen Mut zusammen und stieß diese auf.

Ein modriger Geruch kam ihr entgegen. Sie musste es schaffen, sie musste rein ins Herz des Gebäudes. Das Innere war umgeben von einer bleiernen Finsternis. Nur langsam gewöhnten sich Ulrikes Augen an diese Dunkelheit und erkannten erste Umrisse. Behutsam setzte sie einen Fuß vor den anderen.

Plötzlich zuckte sie zurück und wedelte panisch vor ihrem Gesicht herum. Spinnweben berührten ihre Haut und ein Ekelgefühl stieg in ihr auf. Vorsichtig wagte sie den nächsten Schritt.

Eine nackte Glühbirne hing an der Decke des ersten Raumes. Die Tapete hing an einigen Stellen von der Wand. Eine weitere Tür. Kurz überlegte sie, ob sie weiter gehen sollte. War sie bereit dieses Risiko einzugehen?

Sie brauchte ein Souvenir, das eindeutig bewies, dass sie in dem Haus gewesen war. Nur was sollte sie mitnehmen? Trotz des pochenden Herzens ging Ulrike durch die offene Zwischentür in den nächsten Raum. Es musste das Schlafzimmer sein.

Auch dieser Raum lag fast in völliger Dunkelheit. Doch der Umriss eines Bettes, welches beinahe den ganzen Raum ausfüllte konnte, bestätigte ihre Vermutung. Auch dieses Zimmer hatte mit Sicherheit seit Jahrzehnten kein Mensch mehr genutzt, geschweige denn betreten. Zumindest dem abgestandenen Geruch nach zu urteilen.

Eine weitere Tür, aber als sie den Drücker betätigte, schien diese verschlossen zu sein. Ulrike stieß einen leisen Seufzer aus. Nochmals sah sie sich in dem Raum um. Was könnte sie hier entwenden? Was würde beweisen, dass sie hier drinnen war?

Ein Geräusch ließ sie aufhorchen. Es klang nach einem Knarren. Gedanken zur sofortigen

Flucht kamen ihr in den Sinn, und auch das Bild von Sören erschien vor ihrem geistigen Auge. Nur, wenn sie die Mutprobe bestehen würde, könnte sie ihm nahekommen.

Sie lauschte in das Haus, doch es war wieder absolute Stille eingekehrt. Es war so still, dass sie sich selbst atmen hörte. Abermals drückte sie die Türschnalle nach unten. Diesmal mit etwas mehr Druck, sodass sich die Tür nun öffnete.

Geschafft! Der Raum hatte ungefähr die Größe des ersten Zimmers. Eine Küchenzeile nahm die rechte Seite des Raumes ein. Ein großer Esstisch mit acht Stühlen stand in der anderen Ecke.

Im Gegensatz zu den anderen Räumen hatte sie hier ein beklemmendes Gefühl in ihrem Brustkorb. Das Atmen fiel ihr sichtlich schwerer. Ihr Unterbewusstsein signalisierte ihr, dass sie in diesen Raum nicht allein war. War es nur das Kopfkino, das ihr einen üblen Streich spielte?

Sie blieb für einige Minuten wie angewurzelt stehen. Das Adrenalin rauschte durch ihre Ohren und auf einmal erklang ein Poltern. Sie hielt ihren Atem an, die Gedanken rasten durch ihr Hirn. Was hatte sie da eben vernommen? Sollte sie sich das nur eingebildet haben?

Sie ging zwei Schritte durch das Zimmer und steuerte die gegenüberliegende Seite an. Da war es wieder. Ein Poltern. Ulrike war nicht allein. Der Gedanke, dass es die anderen Mitglieder ihrer Clique sein konnten, machte ihr Hoffnung.

»Ich habe meinen Teil der Mutprobe bestanden«, sagte sie mit wackliger Stimme und griff

nach der Tasse, die auf dem Tisch stand. „Jetzt nur
noch raus hier', dachte sie sich und bevor sie einen
Fuß nach vorne setzen konnte, blieb sie wie versteinert stehen. Sie vernahm Poltern und Schritte,
die sich ihr immer weiter näherten.

So schnell sie konnte, kauerte sich unter den
Tisch, bevor die andere Person – oder was auch
immer hier auf sie zukam – den Raum betrat. Die
Geräusche kamen nun immer näher, sie konnte
die Atemgeräusche hören. Ein leises Rasseln be-
gleitete dieses. Etwas fiel vor ihr zu Boden. Gerade
nur eine Armlänge von ihr entfernt.

Sie stieß ein gedankliches Stoßgebet aus, dass
der liebe Gott ihr helfen sollte sie aus dieser misslichen Situation zu befreien.

Wie, als wenn er ihr Gebet erhört hätte, entfernten sich die Schritte wieder von ihr. Bewe-
gungsunfähig kauerte Ulrike noch immer unter
dem Esstisch und das Mondlicht, welches durch
das große Küchenfenster reinschien, ließ auch
ihre Gedanken für einen Moment erstarren. Denn
glaubte sie Sekunden zuvor noch an einen puren
Zufall, dass dieses Objekt vor ihren Augen landete,
war ihr nun schlagartig bewusst, dass es Absicht
gewesen sein musste.

Eine kleine selbstgebastelte Puppe. Aus einem
groben Material hergestellt und ungefähr handflä-
chengroß. Ulrike griff danach und der Anblick der
Knopfaugen und der mit Kreuzstichen markierten
Arme und Beine, ließ in ihr das Blut gefrieren.
Eine Voodoo-Puppe! Eine einzelne Nadel steckte

in ihrem Kopf. Sie dreht die Puppe, sodass sie deren Rücken betrachten konnte.

›Der Kopf ist die Gefahr‹ stand dort in Großbuchstaben geschrieben.

20 Jahre später

Es war der 12. März 1998. Ulrike würde es nicht mehr ins Krankenhaus am Sankt Marienplatz schaffen, das war ihr nun klar. Die Wehen waren unerträglich und bis der Krankenwagen eintreffen würde, wäre es sowieso schon zu spät.

Völlig verweint saß die werdende Mutter in ihrer Wohnung auf dem Sofa. Sie presste, erlag kurz den Schmerzen und presste wieder. Verzweiflung kam auf und schnürte ihr fast die Kehle zu. Sie war allein, völlig allein. Frank war auf der Arbeit und würde erst in den nächsten Stunden nach Hause kommen. Natürlich hätte er sich frei nehmen können, doch da er selbstständig war, blieb ihm nichts anderes übrig, als jeden Tag arbeiten zu gehen und Geld zu verdienen.

Ulrike hatte sich vorgenommen, ihren Mann erst anzurufen, wenn das Kind auf der Welt war und alles gut sein würde. Was würde es bringen, ihn in Angst zu versetzen? Sie war eine starke Frau, sie schaffte das.

Die nächste Wehe kam und in diesem Moment des unbändigen Schmerzes, wusste sie nicht, woher sie ihre Zuversicht nehmen sollte. Denn gerade jetzt war die Sehnsucht nach seiner Nähe, nach beruhigenden Worten so groß, so unbändig groß, dass sie zum Hörer greifen wollte. Aber er brauchte einen freien Kopf, um die Familie versorgen zu können, welche bald ein neues Mitglied hätte.

Lange hatten sie es probiert Eltern zu werden, immer wieder waren sie gescheitert. Nun, nach drei Jahren, war es geglückt und die werdenden Eltern hatten innerhalb weniger Wochen alles eingerichtet. Der Kinderwagen stand im Hausflur, die Wiege im Wohnzimmer und das Gitterbettchen im Schlafzimmer, wo das Baby die nächsten Monate schlafen würde. Das Geschlecht des Kindes wollten sie bis zum letzten Tag nicht wissen.

Ulrike presste. Die Kräfte, die sie entwickelte, um das Kleine aus ihr rauszudrücken, waren beinahe übermenschlich. »Atmen. Ich muss atmen«, schoss es ihr durch den Kopf, als sie eine Wehenpause hatte, die sich anfühlten wie Millisekunden.

Vier Stunden nachdem die ersten Wehen eingesetzt hatten, war alles vorbei und das Kind erblickte das Licht der Welt. Stolz bewunderte die frisch gebackene Mutter das mit Blut verschmierte kleine Etwas. Sie würde es für immer lieben, egal was passieren würde. Da war sie sich sicher.

Ulrike hörte, dass sich der Schlüssel im Schloss drehte und ein stämmiger Mann mittleren Alters betrat den Flur. Frank war soeben von der Arbeit nach Hause gekommen und wusste noch nichts von der freudigen Nachricht. Er fand die beiden im Wohnzimmer und strahlte bis über beide Ohren.

»Was für eine tolle Überraschung!«, sagte er und küsste Ulrike auf die Wange. Er betrachtete seine Tochter mit einem Blick, den sie bei ihm noch nie zuvor gesehen hatte. So sanft und so voller Liebe. Ganz behutsam nahm er das Baby in seine Arme. »Sie heißt Lilly.«

7 Jahre später

Hagenauer Straße 10. Schon seit Lillys Geburt wohnten sie in diesem Haus. Eine Familie, die nur noch aus Mutter und Tochter besteht. Ulrike saß schluchzend auf ihrem Sofa.

Frank, ihr geliebter Ehemann war tot. Und als wenn dies nicht schon genug ihrer Kräfte rauben würde, war das noch die Angst um Lilly. Die Angst, dass ihr sieben Jahre altes Mädchen etwas damit zu tun hatte.

Lilly hatte gesehen, dass er sterben würde, gesehen wie er sterben würde, seinen Ausdruck, seine Regungen und auch seinen reglosen, schlaffen Körper, welcher wie ein nasser Sack zu Boden glitt. In ihrem Traum. Ulrike hörte vor acht Tagen panischen Schreie aus dem Zimmer von Lilly.

Es war kurz nach Mitternacht, als sie aus ihrem Bett hochfuhr und aus dem Bett sprang. Doch da riss das Mädchen die Tür auf und stürmte zum elterlichen Bett, in die Arme ihrer Mutter. Aufgeregt stammelte sie zuerst unvollständige Wörter und Ulrike hatte Mühe sie zu beruhigen.

Immer und immer wieder zeigte sie auf die verwaisten Bettseite, dahin, wo eigentlich ihr Vater liegen sollte. Doch das tat er nicht. »Er ist tot, Mama. Papa ist tot und ich habe ihn umgebracht.«

Ulrikes Herzschlag setzte für einen Moment aus. Sie konnte nicht fassen, was ihre Tochter vor sich her stammelte. »Er liegt auf dem Parkplatz vor der Fabrik. Er ist tot, Mama! Daddy kommt nie wieder zurück.« Dann sackte sie vor Erschöpfung in den Armen ihrer Mutter zusammen.

Es dauerte gefühlte Stunden, bis Ulrike Lilly wieder zum Reden brachte. Die Tränen der Kleinen wurden immer mehr, die Augen waren verquollen und rot. Es war nicht ungewöhnlich, dass Lilly im Halbschlaf weinte, doch meist konnte Ulrike sie nach wenigen Minuten beruhigen, sodass das Mädchen ruhig weiterschlief. Aber diesmal war es anders: Das Kind ließ sich nicht beruhigen. Der Traum war vorbei, schien aber bittere Realität für Lilly zu sein.

Lilly fing nun wieder an, vor sich hinzustammeln. Es dauerte eine Weile, bis die Mutter aus den Wortfetzen einen sinnvollen Satz konstruieren konnte. »Papa ist tot, ich habe ihn getötet.«

Ulrike war sichtlich überfordert mit dieser Aussage. Wieso sollte Frank tot sein? Er hatte doch Dienst bis morgens um 6 Uhr. Das machte keinen Sinn, und vor allem, woher sollte ihre siebenjährige Tochter dies wissen? Und warum sollte Lilly daran schuld sein?

Umgehend griff sie zu ihrem Handy und wählte den letzten Kontakt aus ihrer Anrufliste. Es war die Nummer von Frank. Lilly hatte sich in der

Zwischenzeit fest an ihren Körper gekuschelt und Ulrike streichelte ihr beruhigend über das Haar.

Es klingelte einmal, es klingelte ein zweites und ein drittes Mal, und dann kam die Bandansage der Mailbox. Nun zitterte ihr ganzer Körper, der regelrecht mit Adrenalin geflutet wurde. Das konnte alles auch nur ein Zufall sein, versuchte sie sich einzureden. Es kam oft vor, dass er nicht an sein Handy ging, es in der Jackentasche oder sonst wo vergaß.

Lilly hatte einfach schlecht geträumt, nicht mehr und nicht weniger. Trotzdem kam ein mulmiges Bauchgefühl in ihr hoch. Sie würde gerne wissen, ob es Frank gut ging. Vielleicht war Lilly noch so sehr in ihrem Traum gefangen, dass sie dachte, es sei Realität.

Zu diesem Zeitpunkt glaubte Ulrike noch an einen Albtraum, doch wusste sie zu diesem Zeitpunkt nicht, dass sie aus diesem nie wieder erwachen würde. Wieder strich sie über den Kopf ihrer Tochter, die mittlerweile Schluckauf hatte, und gab ihr einen Kuss auf ihr wohlriechendes Haar.

»Alles ist gut, Liebes. Du wirst sehen. Daddy kommt in ein paar Stunden nach Hause.« Lilly weinte nicht mehr und bei ihren Worten sah sie ihr tief in die Augen. »Nein, Mama! Nichts ist gut.« Ulrike wusste nicht, ob Lillys Blick oder ihre Worte ihr eine Gänsehaut am ganzen Körper bescherte.

Am nächsten Morgen betrachtete sich Ulrike im Spiegel des Badezimmerschrankes. Sie sah furchtbar aus. Dunkle Augenringe umrahmten die haselnussbraunen Augen. Kleine geplatzte Äderchen im Augapfel stachen hervor. War diese Frau im Spiegel wirklich sie?

Sie betätigte den Hebel des Wasserhahns und ließ sich kaltes Wasser über das Gesicht laufen. Frank, die Liebe ihres Lebens und Vater ihrer gemeinsamen Tochter, sollte tot sein. Sie wollte es nicht wahrhaben. Sie konnte es nicht. Doch es war mittlerweile kurz nach 7 Uhr in der Früh und Frank war immer noch nicht daheim. Und das obwohl er noch nie zu spät nach Hause kam.

Ulrike griff nach dem Festnetztelefon und wählte die Nummer von Claudia, die seit Kindertagen an ihre beste Freundin ist. Sie musste mit jemandem darüber reden. In den letzten Stunden hatte sie es noch etliche weitere Male auf Franks Handy versucht, jedoch vergebens. Auf der Arbeit hatte sie es ebenso probiert, doch das Büro war nachts nicht besetzt.

Keine halbe Stunde später stand Claudia dann in der Küche. Ulrike erwähnte zwar am Telefon, dass etwas vorgefallen sei und sie Claudias Unterstützung benötigen würde, jedoch war sie nicht ins Detail gegangen. Genau aus diesem Grund stand die Freundin nun vor ihr und wartete auf Antworten. Je mehr Ulrike von der letzten Nacht erzählte, desto ungläubiger schaute Claudia sie an. »Hast du letzte Nacht zu tief ins Glas geschaut, mein Schatz?«

Claudia kannte Ulrike gut genug, um zu wissen, dass diese nie nur einen Tropfen Alkohol anrühren würde, doch die Geschichte, die Ulrike ihrer besten Freundin aufzutischen schien, war unglaublich. Unglaublich auch deshalb, weil Lilly zu ihrer Mutter sagte, dass noch weitere Menschen in nächster Zeit sterben würden. Menschen, die ihnen nahestehen. »Ich muss auf die Polizeistation! Ich muss Frank als vermisst melden!«

1 Jahr später

Lillys Freundin Emily durfte bei ihr übernachten. Die Hartmanns hatten nichts dagegen, da sowieso das Wochenende vor der Tür stand. Die beiden Mädels waren den ganzen Tag draußen unterwegs. Erst mit dem Rad, dann im Garten.

Die beiden kicherten während des Abendessens und waren froh, als sie aufstehen durften, um sich einen Film auf DVD anzusehen. Sie fläzten sich auf das Sofa in der Wohnküche und schauten »ICH – Einfach unverbesserlich«. Es war ein langer Tag und beide Mädchen schliefen ein, obwohl der Film noch gar nicht zu Ende war.

Ulrike deckte die beiden behutsam mit einer Decke zu und schaltete den Fernseher sowie auch den DVD-Player ab. Sie war froh, dass an der Freundschaft zwischen Lilly und Emily, trotz des schweren Verlustes von Lilly, alles beim Alten geblieben war. Sie ging ins Schlafzimmer und schaute sich eine alte Folge »Grey's Anatomy« an, als sie plötzlich eines der beiden Mädchen weinen hörte.

Sofort ging sie ins Wohnzimmer und traf dort die völlig verstörte Lilly an, die neben dem Sofa stand. Emily hielt ihre Freundin in den Armen und versuchte diese zu trösten, doch Lilly weinte immer schrecklicher. Wieder und wieder verließen unverständliche Wortfetzten ihren kleinen Mund. Sie hatte einen bösen Traum, dachte Ulrike und versuchte Lilly zu beruhigen.

»Möchtest du einen Kakao?«, fragte Ulrike, aber Lilly schüttelte energisch mit dem Kopf. Sie nahm ihre Tochter fest in ihre Arme und Lilly presste sich an sie. Sie zitterte, sodass sogar ihre Zähne klapperten.

»Mein Schatz, bitte erzähl mir was los ist. Hast du wieder etwas geträumt?« Das Mädchen neben ihr nickte nun. Sie wischte sich die Tränen aus dem Gesicht und erzählte...

10 Minuten zuvor

Nach einem tollen Abend zu zweit in einem der besten Restaurants der Stadt fuhren Walter und Elisabeth Hartmann nach Hause. Die Fahrbahn war nass, der Verkehrsfunk im Radio berichtete von Unfällen durch Aquaplaning. Die Scheibenwischer des Suzukis schafften es kaum, dem Regen, der immer heftiger wurde, etwas entgegenzusetzen.

Es war nicht das erste Mal, dass Walter mit einer nassen Fahrbahn zu kämpfen hatten, doch solch ein Schwall an Wasser hatte selbst er in seinen zwanzig Jahren als Berufskraftfahrer nicht erlebt.

Der Suzuki rollte weiter und kam dabei ins Schleudern, doch es reichte, um eine Kollision mit der Leitplanke zu verursachen. Dadurch, dass Walter nicht angeschnallt war, wurde er durch die Windschutzscheibe den Abhang hinuntergeschleudert. Erst Stunden später würde seine Leiche geborgen werden können.

In der Wohnung

Ulrike konnte es noch immer nicht fassen, was Lilly da von sich gab. Es war wieder genauso wie vor einem Jahr. Schlagartig wurde sie zurückversetzt. Zurückversetzt in die Nacht als Lilly ihr erzählt hatte, dass ihr Vater gestorben war. Konnte das alles Realität sein?

Verwirrt zog sie ihr Handy aus der Tasche ihrer Jeans und wählte die Nummer von Emilys Vaters. In Ulrike kam ein flaues Gefühl hoch, als sie das Freizeichen am anderen Ende der Leitung hörte. Es war wie vor einem Jahr. Ein kalter Schauer zog über ihren Rücken.

Schon kurz darauf sprang die Mailbox an und wieder sah Ulrike ihre Tochter an, die genau den gleichen Blick hatte, der einem Angst und Bange machte. Dann wählte sie die Nummer von Emilys Mutter. Allerdings sprang dort sofort die Mailbox an.

Verzweifelt saß sie zehn Minuten später auf dem Treppenabsatz ihrer Wohnung, das Handy in den Händen, den Kopf gesenkt. Es muss nichts heißen, dachte sie sich, doch ihr Bauchgefühl sagte ihr etwas anderes. Es war etwas Schreckliches passiert.

Für Ulrike folgte eine schlaflose Nacht. Einmal war sie kurz eingenickt, doch schon im nächsten Moment war sie wieder hellwach.

Am nächsten Morgen, kurz nachdem sie sich aus dem Bett gequält hatte und gedankenverloren an dem Esstisch saß, klingelte ihr Telefon. ›Elisabeth Hartmann‹ stand auf dem Display. Erleichterung machte sich sofort in ihr breit, und fast hatte sie das Gefühl, dass dieser tonnenschwere Stein, der in der Nacht noch auf ihren Schultern gelastet war, sich wie von Geisterhand aufgelöst hatte.

Nach wenigen Sekunden sank sie mit dem Handy in der Hand in sich zusammen. Sie stammelte unter Tränen, dass sie sich zurzeit im Krankenhaus befand, weil sie bei dem Unfall nur leicht verletzt wurde. Einen Autounfall. Allerdings hatte es Emilys Vater nicht geschafft. Für ihn kam jede Hilfe zu spät.

Fassungslos starrte sie ins Leere, das Handy noch immer am Ohr. Elisabeth redete weiter, doch die Worte drangen nicht zu ihr durch, bis schlussendlich das Gespräch beendet wurde.

Ulrike war in sich gekehrt. Musste verdauen, was nun Tatsache ist. Es war Lilly, die ihr vor wenigen Stunden unter Tränen von dem Unfall erzählte. Nun hatte sie die Bestätigung. Ein Klingeln an der Tür riss Ulrike aus den Gedanken, welche sich in ihrem Kopf überschlugen. Sie ging zur Tür und öffnete.

Es war Claudia, die vor der Tür stand. Mit einem breiten Lächeln auf den Lippen, das allerdings sofort versiegte, als sie Ulrike sah. Sie umarmte ihre Freundin und ging mit ihr ins Wohnzimmer, wo die beiden Mädchen miteinander spielten. Um die beiden nicht zu stören, setzen sich Claudia und sie an den Esstisch.

Ulrike berichtete ihrer Freundin flüsternd, was vorgefallen war und versuchte dabei die Fassung zu bewahren. Zu tief saß der Schock. Auf keinen Fall sollten die Mädchen, und schon gar nicht Emily, von dem Erwachsenengespräch etwas mitbekommen. Ulrike musste sofort an Frank und den Traum von Lilly denken und daran, dass sie es in ihrem Traum gesehen haben muss.

Claudia machte daraufhin den Vorschlag, dass sie mit Emily in den benachbarten Park gehen würde, damit Ulrike sich in Ruhe mit Lilly unterhalten konnte.

Eine gute halbe Stunde später saßen Ulrike und Lilly am Küchentisch ihrer Wohnung. Nachdem Ulrike ihre Tochter auf den gestrigen Traum angesprochen hatte, fing Lilly an zu weinen. Doch schlussendlich versiegten die Tränen und Ulrike machte sich Gedanken wie es in Zukunft mit ihr und Lilly weitergehen sollte.

Wie sollte es weitergehen? Würden die beiden überhaupt noch glücklich werden? Sie musste dringend ihre Gedanken sortieren. Was sollte sie bloß tun? Lilly konnte nichts dafür, sie war doch ein kleines Kind. In ihren Augen fast noch ein Baby.

Tränen kullerten ihr über die Wangen. Es musste eine Lösung geben, einen Ausweg aus diesem scheiß Albtraum, dachte sie sich. Eine Lösung, bei der es kein weiteres Opfer gäbe.

Zwei Tage später

Ulrike stand früh am Morgen am Bettende und beobachtete ihre Tochter, die langsam und gleichmäßig ein- und wieder ausatmete. Sie strich ihrer Tochter vorsichtig mit dem Zeigefinger durchs schulterlange, blonde Haar. Lilly trug den Schlafanzug, der ihr viel zu klein war und den Ulrike schon längst entsorgen wollte. Doch Lilly wollte den violetten Pyjama mit dem Elefanten auf der Brust unbedingt behalten, sie bestand darauf. Schließlich hatte ihn ihr Vater Frank gekauft.

Ulrike wandte sich ab und verließ das Kinderzimmer. Lilly konnte noch zwei Stunden schlafen, ehe sie aufstehen müsste, um mit ihr zu einem Termin in der Oberwaldklinik zu fahren. Auch Ulrike hätte gern ein wenig mehr Schlaf abbekommen, doch daraus wurde derzeit nichts.

Ihr Kopf war voll, voll mit dem Vorfall vor zwei Tagen, voll mit dem Tod von Frank. So viele Fragen, die sich hoffentlich heute beim Termin in der Klinik klären lassen würden. Sie hoffte auf einen Fahrplan für die Zukunft.

Zwei Stunden später saßen Mutter und Tochter im Auto. Lilly verriet sie vorab, dass sie mit ihr zu einem medizinischen Check fahren wolle, um auf Nummer sicher zu gehen, dass mit ihr alles in

Ordnung sei. Immerhin hatte sie einen Unfall sowie einen Mord indirekt miterlebt. In ihren Träumen verfolgt. Das Mädchen hatte Angst. Angst, dass sie nicht normal wäre, wie ihre Freundinnen.

»Mama, ich will mich nicht untersuchen lassen. Es wird wieder etwas Schreckliches passieren«, sagte Lilly und in Ulrikes Magengegend kam ein flaues Gefühl hervor. Ulrike schluckte die aufkommenden Tränen hinunter. Bitte, bitte lass die nichts Ungewöhnliches finden, dachte sie.

Der aufkommende Nebel hüllte den Wald, der an beiden Seiten der Straße in den Himmel ragte, fast vollständig in sich ein. Die Strecke wurde von Serpentinen durchzogen und der Nebel wurde immer dichter je höher sie fuhren. Im Auto war es mucksmäuschenstill. Ulrike fuhr diese Strecke zum ersten Mal.

Erst gestern hatte sie über diese Klinik im Internet erfahren, und, da kurzfristig ein Patient abgesagt hatte, für den nächsten Tag auch direkt einen Termin erhalten. Nun sah sie ein Schild am rechten Fahrbahnrand mit der Aufschrift »Oberwaldklinik«.

Sie verließ die bisherige Straße und bog nach rechts ab, auf einen befestigten Weg, den Ulrike noch einen knappen halben Kilometer folgte, ehe sie ein großes dreistöckiges Gebäude aus den sechziger Jahren erreichten. Es sieht nicht gerade sehr einladend aus, dachte sich Ulrike, nachdem sie den Gurt löste und ausstieg. Sie nahm Lilly an die Hand und gemeinsam gingen sie die metallene Treppe empor.

Hinter der Eingangstür sah es so aus, als wäre die Zeit stehen geblieben. Das Mobiliar schien genauso alt zu sein wie das Gebäude selbst. Eine untersetzte Dame saß ihnen an der Rezeption gegenüber und sah die Ankömmlinge erwartungsvoll an. »Sie haben also einen Termin bei Doktor Åslund?«

Ulrike nickte zustimmend. Dann nahm die Empfangsdame den Telefonhörer ab und drückte eine Kurzwahltaste. Zwei knappe Sätze und zehn Minuten später stand Doktor Fredric Åslund vor den beiden im Warteraum. Ein großgewachsener Schwede, vermutlich knapp über fünfzig.

Er begrüßte zuerst Ulrike und dann Lilly mit einem kurzen, aber herzlichen Händedruck. Zusammen gingen sie durch zwei breite Flure, bis sie letztendlich bei einer offenstehenden Tür ankamen. Sie setzten sich an einen Tisch und Doktor Åslund zog seinen weißen Arztkittel an. Der Schwede machte mit seinem warmen Lächeln einen seriösen Eindruck.

Ulrike vertraute ihm sofort und auch Lilly fühlte sich wohl in seiner Gegenwart. Ulrike wusste durch ihre nächtlichen Recherchen, dass Doktor Åslund einer der führenden Schlafexperten in der Region sein sollte. Er arbeitete, laut der Seite der Oberwaldklinik, schon seit über zehn Jahren mit der Universität in Malmö eng zusammen.

Ulrike schilderte dem Arzt, was bisher geschehen war und ließ kein Detail aus. Der Schwede saß ihr gegenüber, hörte aufmerksam zu und schrieb mit. In den zwanzig Minuten, in denen von Lillys Geburt bis hin zu dem Vorfall vor wenigen Tagen alles auf den Tisch kam, sagte Doktor Åslund nicht ein Wort.

Als Ulrike ihre Ausführung beendete, bedankte sich der Mediziner bei ihr und wandte sich an Lilly. Er sah ihr tief in die Augen und es sah fast so aus, als wüsste er, dass das was er jetzt sagen würde, dem Mädchen Angst einjagen könnte.

»Lilly, ich möchte gern mehr über deine Träume herausfinden und deshalb möchte ich gern mit deinem Einverständnis ein paar kleine Tests machen.« Das Mädchen sah ihn nur an, sagte aber nichts. Der Arzt setzte fort. »Ich möchte dir auf keinen Fall wehtun, im Gegenteil, ich möchte dir und deiner Mutter helfen.« Er sah nun zu Ulrike. »Ich bin der Auffassung, dass Lilly noch Zeit braucht, um darüber nachzudenken. Bitte lassen Sie sich von der Schwester einen neuen Termin geben.«

Ulrike schaute irritiert zu ihm. Dann stand sie auf, nahm ihre Handtasche, verabschiedete sich von dem Schweden und nahm Lilly an die Hand. Sie gingen zurück zur Rezeption, wo die Empfangsdame in einer Zeitschrift blätterte.

Vermutlich hatte sie gerade Pause, da kein anderer Patient weit und breit zu sehen war. Bei dem Gedanken daran musste Ulrike kurz die Stirn runzeln, winkte dann aber ab und bat indes die Schwester um einen neuen Termin. Diese nahm das Terminbuch zur Hand und blätterte zwei

Seiten weiter. Dann tippte sie auf ein freies Feld einer fast leeren Seite.

»Ich hätte da einen freien Termin in zwei Wochen, am Donnerstag um 11:00 Uhr.« Ulrike überlegte kurz, nickte dann aber zustimmend. Die Schwester fuhr fort. »Bitte bringen Sie Zeit mit, wir werden ein paar Tests durchführen. Aber das hat Ihnen der Doktor bestimmt schon mitgeteilt.«

»Ja, das sagte er«, erwiderte Ulrike.

Ulrike und Lilly verließen die Klinik und fuhren nach Hause. Der erste Schritt in die richtige Richtung ist getan, dachte sich Ulrike während der Fahrt und schaute im Rückspiegel zu Lilly, welche aus dem Fenster nach draußen schaute.

Vier Tage später

Das Wiedersehen mit Doktor Åslund kam schneller als geplant. Ein weiterer Albtraum, ein weiteres Opfer, ein kleines Mädchen am Ende ihrer Nerven. Kurz nach dem Vorfall wählte Ulrike die Nummer der Oberwaldklinik und hatte sofort die Empfangsdame am Telefon.

Dieser schilderte sie, noch immer fix und fertig, was geschehen war, und fragte, ob es doch möglich wäre, einen früheren Termin bei dem Arzt zu erhalten. Die Schwester verstummte am anderen Ende der Leitung, doch gleich darauf meldete sie sich wieder zu Wort. »Ich hätte noch einen Termin frei – morgen um 9:00 Uhr.«

Ulrike stimmte sofort zu und verabschiedete sich bei der Empfangsdame. Erleichtert ließ sie sich in den Sessel neben dem Couchtisch sinken und schloss die Augen. Alles wird gut, dachte sie. Doktor Åslund würde wissen, was zu tun sei, um Lilly zu helfen.

Eine viertel Stunde später richtete sich Ulrike auf und ging ins Kinderzimmer, um nach ihrer Tochter zu sehen. Die bemerkte sie nicht, woraufhin Ulrike sich leise davonschlich. Sie würde auf der Arbeit anrufen und sich für die nächsten Tage auf jeden Fall noch entschuldigen. In dieser Situation konnte sie sich nicht auf ihren Job konzentrieren. Wichtig war, was morgen bei den ersten Tests herauskam.

Am nächsten Tag

Um 7:00 Uhr saßen die beiden im Auto und fuhren in Richtung Oberwaldklinik, als Lilly auf einmal mit ihrer Mutter diskutieren wollte. »Mama, muss das sein, dass wir schon wieder in diese Klinik fahren? Ich dachte der Termin ist erst in zwei Wochen?«

Ulrikes Lippen wurden schmaler. Es war ihr klar, dass Lilly das nicht verstehen konnte. Wie auch? Sie war doch noch ein kleines Mädchen. Und doch wurde genau dieses kleine Mädchen von schrecklichen Albträumen gequält. Sie wandte sich Lilly zu. »Liebes Kind, du weißt, dass es sein muss, weil es schon wieder passiert ist. Es ist zu deinem eigenen Schutz.«

Lilly schrie, so laut sie konnte, hämmerte mit ihren Fäusten gegen die Fensterscheibe des Autos.

Doch Ulrike ignorierte ihren Wutausbruch, so gut sie eben konnte. Und schon Minuten später hatte sich Lilly wieder beruhigt. Ulrike vernahm von der Rückbank von Zeit zu Zeit ein leises Schniefen.

Bei der Klinik angekommen, wurden sie von derselben Schwester wie schon beim letzten Besuch empfangen. Außer ihnen waren keine weiteren Patienten zu sehen. Auch der Parkplatz vor dem Haus war wie leergefegt.

Die Schwester und der Arzt, der gerade aus einem der Räume auf Mutter und Tochter zukam, nahm Ulrike und Lilly mit, in einen der angrenzenden Räume und schloss die Tür. Er wollte mehr erfahren, mehr über die Vorkommnisse beim letzten Vorfall. Ulrike erzählte und erzählte und wie beim letzten Mal hörte er zu und schrieb mit.

Nachdem sie alles bis ins kleinste Detail mitgeteilt hatte, ergriff Doktor Åslund das Wort. »Wir würden Ihre Tochter heute Abend gerne hier in der Klinik lassen, um ihren Schlaf zu beobachten.« Ulrike sah zu Lilly und Åslund fuhr fort. »Das ist eine ganz normale Prozedur. Es wird auch nicht wehtun, versprochen.« Ulrike wollte gerade etwas sagen, als er ihr das Wort abschnitt und ihr zu vorkam. »Sie können selbstverständlich auch hier in der Klinik übernachten. Das ist gar kein Problem.«

Ulrike nickte zustimmend. »Ich müsste zu Hause noch ein paar Dinge holen.«

Der Arzt machte eine Geste. »Wir treffen uns dann am späten Nachmittag wieder hier in der Klinik.«

Ulrike verabschiedete sich und Lilly folgte ihr zum Ausgang der Klinik. Auf dem Weg nach Hause unternahm Lilly wieder einen Versuch, gegen die geplanten Tests zu demonstrieren, diesmal jedoch geprägt von Angst. »Ich will keine Nacht in diesem alten Krankenhaus zu bleiben.«

Ulrike konnte ihre Tochter nur zu gut verstehen, sie versuchte sie zu beruhigen. »Du musst keine Angst haben. Ich werde auch in der Klinik sein, bestimmt ganz in deiner Nähe.« Wirklich überzeugend klangen ihre Worte nicht.

Später Nachmittag

Das Mutter-Tochter-Gespann war wieder in der Oberwaldklinik eingetroffen und der Arzt hatte auch schon alles vorbereitet, damit er mit den Tests sofort starten konnte. Ein letztes Mal, bevor er Lilly an die Geräte anschließen würde, erklärte er wie der Test ablaufen würde. Dass Lilly keine Angst haben müsse und, dass es bestimmt nicht wehtun würde.

Doktor Åslund musterte Lilly, nachdem er seinen letzten Satz beendete, und diese nickte zustimmend. Er fuhr fort. »Wenn deine Mutter nun nichts dagegen hat, können wir gleich mit dem ersten Test beginnen.«

Ulrike stimmte wortlos zu und überließ ihre Tochter dem medizinischen Personal. Lilly zog sich bequemere Sachen an, in denen sie auch die Nacht in der Klinik verbringen würde, und ging dann, in Begleitung von dem Doktor, in den Raum, in dem ihre Schlafqualität gemessen werden würde. Er war durchaus zweckmäßig eingerichtet.

Neben der Liege und einem Tisch befand sich noch ein Gerät mit Elektroden im Raum. Diese schloss nun der Schlafforscher an den Kopf des Kindes, um seinen Schlaf überwachen zu können. Auch Ulrike hatte den Raum betreten, um sich zu vergewissern, dass mit Lilly alles in Ordnung war.

Åslund erklärt ihr den Hirnscan, und welche Tests währenddessen noch durchgeführt werden würden. »Ich werde sie mehrmals aus dem Schlaf holen und sie nach ihrem Geträumten fragen.« Er setzte fort. »Die Scans zeigen mir, welche Areale während des Schlafs im Gehirn aktiv sind und welche nicht. Sie brauchen wirklich keine Angst zu haben, Ihrer Tochter passiert nichts.«

Daraufhin bat er Ulrike in den Raum, der extra für die Angehörigen von Übernachtungsgästen eingerichtet wurde, damit Lilly Ruhe hatte und die Tests nun endlich losgehen konnten. Die Schwester zeigte Ulrike den Weg.

Ein Fernseher an der Wand, ein Sammler mit zahlreichen Illustrierten sowie mehrere Glasflaschen mit Mineralwasser befanden sich dort. Die Schwester wechselte noch einige Sätze mit Ulrike, dann verließ sie den Raum und ging, bewaffnet mit einer Zeitschrift aus dem Spender, zurück zur Rezeption.

Ulrike legte sich auf das Sofa, das neben einem großen Tisch und zahlreiche Grünpflanzen im Raum waren. Sie griff nach der Fernbedienung, schaltete den Fernseher ein und zappte die Sender durch. Mit den Gedanken bei ihrer Tochter, die gerade an einem der Geräte hing, versuchte sie sich auf einen Sender festzulegen.

Zehn Minuten später schaltete sie das Gerät wieder aus und legte die Fernbedienung hin. Sie griff nun selbst in den Sammler voller Magazine und fischte sich eines davon raus. In diesem las sie halbherzig, bis zu dem Moment, als sie einen markerschütternden Schrei hörte.

Sie ließ die Zeitschrift auf den Boden fallen und sprintete sofort in das Zimmer. Lilly war noch immer an den Kernspintomografen angeschlossen, saß aber aufrecht auf der Liege und hatte ihren Blick zu Boden geneigt. Die Gehirnaktivitäten, die man auf dem Monitor neben ihr sah, strahlten die verschiedensten Farben aus. Ein Notizblock lag auf dem Boden.

In Großbuchstaben stand ›Blackbox‹ darin geschrieben. Vielleicht war das die Verbindung von Lillys Unterbewusstsein und der Außenwelt, überlegte Ulrike einen Moment, doch sie schob diesen Gedanken sofort zur Seite und rannte sogleich auf ihre Tochter zu. Einen Augenaufschlag später sah sie, was Lilly kurz zuvor zum Schreien brachte.

Doktor Åslund lag am Boden. Er krampfte und hatte die Hände auf seinen Brustkorb gelegt. Eine Nadel war ihm in die Schläfe gerammt worden. Plötzlich schrie der Mediziner vor Schmerz. Die

Schwester stürmte in den Behandlungsraum und versuchte, sofort erste Hilfe zu leisten.

Und da! Genau in diesem Moment fügten sich die Puzzleteile in Ulrikes Kopf zusammen. Die Nadel in seinem Kopf!

Für Dr. Åslund kam jede Hilfe zu spät. Das Mädchen schaute auf den toten Mann, der neben ihrem Bett lag. Sie traf keine Schuld für diese Tat. Es war die Kraft der Puppe.

Ulrikes konnte keinen klaren Gedanken mehr fassen. So schnell sie konnte, schnappte sie sich Lilly und rannte mit ihr aus der Klinik. Für Ulrike lag nun alles klar auf der Hand.

Die Puppe, die wie scheinbar zufällig vor mehr als zwanzig Jahren vor ihr auf den Boden flog, war für sie bestimmt gewesen. Sie wurde verzaubert, weil ... ja, warum? ›Warum?‹, schrie es in ihrem Kopf. Weil ich in das Haus eingebrochen bin? Aber das konnte nicht möglich sein, da fast jedes Mitglied dieser Clique da rein musste. Warum wurde ausgerechnet sie ausgesucht?

Während Ulrike noch immer grübelte, saßen Lilly und sie schon im Auto. Ulrike trat das Gaspedal durch, als würde der Tod persönlich hinter ihr her sein. »Mami«, schrie Lilly und hielt sich ihre Hände vor die Augen.

»Alles gut, mein Liebling. Es wird alles wieder gut!«

Sie raste die Serpentinen hinunter, immer nur ein Ziel vor Augen. Das Haus! Sie musste zu diesem Haus. Seit jener Nacht war sie nicht mehr dort gewesen. Und eigentlich wollte sie dort auch nie wieder hin. Nach einer fast endlosen Stunde mit quälenden Fragen in ihrem Kopf, parkte sie vor dem Haus. Diesmal sah es noch verlassener aus, als sie es in ihrer Erinnerung hatte. Ein Teil des Gebäudes war einem Feuer zum Opfer gefallen. Dennoch könnte sie nichts – aber auch wirklich gar nichts – davon abhalten, hier nun hineinzugehen.

Sie drehte sich um und sah auf die Rückbank. Lilly war auf dem Rücksitz eingeschlafen. Vorsichtig öffnete Ulrike die Wagentür. Sie musste es hinter sich bringen!

Noch einmal drehte sie ihren Kopf in Richtung ihrer Tochter, dann ging sie zur Eingangstür und trat ins Innere des Gebäudes. Der Gestank von Exkrementen und Verwesung war unerträglich und sie hielt sich ihre Hand vor den Mund. Wer weiß, wie viele Tiere über die Jahre hier drinnen verendet waren.

Gezielt ging sie in die Küche. In den Raum, in dem sie die Puppe das erste Mal zu Gesicht bekam. In den Raum, in dem sie zusammengekauert unter den Esstisch saß und ein Wesen ihr einen Fluch auferlegt hatte. Einen Fluch, der später ihr ganzes Leben verändert hatte.

Nun hatte sie den Raum erreicht und die Puppe lag noch immer an derselben Stelle wie damals. Sie war, genauso wie der Rest des Hauses, mit einer dicken Staubschicht übersät. In ihrem Kopf steckte die Nadel.

Die Nadel, die im Kopf ihrer Tochter die Blackbox öffnete. Fest entschlossen zog sie diese aus der

Puppe und sank erleichtert zusammen. Nun würde alles gut werden. Sie hoffte, dass nun die Blackbox für immer verschlossen sein würde.

Nach einigen Minuten rappelte sie sich wieder auf und verließ das Haus. Sie würde nie hierher zurückkehren. Nie wieder!

Sie schloss die Eingangstür und atmete die kühle Luft ein. Nur noch wenige Meter! Wenige Meter und sie könnte nach Hause fahren. Der Fluch war gebrochen!

Sie wollte auf das Auto zugehen, als plötzlich ein Mann vor ihr stand. Er kam wie aus dem Nichts. Ulrike zuckte zusammen. Sie war sich sicher, dass dieser Mann eben noch nicht hier stand.

Er war kein Fremder. Nicht mehr! Nicht nach dem ersten Treffen in diesem Haus! Sie hörte das Rasseln in seinen Lungen.

Du bist erleichtert, meine Liebe, dass du den Fluch gebrochen hast«, sagte er und lachte. »Du hast meiner Puppe die Nadel aus dem Kopf gezogen. Und du denkst, das ändert etwas? Ich muss dich enttäuschen, denn eine Aufgabe steht dir noch bevor.«

Ulrike schaute ihn ungläubig an. Das konnte er doch nicht ernst meinen?

»Um deine Familie zu retten, musst entweder du oder deine Tochter sterben. Nur dann ist der Fluch gebrochen.«

Sie wollte ihm antworten, doch der Mann war verschwunden. Genauso plötzlich, wie er aufgetaucht war. Völlig geschockt setzte sie sich in ihren

Wagen und fuhr nach Hause, um das zu beenden, was sie begonnen hatte. Vorsichtig nahm Ulrike die noch immer schlafende Lilly aus dem Auto und brachte sie ins Haus. Die Würfel waren gefallen. Ulrike hatte sich entschieden.

15 Minuten später

Vollgedröhnt mit Schlaftabletten saß Ulrike auf ihrem Bett. In der einen Hand ein Messer, der andere Arm ausgetreckt. Ein letzter Blick auf das Bild, das auf dem Nachtisch stand. Welch eine glückliche Familie sie doch waren. Gewesen waren! Blut rann über ihre Arme und tropfte gleichmäßig auf das Betttuch. Ihre Augen flackerten, dann war alles schwarz.

Ein Geräusch ließ sie aufschrecken. Sie war völlig fertig. Neben ihr im Bett lagen Frank und Lilly. Freudentränen rannen nun über Ulrikes Wangen. Sie wischte sie weg und in diesem Moment sah sie, dass ihre Hände mit Schmutz bedeckt waren. Doch es war vorbei. Alles würde nun gut werden.

Simon Geraedts

Simon Geraedts, Jahrgang 1984, hat von 2005 - 2010
Germanistik und Anglistik an der Heinrich-Heine-
Universität studiert und in verschiedenen Verlagen in
Düsseldorf und Köln gearbeitet. Heute lebt er in der
Nähe von Frankfurt am Main.

FEUERSTURM

Eine kleine Vorbemerkung: »Feuersturm« knüpft an die Handlung von »Tödliches Andenken« an. Für das Verständnis ist es nicht unbedingt nötig, aber ratsam, diesen Thriller zuerst zu lesen. Falls »Tödliches Andenken« auf Ihrer Wunschliste steht, sollten Sie sich die folgende Kurzgeschichte unbedingt für später aufheben, da sie ein paar heftige Spoiler enthält.

Kathrin warf einen letzten Blick in den Rückspiegel und betrachtete das lichterloh brennende Haus, in dessen Keller sie eingesperrt gewesen war. Eine pechschwarze Rauchsäule stieg zum Himmel auf, die vermutlich bis nach Frankfurt zu sehen war. Dieses Kapitel ihrer Vergangenheit war für immer abgeschlossen, als Nächstes wäre ihr Exmann an der Reihe.

Nach den Strapazen der letzten Tage war sie todmüde, ausgehungert und dehydriert. Auf dem Weg zum Hotel drohte sie mehrmals am Steuer einzuschlafen, aber sie würde ihren Plan durchziehen.

Nur noch einmal musste sie zur Mörderin werden, ein letztes Mal jenes dunkle Tal durchschreiten, in das sie bereits dreimal hinabgestiegen war. Danach würde sie ihren Sohn in die Arme schließen und ihm versprechen, dass er sich nie wieder vor irgendjemandem fürchten müsse.

Wie gern hätte sie jetzt Martins Stimme gehört, aber sie hatte die letzten zwei Prozent ihres

Handyakkus genutzt, um auf Volkers Mailbox eine Nachricht zu hinterlassen.

Hallo, Liebling, ich bin's. Es war total bescheuert, dich zu verlassen. Bitte verzeih mir und lass es mich wieder gutmachen, okay? Was hältst du davon, wenn ich heute Abend etwas koche ... nur für uns beide.

Verschlagen schielte sie zum Beifahrersitz, auf dem das Tütchen mit dem rötlichbraunen Pulver lag. Rizin entfaltete seine tödliche Wirkung erst nach zwei bis drei Tagen und ließ im Körper keinerlei Spuren zurück – es war das perfekte Gift. Sie würde dem Scheißkerl eine großzügige Menge davon ins Essen mischen und sich anschließend aus dem Staub machen. Wenn er sich schließlich die Seele aus dem Leib kotzte und an Organversagen krepierte, wäre sie längst über alle Berge. Falls die Bullen herausfanden, dass keine natürliche Todesursache vorlag, hätte sie ein wasserdichtes Alibi.

Dieses Vorhaben bereitete ihr keine Gewissensbisse. Sie hatte ihr ganzes Leben lang unter brutalen Männern gelitten und sich einst geschworen, sich nie wieder von einem Kerl drangsalieren zu lassen. Sie war nicht als Mörderin auf die Welt gekommen; die Menschen hatten sie zu dem gemacht, was sie war. Wer ihr oder ihrem Sohn etwas zuleide tat, unterschrieb sein eigenes Todesurteil, so einfach war das.

Vor einem halben Jahr war sie ihrem vermeintlichen Traumprinzen zum ersten Mal begegnet, auch wenn es ihr inzwischen wie ein halbes

Jahrhundert vorkam. Eines Morgens betrat Volker die Bäckerei in der Wolfsburger Innenstadt, in der sie als Verkäuferin arbeitete, und bestellte einen schwarzen Kaffee zum Mitnehmen. Mit seinen ozeanblauen Augen hatte er sie unverwandt angestarrt, was sie unter normalen Umständen als Belästigung empfunden hätte. Aber er war ein großer, durchtrainierter Kerl mit Bartschatten und dichtem, dunklem Haar. Ein Traumtyp, wie er im Buche steht. Als Kathrin ihm das Wechselgeld gab und ihre Finger sich für einen kurzen Augenblick berührten, verspürte sie erstmals seit Jahren ein heftiges Kribbeln im Bauch.

Natürlich hatte sie sich bei ihm keine Chancen ausgerechnet. Ein Mann, der dem »Men's Health«-Magazin entsprungen zu sein schien, würde sich wohl kaum für eine graue Maus wie sie interessieren. Schon der Gedanke war lächerlich.

Aber Volker sah sie an, als wäre sie die schönste Frau der Welt, und als er mit seinem Kaffeebecher schließlich zum Ausgang schlenderte, drehte er sich auf der Türschwelle noch einmal um und schenkte ihr ein charmantes Lächeln.

Am nächsten Morgen kam er wieder, ebenso am übernächsten. Am dritten Tag gab er ihr schließlich seine Handynummer, worauf sie ihn abends mit pochendem Herzen anrief.

Die ersten Wochen ihrer Beziehung waren wunderschön gewesen. Volker war höflich und zuvorkommend, zärtlich und liebevoll. Er brachte sie zum Lachen und hielt sie mit seinen starken Armen fest. Als sie zum ersten Mal miteinander schliefen, kam sie so heftig, dass sie einen wilden Schrei ausstieß und heilfroh war, dass ihr Sohn bei einem Schulfreund übernachtete.

Warum war so ein attraktiver Mann mit einem gutbezahlten Job als Informatiker seit Jahren Single und interessierte sich ausgerechnet für eine schmächtige Bäckereifachverkäuferin? Tja, diese unbeantwortbare Frage schob Kathrin beiseite und redete sich ein, dass sie nach all den erlittenen Qualen einen Glückstreffer verdient hatte. Im Grunde stimmte das auch, aber es gab keinen gerechten Gott, der Glück und Pech zu gleichen Teilen unter der Menschheit verteilte. Das hatte sie schon als kleines Mädchen begriffen, als ihr Vater eine glühende Zigarette auf ihrem Handrücken ausdrückte und sie mit einer Brandnarbe fürs Leben zeichnete.

Nach nur zwei Monaten zog sie mit ihrem Sohn bei Volker ein. Ein überstürzter Schritt, ganz klar, aber sie hatte sich Hals über Kopf in ihn verliebt. Auch Martin fand ihn toll, was vermutlich daran lag, dass Volker ihn mit einem riesigen Vorrat an Videospielen versorgte und ihm zum elften Geburtstag teure Noise-cancelling-Kopfhörer der Marke Bose schenkte. Wenige Wochen später überrumpelte er Kathrin mit einem Heiratsantrag. In ihrem Verstand schrillten sämtliche Alarmglocken, schließlich kannten sie sich zu diesem Zeitpunkt erst seit einem Dreivierteljahr. Aber sie wollte Volker auf keinen Fall verprellen – das Leben war gut, sogar besser denn je –, also nahm sie seinen Antrag an.

Anfangs war sie überglücklich und glaubte, eine goldrichtige Entscheidung getroffen zu haben. Doch nachdem sie vor den Traualtar getreten waren, verwandelte sich Volker in einen völlig anderen Menschen.

Nein, dieser Mensch ist er von Anfang an gewesen, dachte sie, während der Sportwagen über den Asphalt schoss und die Tannen an den Seitenfenstern vorbeirauschten. *Der Scheißkerl hat bloß die Maske fallengelassen, das ist alles.*

Er erwies sich als krankhaft eifersüchtig und hielt jeden Kerl, der Kathrin in der Fußgängerzone grüßte, für einen heimlichen Geliebten. Obwohl sie beteuerte, dass es sich nur um Kunden handelte – als Bäckereiverkäuferin lernte man mehr Leute kennen als ein Kommunalpolitiker im Zuge eines bürgernahen Wahlkampfs –, wuchs die Eifersucht in ihm heran wie ein Parasit.

Eines Abends kam Volker spät von der Arbeit nach Hause und fand auf der Kommode im Flur einen Brief. Ein Stammkunde hatte im Seniorenheim seinen neunzigsten Geburtstag gefeiert und nur einen Tag vorher ein Dutzend gemischter Kuchenplatten bestellt. Eigentlich wäre dieser Auftrag so kurzfristig nicht zu bewerkstelligen gewesen, aber Kathrin legte sich ins Zeug und rief bei etlichen Konditoreien an, bis sie genügend Kuchen beisammen hatte. In dem Brief bedankte sich der Greis überschwänglich für ihren Einsatz und gab ihr ein großzügiges Trinkgeld. Auf dem Umschlag stand: *Für die reizendste junge Dame auf der Welt.*

Als Volker diese handschriftlichen Zeilen las, zuckte er zurück, als wäre er geschlagen worden. Mit spitzen Fingern und angewiderter Miene hielt er Kathrin den Brief vors Gesicht.

»Was ist das für eine Scheiße, Kathi?«

Unwillkürlich hielt sie den Atem an und wünschte, sie hätte den Brief versteckt oder weggeworfen. Auch wenn sein Inhalt völlig harmlos war, schürte er Volkers schwelende Eifersucht zu einem Großbrand.

»Der ist von einem Kunden ...«

Volker nickte. »Klar, dachte ich mir schon.«

»Der Mann ist neunzig Jahre alt«, schob sie rasch hinterher. »Er hat im Altersheim seinen Geburtstag gefeiert und brauchte zwölf Kuchenplatten. Er wollte sich nur bei mir bedanken, weil ich es so kurzfristig einrichten konnte. Lies den Brief doch einfach, wenn du mir nicht glaubst.«

»Den muss ich nicht lesen. Ich kann mir schon denken, was drinsteht.« Mit verstellter Stimme fuhr er fort: »Oh Kathi, so geil hat mir noch nie jemand einen geblasen. Wann treiben wir's endlich wieder, du versautes, kleines Ding?«

Volker zerriss den Umschlag und ließ die Papierfetzen zu Boden rieseln.

»Du bist ja völlig krank«, hauchte sie und presste sich zitternd gegen die Wand.

»Krank ist, wenn eine verheiratete Frau mit fremden Kerlen vögelt!«, brüllte er und zerrte sie ins Schlafzimmer. Dort stieß er sie aufs Bett und zog ihr T-Shirt hoch. »Aber das werde ich dir schon austreiben, Kathi. Dir wird so bald keiner mehr einen Liebesbrief schreiben.« Volker zog den Gürtel von seiner Hose, holte wie mit einer Peitsche aus und schlug zu.

Zum Glück ist Martin bei einem Freund, war ihr einziger Gedanke, während sie vor Schmerz schrie und heiße Tränen an ihren Wangen herabliefen. *Bitte, lieber Gott, lass meinen Jungen das niemals miterleben.*

An jenem Abend lernte Kathrin etwas Entscheidendes über Wahnvorstellungen: Wenn sie sich einmal im Kopf eingenistet hatten, blieben sie für immer dort. Volker war davon überzeugt, dass er eine untreue Hure geheiratet hatte, und ließ sich von dieser Überzeugung durch nichts in der Welt abbringen. Das erinnerte sie schmerzhaft an ihren Vater, der sie wegen ihrer roten Haare für ein Kuckuckskind gehalten hatte.

Volker verprügelte sie derart, dass sie sich tagelang kaum bewegen konnte. Der Gürtel hatte auf ihrem Rücken blutige Striemen hinterlassen, die mit an Sicherheit grenzender Wahrscheinlichkeit bleibende Narben hinterlassen würden. Trotzdem blieb sie bei ihm und erzählte ihrem Sohn mit keiner Silbe, was vorgefallen war.

Als Kind hatte sie sich immer gefragt, warum manche Frauen zu ihren gewalttätigen Männern hielten. Jetzt wusste sie es: Man redete sich ein, ihm sei bloß die Hand ausgerutscht, wie es an miesen Tagen ja einmal vorkommen konnte. Man klammerte sich an die starken Gefühle, die man anfangs für seinen Partner empfunden hatte, und erinnerte sich daran, wie liebenswürdig und romantisch er einmal gewesen war. Man verkroch sich in eine Märchenwelt, was im Grunde nur eine andere Form des Wahnsinns war.

Wahrscheinlich hätte Kathrin ihn viel früher verlassen, wenn er sich auch an ihrem Sohn vergriffen hätte. Aber Volker ließ den Jungen in Frieden und achtete sogar darauf, dass Martin von seinen Wutausbrüchen nichts mitbekam.

Kinder sollten nicht unter den Problemen der Erwachsenen leiden, lautete sein edelmütiges Credo.

Auch für Martin waren die letzten Jahre schwierig gewesen, ständig hatte es an allem gefehlt. Jetzt lebte er in einer schönen, geräumigen Wohnung, trug Markenklamotten und hatte ein eigenes Zimmer mit Fernseher und Playstation. Seit sie bei Volker eingezogen waren, war der Junge regelrecht aufgeblüht. Kathrin brachte es nicht über sich, ihrem Sohn das alles wieder wegzunehmen, also ertrug sie die Qualen und klammerte sich an die Hoffnung, dass Volkers Eifersucht irgendwann vorübergehe wie eine Grippe.

Doch der Parasit in seinem Kopf erwies sich als hartnäckig und gefräßig. Irgendwann sah Volker nicht mehr nur in den Männern, die Kathrin auf der Straße grüßten, mögliche Affären, sondern in *allen* Kerlen. Daher verbot er ihr, allein auf die Straße zu gehen, und sperrte sie in der Wohnung ein.

Wenn Volker zur Arbeit ging, versperrte er die Wohnungstür mit einem Sicherheitsschloss. Sämtliche Jalousien waren an eine passwortgeschützte Zeitschaltuhr gekoppelt und blieben von morgens bis abends unten. Außerdem nahm er ihr das Handy ab und deaktivierte den Festnetzanschluss. Volker verwandelte die Wohnung in ein Gefängnis und schnitt Kathrin komplett von der Außenwelt ab.

»Das ist nur zu deinem Besten«, ließ er sie wissen. »Bis du deinen Trieb wieder unter Kontrolle hast.«

Damit sie in der Bäckerei niemand vermisste, schrieb er in ihrem Namen eine Kündigung und zwang sie, den Wisch zu unterschreiben. Ihm gelang sogar das Kunststück, die Gefangenschaft vor Martin zu verbergen, denn sobald er von der Schule kam, schlüpfte Volker wieder in die Rolle des fürsorglichen Ehemanns und Stiefvaters.

Anderthalb Wochen lang lebte Kathrin in dieser hermetisch abgeriegelten Hölle, bis sich endlich eine Gelegenheit zur Flucht ergab. Nach dem Frühstück hatte Volker im Bad eine Stinkbombe abgeworfen und die Jalousie zum Lüften hochgefahren – ohne sie wieder herunterzulassen. Dies war ihr Weg in die Freiheit, wenn auch ein verdammt gefährlicher. Die Wohnung befand sich im dritten Stock; bei einem Sturz aus dieser Höhe hätte sie sich sämtliche Knochen gebrochen. Aber sie wusste, so eine Chance würde sich ihr so bald nicht wieder bieten – vielleicht nie mehr –, also nahm sie ihren ganzen Mut zusammen, stieg aus dem Fenster und kletterte an einem wackligen Regenrohr hinab. Stück für Stück glitt sie nach unten, bis sie wieder festen Boden unter den Füßen hatte.

Mit der Straßenbahn fuhr sie zur Schule, holte Martin aus dem Unterricht und stieg mit ihm in den Zug nach München. Dort wohnte ihre langjährige Freundin Jule, bei der sie vorerst unterkamen. Volker wusste zwar von ihr, hatte aber keine Ahnung, wo sie lebte. Jule legte ihr nahe, den Scheißkerl wegen häuslicher Gewalt und Freiheitsberaubung anzuzeigen, aber Kathrin graute vor der Vorstellung, ihr Martyrium irgendeinem Bürohengst von der Polizei darzulegen und später noch einmal alles einem Richter vorzutragen – falls es überhaupt zu einer Anklage gekommen wäre. Für die Misshandlungen hatte Kathrin nicht den geringsten Beweis, nicht einmal ihr Sohn konnte bezeugen, dass Volker ihr etwas angetan hatte. Dieser Mistkerl war zwar krank im Kopf, aber nicht blöd.

Selbst im Falle einer Verurteilung wäre er vermutlich nur für eine lächerlich kurze Zeit ins Gefängnis gewandert und hätte sie nach seiner Entlassung wie ein Tier gejagt. Wenn er sie schließlich aufgespürt hätte, was zweifellos geschehen wäre, hätte sich seine Gewalt möglicherweise auch gegen ihren Sohn gerichtet.

Nein, zur Polizei zu gehen, war keine Option. Sie musste die Sache selbst in die Hand nehmen und dafür sorgen, dass Volker von der Bildfläche verschwand – und zwar für immer.

Da sie Jule nicht zur Mitwisserin machen wollte, weihte Kathrin sie nicht in ihr Vorhaben ein. Als sie ihr jedoch mitteilte, dass sie für ein paar Tage weggehe, um etwas zu erledigen, konnte ihre Freundin eins und eins zusammenzählen. Sie wusste, sie würde Kathrin von ihrem Mordplan nicht abbringen können, also sagte sie nur, sie solle auf sich aufpassen.

Mit dem Zug fuhr sie nach Deichberg, einer stinkenden Industriestadt südlich von Frankfurt am Main. Hier war sie aufgewachsen und hatte im Laufe ihrer Kindheit und Jugend mit einer ganzen Reihe von gewalttätigen Männern Bekanntschaft gemacht. Einer von ihnen war ihr trunksüchtiger Vater, unter dem sie jahrelang gelitten hatte. Mit siebzehn fasste sie schließlich den Entschluss, den Drecksack umzubringen.

Christian, ihre Jugendliebe, hatte ihr zu diesem Zweck Rizin besorgt. Der Plan, ihren Vater zu vergiften, war nach hinten losgegangen, ermordet hatte sie ihn trotzdem – auf blutigere Art und Weise.

Danach hatte sie das Rizinpulver vergraben, als hätte ein verborgener Teil von ihr geahnt, dass sie es eines Tages noch einmal brauchen würde. Nachdem sie das Plastiktütchen zehn Jahre später wieder ausgebuddelt hatte, wollte sie die Nacht in einem kleinen Hotel außerhalb der Stadt verbringen und sich am nächsten Tag mit Volker zum Abendessen verabreden. Doch stattdessen hatte sie in einem dunklen, muffigen Keller übernachtet – angekettet an einen Eisenring.

Ein Kerl mit blutverschmierter Wolfsmaske hatte sie in ein abgelegenes Haus im Wald verschleppt, um sie mit einer Kettensäge zu zerteilen. Wie Scheherazade in *Tausendundeine Nacht* schindete Kathrin Zeit, indem sie dem Kerl ihre qualvolle Lebensgeschichte erzählte. Wie sich herausstellte, war genau das sein Plan gewesen, denn hinter der Wolfsmaske verbarg sich kein psychopathischer Serienkiller, sondern Christian, dem sie den Mord an ihrem Vater damals in die Schuhe geschoben hatte. Sie war von ihm schwanger gewesen und wollte ihr Kind unter keinen Umständen vom Gefängnis aus aufwachsen sehen. Ja, sie hatte eine heimtückische, egoistische Entscheidung getroffen, doch zu jener Zeit hatte sie keinen anderen Ausweg gesehen.

Christian ging es nicht um Rache, er wollte lediglich die Wahrheit ans Licht bringen. Als Kathrin ihre Geschichte erzählte – und den Mord an ihrem Vater gestand –, zeichneten versteckte Kameras jedes einzelne Wort auf. Zusammen mit Hermine, einer alten Freundin, wollte er das Videomaterial im Internet veröffentlichen. Aber dazu ist es nicht gekommen. Mit dem Rizin, das sie in der Tasche hatte, vergiftete sie ihn und floh aus dem Kerker. Anschließend setzte sie das Haus in Brand, um die Kameras samt Videomaterial zu zerstören, und düste mit dem Jaguar davon, in dem Christian sie zuvor entführt hatte.

Heute Abend würde sie das giftige Pulver hoffentlich zum letzten Mal verwenden und danach nie wieder einen Mord begehen müssen.

Kathrin fuhr auf den Parkplatz des Hotels, in dem sie vor drei Tagen eingecheckt hatte, stellte den Motor ab und warf einen prüfenden Blick in den Rückspiegel. Ihr Gesicht war so dreckig wie das eines Schornsteinfegers und ihr Haar so zerzaust, als hätte sie sich durch einen Orkan gekämpft. Außerdem roch sie wie ein Seeotter.

Sie stieg aus und schlurfte durch die Eingangstür des vierstöckigen Gebäudes. Hinter der Rezeption stand derselbe junge Mann, der ihr auch am Mittwochabend die Schlüsselkarte überreicht hatte: Ein schmächtiger, blasser Bursche mit pickeligem Gesicht und kackbrauner Igelfrisur.

Als er den Blick hob, schien er Kathrin nicht wiederzuerkennen, was sie nicht sonderlich überraschte. Immerhin sah sie aus wie eine Vogelscheuche, die auf einem kahlen Feld überwintert hatte. »Kann ich Ihnen helfen?«, fragte er stirnrunzelnd.

»Ich hatte am Mittwochabend ein Zimmer gebucht, aber blöderweise ...« Einen irrwitzigen Moment lang spielte sie mit dem Gedanken, ihm die Wahrheit zu erzählen. Schließlich besann sie sich jedoch und tischte ihm eine lahme Lügengeschichte auf: »Blöderweise habe ich mich im Wald verlaufen und bin anderthalb Tage lang durch die Gegend geirrt.«

Der junge Mann starrte sie entsetzt an. »Ach, du meine Güte. Soll ich vielleicht einen Krankenwagen oder die Polizei ...«

»Nicht nötig«, unterbrach sie ihn. »Mein Vater hat mir beigebracht, in der Wildnis zu überleben.«

Das war nicht gelogen, wenn man bedachte, in welchem Zustand sich die Wohnung befand, in der sie jahrelang mit diesem Stück Scheiße gehaust hatte.

»Ich wollte nur meinen Koffer abholen. Er ist relativ klein und knallrot.«

»Äh ... ich schaue mal nach. Augenblick, bitte.« Der Rezeptionist verschwand in einem Nebenraum und kehrte kurz darauf mit Kathrins Reisekoffer zurück. »Ist er das?«

»Ja, genau.« Sie räusperte sich. »Wie Sie sehen – und wahrscheinlich auch riechen –, bräuchte ich dringend eine Dusche. Könnte ich mich vielleicht in einem der Zimmer frischmachen?«

»Natürlich, kein Problem.« Er richtete den Blick auf den Computerbildschirm, tippte auf der Tastatur herum und reichte ihr dann eine Schlüsselkarte. »Zimmer 102.«

»Super, danke. Ich bezahle natürlich den vollen Preis.«

»Nein, nein, das geht schon in Ordnung. Sie riechen tatsächlich ...« Er stockte und lief dunkelrot an. »Lassen Sie sich ruhig Zeit.«

Kathrin nickte und ging einen schmalen Flur entlang zum Zimmer.

Als das heiße Wasser auf sie niederprasselte, spürte sie, wie ihre verkrampfte Muskulatur sich lockerte. Mit einer Unmenge an Shampoo und Duschgel wusch sie den Horror der vergangenen Tage von sich ab, der als ekelerregende, dunkelbraune Brühe im Abfluss verschwand. Als sie schließlich aus der Duschkabine stieg, fühlte sie sich wie neugeboren. Zwar starb sie immer noch vor Hunger und war hundemüde, aber wenigstens stank sie nicht mehr wie ein Pumakäfig.

Nachdem sie sich abgetrocknet und die Haare geföhnt hatte, blätterte sie durch die Speisekarte vom Zimmerservice und bestellte einen Cheeseburger mit Fritten und zum Nachtisch ein Vanilleeis mit Schokosoße.

Kathrin war ihr ganzes Leben eine mäkelige Esserin gewesen und dementsprechend dürr, diesmal schaufelte sie das Essen jedoch in sich hinein wie ein Mähdrescher. Danach legte sie sich aufs Bett, schloss die Augen und rieb ihren vollen Bauch. Während ihr Magen die fettige Mahlzeit verdaute, überkam sie eine bleierne Müdigkeit.

»Nur ein halbes Stündchen Schlaf«, murmelte sie und drehte sich auf die Seite. »Danach mache ich mich auf den Weg und serviere diesem Arschloch seine letzte Mahlzeit.«

Zweieinhalb Stunden später erwachte sie aus einem komatösen Schlaf, durchsetzt von unheilvollen Träumen. Mit brennenden Augen schielte sie zum Radiowecker, zuckte vor Schreck zusammen und setzte sich kerzengerade auf. »Scheiße, schon kurz nach halb drei!«

Kathrin schwang sich aus dem Bett und fühlte sich im ersten Moment noch müder als zuvor. Am Waschbecken schlug sie sich kaltes Wasser ins Gesicht, trocknete sich hastig ab und nahm ihr Handy vom Ladekabel, dessen Akku wieder voll aufgeladen war.

Seit ihrer Flucht aus der Wohnung hatte sie es die meiste Zeit ausgelassen, da sie Angst hatte,

Volker würde ihren Standort ermitteln. Dieser Wichser hatte garantiert eine Spionagesoftware auf ihrem Handy installiert, um sie rund um die Uhr zu überwachen.

Jetzt schaltete sie das Gerät ein und stellte wie erwartet fest, dass er auf die Mailbox gesprochen hatte. Beim Klang seiner Stimme verkrampfte sich ihr Magen.

»Hey, Kathi. Freut mich, dass du deinen Fehler eingesehen hast. Tja, so ganz unschuldig bin ich wohl auch nicht, aber Hauptsache, wir biegen das wieder gerade, oder?« Er lachte trocken. »Das mit dem Abendessen ist eine tolle Idee. Ich gehe gleich einkaufen und besorge alles, was wir brauchen. Wann willst du denn vorbeikommen?«

Es gab noch eine zweite Nachricht, die erst zwanzig Minuten alt war: »Hey, ich bin's nochmal. Dein Handy ist immer noch aus, ist dein Akku mal wieder leer? Wie oft hab ich dir schon gesagt, du sollst dir eine Powerbank zulegen.« Trockenes Lachen. »Ich gehe jetzt einfach mal von halb sieben aus. Ruf mich kurz zurück, falls du früher oder später kommst.«

Sie schaltete das Handy wieder aus und verspürte eine seltsame Mischung aus Trauer, Angst und Wut, wobei Wut die vorherrschende Emotion war.

Volker wusste nicht allzu viel von Kathrins Vergangenheit und hatte keinen blassen Schimmer, wozu sie fähig war. Wahrscheinlich ahnte er nichts Böses, trotzdem würde sie sich für ihn auftakeln, um den Anschein zu erwecken, dass sie unterwürfig zu ihm zurückgekrochen kam.

Nach einer guten halben Stunde hatte sie sich wie eine Straßennutte aufgedonnert – mit offenem Haar, einer dicken Schicht Make-up, knallrotem Lippenstift und einem grünen Glitzerkleid. Sobald Volker ihr die Tür aufmachte, würde sie ihn wie eine Nachtigall bezirzen und wenig später mit einem verliebten Lächeln im Gesicht vergiften. Die ersten Symptome würden erst am nächsten Morgen auftreten. Anfangs würde er glauben, er hätte sich die Grippe eingefangen, doch sein Zustand würde sich rasch verschlechtern. Jammerschade, dass sie nicht zusehen konnte, wie er sich in Krämpfen wand und elendig verreckte.

Als sie vor die Rezeption trat, fiel dem jungen Mann die Kinnlade runter. »Oh, Sie s-sehen schon viel b-besser aus«, stammelte er.

Lächelnd legte sie die Schlüsselkarte auf den Tresen. »Vielen Dank, dass Sie mir für ein paar Stunden das Zimmer überlassen haben. Ganz sicher, dass Sie mir dafür nichts berechnen wollen?«

Der Bursche schüttelte hastig den Kopf und ließ unwillkürlich den Blick an ihrer Abendgarderobe hinabwandern. »J-ja … gar kein Problem.«

»Gut, dann nochmals tausend Dank und auf Wiedersehen.«

Kathrin trat hinaus auf den Parkplatz und stieg in den Jaguar. Am liebsten wäre sie in diesem heißen Schlitten nach Wolfsburg gefahren, aber sie musste davon ausgehen, dass die Polizei bereits nach dem gestohlenen Fahrzeug fahndete. Daher fuhr sie zum nächstgelegenen Bahnhof – in diesem Fall der in Deichberg –, stellte den Sportwagen in der Nähe des Bahngleises ab und ließ den Schlüssel stecken. In dieser versifften Gegend würde es vermutlich keine halbe Stunde dauern, bis sich jemand dieses schicke Gefährt unter den Nagel riss.

Am Gleis zog sie lüsterne Männerblicke auf sich; ein paar der sabbernden Gaffer trugen einen Ehering. Kathrin spürte, wie es ihr kalt den Rücken herunterlief, und war erleichtert, als endlich der Zug einfuhr. Sie setzte sich ans Fenster neben eine alte, weißhaarige Frau und blickte gedankenverloren aus dem Fenster.

Sie konnte es kaum erwarten, aus dieser dreckigen Stadt zu verschwinden, an der so viele hässliche Erinnerungen hingen.

Drei Stunden später hielt der Zug am Wolfsburger Hauptbahnhof. Kathrin schaltete ihr Handy ein und stellte fest, dass Volker vor einer halben Stunde zum dritten Mal auf ihre Mailbox gequatscht hatte. Er klang ziemlich genervt.

»Hey, Kathi. Bin jetzt zuhause und hab alles fürs Abendessen besorgt. Wäre schön, wenn du dich mal melden würdest.«

Statt zurückzurufen, schrieb sie ihm eine WhatsApp-Nachricht: *Bin gerade am Bahnhof angekommen.*

Sein Status sprang sofort auf online, als hätte er auf ihre Nachricht gewartet.

Okay, ich hole dich ab.

Nicht nötig, schrieb Kathrin. *Ist doch nur ein Katzensprung.*

Wie du willst. Bis gleich.

Sie steckte das Handy in ihre Handtasche, in dem sich auch das Tütchen mit dem Rizin befand, und stieg aus dem Zug. Den Koffer verstaute sie in einem Schließfach im Bahnhofsgebäude und machte sich anschließend auf den Weg zu Volkers Wohnung. Als sie sich dem Wohnhaus näherte, wurden die Erinnerungen an die Gefangenschaft in ihr lebendig. Kathrin biss sich auf die Unterlippe und zitterte am ganzen Körper – teils vor Wut und teils vor Angst.

»Reiß dich zusammen«, flüsterte sie. »Bring es einfach hinter dich.«

Für einen kurzen Moment schloss sie die Augen und atmete tief durch. Dann gab sie sich einen Ruck und drückte auf die Klingel.

Als sie im dritten Stock aus dem Aufzug stieg, stand Volker bereits in der geöffneten Wohnungstür und schenkte ihr dasselbe charmante Lächeln, das er auch an jenem Tag zur Schau gestellt hatte, als sie sich zum ersten Mal in der Bäckerei begegnet waren.

»Du siehst fantastisch aus.« Er beugte sich vor und hauchte ihr einen Kuss auf die Wange. »Hast mir gefehlt, Kathi.«

Sie rückte ihre Handtasche zurecht und rang sich ein Lächeln ab. »Ja ... du mir auch.«

»Ich wusste ja nicht, wann du kommst, also hab ich schon gekocht. Das Essen steht im Backofen und ist in zehn Minuten fertig.«

Kathrin spürte einen kalten Stich in der Brust. Sie war fest davon ausgegangen, allein zu kochen, während er mit hochgelegten Füßen auf der Couch im Wohnzimmer saß. So war es früher praktisch immer gewesen. Jetzt wäre es erheblich schwieriger, unbemerkt sein Essen zu vergiften, doch das war kein Grund, die Sache abzublasen. Es würde sich schon eine Gelegenheit ergeben.

»Was gibt's denn Leckeres?«

»Lachsfilet mit Ofengemüse.« Er lächelte. »Das haben wir auch an unserem ersten gemeinsamen Abend gegessen, weißt du noch?«

Klar wusste sie das noch, und die Erinnerung daran brach ihr fast das Herz. Damals war Kathrin noch davon überzeugt gewesen, dass sie endlich einen Mann kennengelernt hatte, der ihr nicht wehtun würde. Tja, so konnte man sich täuschen.

Volker ging durch einen kurzen Flur in die Küche. Sie folgte ihm und hielt die Handtasche mit dem Rizin fest umklammert. Ihr ehemaliges Gefängnis verschaffte ihr am ganzen Körper eine Gänsehaut und trieb ihr Tränen in die Augen. Auf einmal hatte sie furchtbare Angst, dass Volker ihren Plan durchschaute.

Bleib locker, beruhigte sie sich in Gedanken. *Dieses selbstgefällige Arschloch hält es überhaupt nicht für möglich, dass du dich gegen ihn zur Wehr setzt.*

Das stimmte wahrscheinlich, änderte aber nicht das Geringste an ihrem mulmigen Gefühl. Auf der Arbeitsplatte lag ein Küchenmesser auf einem hölzernen Schneidebrett. Kurz spielte sie mit dem Gedanken, danach zu greifen und diesen brutalen Dreckskerl abzustechen. Aber auf diese Weise hatte sie vor zehn Jahren auch ihren Vater getötet und wusste daher, dass diese Methode extrem blutig war. Damals hatte sie etliche Stunden gebraucht, um die Wohnung zu säubern und die Leiche in den Wald zu schaffen – obwohl Christian ihr geholfen hatte. Diesmal war sie auf sich allein gestellt.

Sie durfte jetzt keine Dummheit begehen und musste sich unbedingt an den Plan halten. Wenn sie es vermasselte, würde sie ihren Sohn künftig nur noch im Besucherraum einer Haftanstalt zu Gesicht bekommen – wenn überhaupt.

Volker wandte sich ihr lächelnd zu. »Wollen wir uns im Wohnzimmer schon mal ein Gläschen Wein gönnen, bis das Essen fertig ist?«

Kathrin zwang sich, den Blick vom Messer abzuwenden, und nickte. Er ging ins Wohnzimmer, nahm aus einer Vitrine eine Flasche Cabernet Sauvignon und öffnete sie ploppend mit einem Korkenzieher. Anschließend schenkte er den edlen Tropfen in zwei Weingläser, die neben einem dreiteiligen Kerzenleuchter bereitstanden. Offenbar hatte sich Volker auf ein Candle-Light-Dinner eingestellt.

»Erzähl doch mal«, begann er in unverfänglichem Plauderton, während er die Kerzen mit einem Feuerzeug anzündete. »Wie ist es dir in den letzten Tagen ergangen?«

»Ich hab eine schwierige Zeit durchgemacht«, antwortete Kathrin wahrheitsgemäß.

»Tja, da sind wir schon zu zweit.«

Volker reichte ihr eines der beiden Weingläser und nahm auf der Couch vor dem Esstisch Platz. Um nicht aus der Rolle zu fallen, setzte sie sich ebenfalls und schmiegte sich an ihn.

»Wir haben beide Fehler gemacht«, sagte er. »Aber du bist zu mir zurückgekommen, nur darauf kommt es an.«

Sie nippte an ihrem Wein. »Du wolltest mich nur vor mir selbst schützen, das verstehe ich jetzt. Es tut mir wirklich leid, dass ich weggelaufen bin.«

»Mach dir keine Gedanken, Kathi.« Er strich ihr zärtlich eine Haarsträhne aus der Stirn. »Ich hab dir längst verziehen.«

Als er seine Hand auf ihren Oberschenkel legte, erschauderte sie unter seiner Berührung. »Wo bist du eigentlich untergekommen? Bei Jule, von der du mir mal erzählt hast?«

»Ja. Martin ist noch bei ihr, die beiden kommen morgen nach.«

»Schön, dann lerne ich deine Freundin endlich kennen.« Er nickte zur Handtasche. »Willst du die nicht ablegen?«

»Ich ...«

»Na, gib schon her. Ich lege sie auf die Kommode im Flur.« Er nahm ihr die Tasche ab und verschwand aus dem Wohnzimmer. Als er kurz darauf zurückkehrte, bedachte er sie mit einem finsteren Grinsen.

Er weiß Bescheid, dachte sie panisch. *Er hat in die Handtasche geschaut und die Tüte mit dem Pulver entdeckt.*

Aber hätte er ihr in diesem Fall nicht längst die Hände um die Kehle gelegt und zugedrückt? Ja, ganz sicher sogar.

Er setzte sich wieder neben sie und legte einen Arm um ihre Schultern. »Es erscheint mir wie ein Wunder, dass du wieder hier bist. Ich dachte, ich hätte dich für immer verloren.«

Kathrin schluckte nervös. »Ich ... habe gemerkt, dass ich ohne dich nicht leben kann.«

»Ich weiß. Wir sind füreinander bestimmt.«

Aus heiterem Himmel beugte er sich vor, um sie zu küssen. Kathrin wollte den Kuss erwidern, um den Schein zu wahren, aber sie brachte es nicht fertig und drehte sich im letzten Moment weg. »Tut mir leid ...«

»Schon in Ordnung, Kathi, wir haben alle Zeit der Welt.« Wieder verzog er die Lippen zu einem düsteren Grinsen. »Oder etwa nicht?«

Er weiß es, dachte sie wieder in kaltem Entsetzen. *Er spielt bloß mit mir ...*

Aus der Küche ertönte ein elektronisches Piepsen. »Ah, unser Abendessen ist fertig.« Volker rieb sich die Hände und eilte zum Backofen. Sie folgte ihm und sah, wie eine Dampfwolke ihn einhüllte. Mit einem Ofenhandschuh nahm er die heiße Auflaufform heraus, stellte sie auf der Arbeitsfläche ab und atmete tief durch die Nase ein. »Mann, riecht das gut.«

Aus einem Hängeschrank über der Spüle nahm er zwei Teller, belud einen mit einer riesigen Portion und den anderen mit einer kleinen. »Ich weiß ja, dass du keine besonders gute Esserin bist«, sagte er lächelnd. »Wenn du nach der Kinderportion noch hungrig bist, kannst du ja einen Nachschlag nehmen.«

Kathrin presste nachdenklich die Lippen zusammen. Wie sollte es ihr bloß gelingen, heimlich sein Essen zu vergiften?

Bitte lieber Gott, gib mir eine Gelegenheit, dachte sie. *Mein ganzes Leben lang hast du mich im Stich gelassen. Jetzt wäre ein toller Zeitpunkt, es wiedergutzumachen, findest du nicht auch?*

Als sei ihr Gebet erhört worden, sagte Volker: »Ich muss nur kurz für kleine Jungs, bin gleich wieder da.«

Pfeifend stapfte er durch den Flur und schloss sich im Bad ein. Wie betäubt starrte Kathrin ihm hinterher und konnte ihr Glück kaum fassen.

Du kannst dem lieben Gott später danken, schoss es ihr durch den Kopf. *Los, beweg deinen Arsch!*

Auf leisen Sohlen schlich sie in den Flur, fischte das Tütchen mit dem Rizin aus ihrer Handtasche und eilte zurück in die Küche. Dort verteilte sie eine großzügige Menge des Pulvers auf Volkers Teller und mischte es mit einer Gabel unter das Essen, wobei sie sich bemühte, keine allzu deutlichen Spuren zu hinterlassen.

Als die Klospülung rauschte, flitzte sie zurück in den Flur, um das Tütchen wieder in die Handtasche zu stopfen. Doch bevor sie dazu kam, ging die Badezimmertür auf. Kathrin versteckte das Rizin hinter ihrem Rücken und starrte Volker mit aufgerissenen Augen an. »Ich muss auch mal«, sagte sie mit leiser, kraftloser Stimme.

Einen Moment lang betrachtete er sie argwöhnisch, dann wanderte sein Blick zur Handtasche.

Er wird meine Hände sehen wollen, dachte sie mit kaltem Grauen. *Ich bin erledigt ...*

Aber wider Erwarten nickte er nur und trat beiseite. »Lass dir aber nicht zu lange Zeit, sonst wird das Essen kalt.«

Hastig drängte sie sich an ihm vorbei, schloss die Tür ab und presste sich atemlos ans Fenster, aus dem sie vor wenigen Tagen in die Freiheit geklettert war. Scheiße, war das knapp. Mit zitternden Händen klappte sie den Toilettendeckel hoch, schüttete das restliche Rizinpulver ins Klo und spülte ab. Anschließend entsorgte sie die leere Plastiktüte im Mülleimer und wusch sich mit reichlich Seife die Hände.

Als sie wieder in die Küche kam, lehnte Volker mit einem unheilvollen Grinsen an der Arbeitsplatte. »Ich hab eine Überraschung für dich, Kathi.«

Sie starrte ihn ängstlich an. »Was für eine Überraschung?«

»Na, wenn ich's dir verrate, ist es ja keine mehr, oder?« Sein Grinsen wurde eine Spur breiter. »Mach die Augen zu.«

Als sie widerwillig gehorchte, nahm Volker sie an die Hand und führte sie ins Wohnzimmer. »Okay, darfst die Augen wieder aufmachen.« In seiner Stimme lag eine grausame Vorfreude, bei der sich Kathrins Nackenhärchen aufstellten. Als sie die Augen öffnete, zuckte sie vor Schreck zusammen und spürte, wie ein eiskalter Schauder des Entsetzens durch ihren Leib glitt. Am Esstisch saß Jule, mit einem Geschirrtuch geknebelt und mit Isolierband am Stuhl gefesselt. Ihr Gesicht war blutverschmiert, über ihr rechtes Jochbein zog sich eine dunkelviolette Prellung. Aus rotgeweinten Augen starrte sie Kathrin an und wimmerte leise.

»Warum hast du ihr das angetan?«, hauchte sie.

Volker zuckte die Achseln, als wäre die Antwort offensichtlich. »Deine Freundin wollte mir nicht verraten, wo du steckst und was du vorhast. Also brauchte ich ein paar schlagkräftige Argumente.«

Kathrin starrte ihn hasserfüllt an. »Wie hast du sie gefunden?«

»Na, mithilfe einer simplen Handyortung. Hättest du dir das nicht denken können? Ich bin Computerfachmann, Kathi.«

»Mein Handy war die ganze Zeit ausgeschaltet.«

»Deins schon, aber nicht Martins.«

Sie verzog das Gesicht zu einer wutverzerrten Grimasse. »Wo ist er?« Als Volker nicht gleich antwortete, ging sie mit den Fäusten auf ihn los und schrie: »Wo ist mein Sohn, du mieser Wichser!«

Lachend wehrte er ihre Schläge ab und umschlang Kathrin mit seinen muskulösen Armen. »Ihm geht's prächtig, keine Sorge. Du kennst doch meine Devise: Kinder sollten nicht unter den Problemen der Erwachsenen leiden.«

»Wo hast du ihn hingebracht?«

»Du siehst ihn wieder, sobald wir alles ins Lot gebracht haben. Ich glaube fest daran, dass uns das gelingt, wenn wir es wirklich wollen.«

Er zerrte sie in die Küche und schloss die Tür zum Wohnzimmer. »Jule hat mir erzählt, dass du mich aus dem Weg schaffen wolltest.« Er pfiff durch die Zähne. »Das hätte ich dir gar nicht zugetraut. Allerdings wusste deine Freundin nicht, *wie* du es anstellen willst. Nachdem du mir angeboten hattest, für mich zu kochen, habe ich auf Gift getippt. Dem Pulver in deiner Handtasche nach zu urteilen, lag ich damit richtig.« Er fletschte die Zähne wie ein Raubtier. »Was ist das für ein Zeug?«

Sie schluckte schwer. »Rizin. Das wirkt erst nach ein bis zwei Tagen und hinterlässt keine Spuren.«

Volker wölbte beeindruckt die Unterlippe. »Sieh mal einer an. Bist ja eine richtige Profikillerin.« Er betrachtete den Teller mit der großen Portion. »Ich nehme an, du hast das Gift ins Essen gemischt, als ich im Bad war?«

Sie nickte und kämpfte mit den Tränen.

»Ist schon in Ordnung, Kathi.« Er streichelte ihr zärtlich über den Kopf. »Wirklich, ich verstehe das. Ich hätte dich nicht schlagen und in der Wohnung einsperren dürfen.« Er griff nach dem Küchenmesser, nahm aus einer Obstschale eine Apfelsine und fing an, sie zu schälen. »So wie ich das sehe, haben wir beide einen Fehler gemacht. Wenn wir uns das eingestehen und bereit sind, uns gegenseitig zu verzeihen, stehen unsere Chancen für einen Neuanfang gar nicht so schlecht.« Er steckte sich ein Orangenstück in den Mund und schmatzte genüsslich. »Köstlich, probier mal.«

Er spießte ein Stück auf die Messerklinge und hielt es Kathrin hin. Weinend aß sie es vom Messer und kaute, während Tränen über ihre Wangen kullerten.

»Findest du nicht auch, dass wir es noch einmal miteinander versuchen sollten?« Volker wischte ihr die Tränen aus dem Gesicht. »Es wäre doch bedauerlich, alles einfach so wegzuwerfen.«

Sie schluchzte leise und nickte.

»Gut, dann sind wir uns ja einig.« Grinsend stopfte er sich ein weiteres Orangenstück in den Mund und fuhr schmatzend fort: »Aber ein Neubeginn erfordert Vertrauen, und daran hapert es im Augenblick gewaltig. Immerhin hast du mit einem anderen Kerl gefickt und beschlossen, mich zu vergiften. An meiner Stelle wärst du doch jetzt auch skeptisch, oder?«

Wieder nickte Kathrin und hielt krampfhaft neue Tränen zurück.

»Du weißt ja, Vertrauen ist wie ein Stück Papier«, fuhr er mit vollem Mund fort. »Wenn es einmal zerknüllt ist, lässt es sich nie wieder ganz glattstreichen. Aber es gibt einen Weg, die Vertrauensbasis wiederherzustellen.« Er legte den Kopf schief und senkte die Stimme: »Jule hat mir erzählt, dass sie dich zu alldem angestachelt hat. Stimmt das?«

»Nein, das ist Blödsinn«, hauchte sie. »Das war allein meine Entscheidung.«

»Ich dachte mir schon, dass du deine Freundin in Schutz nehmen würdest.« Er grinste. »Aber ich glaube ihr. Ja, ich bin mir sicher, dass sie die Wurzel allen Übels ist.« Volker richtete den Blick auf den Teller mit dem vergifteten Essen. »Die arme Jule hatte seit vorgestern nichts mehr zu beißen, sie ist bestimmt ganz ausgehungert.« Er hörte auf zu lächeln und sah Kathrin ernst an. »Warum servierst du ihr nicht dieses duftende Lachsfilet mit Ofengemüse? Ich wette, sie wird es mit Heißhunger verschlingen.«

Kathrin konnte die Tränen nicht länger zurückhalten, heiß und salzig liefen sie ihr übers Gesicht. »Fick dich ...«

Wütend warf er das Messer auf den Tisch und packte Kathrin mit einer Hand an der Kehle. »Tja, wenn du es nicht tust, muss ich davon ausgehen, dass du mir nur etwas vorspielst«, knurrte er. »Was soll dann aus uns beiden werden? Aus uns und deinem kleinen Sohnemann?«

Als er die Hand zurückzog, rang Kathrin nach Luft und klammerte sich an der Arbeitsplatte fest.

»Bitte tu ihm nichts«, keuchte sie. »Tu meinem Kind nicht weh ...«

»Dann bring der Schlampe jetzt den Teller!«, fauchte er und hob mahnend den Zeigefinger. »Und wenn du sie vor dem Gift warnst, stopfe ich *dir* das Essen in den Hals und hebe den Rest für Martin auf, kapiert?«

Hustend richtete sie sich wieder auf und blickte verstohlen zum Küchenmesser.

»Denk gar nicht erst daran, Kathi.« Er schnappte sich das Messer und warf es ins Spülbecken. Aus einer Schublade nahm er einen Löffel und drückte ihn ihr in die Hand. »Na los, füttere deine hungrige Freundin!«

Schluchzend nahm sie den Teller, öffnete die Tür und schlurfte mit hängenden Schultern ins Wohnzimmer. Jule starrte sie mit aufgerissenen Augen an und atmete stoßweise durch die Nase. Beim Anblick des dampfenden Essens gab ihr Magen ein wölfisches Knurren von sich.

»Liebe Jule, ich muss mich bei dir entschuldigen«, sagte Volker geschmeidig. »In den letzten Tagen bin ich eindeutig zu hart mit dir umgegangen, das hattest du nicht verdient. Du hast Kathi zwar auf eine niederträchtige Idee gebracht, aber letztlich wolltest du deine Freundin nur beschützen, nicht wahr?«

Jule reagierte nicht. Sie saß einfach nur da und betrachtete wie hypnotisiert den prallgefüllten Teller.

»Das schmeckt genauso gut wie es aussieht«, versprach er. »Möchtest du mal probieren?«

Sie nickte, ohne den Blick vom Essen abzuwenden.

»Wirst du auch bestimmt nicht schreien, wenn ich das Klebeband abmache?«

Diesmal schüttelte Jule gehorsam den Kopf, worauf er ihr mit einem ratschenden Geräusch das Isolierband vom Mund riss. Als sie tatsächlich still blieb, lächelte er zufrieden. »Braves Mädchen. Bevor ich dich vom Stuhl befreie, solltest du erst mal etwas essen. Dir knurrt doch sicher der Magen. Keine Sorge, Kathi wird dir helfen.«

Kathrin stellte den Teller weinend vor ihre Freundin auf den Tisch und hielt unschlüssig den Löffel in der Hand.

»Mach schon«, drängte Volker sie. »Sonst fällt die Arme noch vom Fleisch!«

Verzweifelt suchte sie nach einem Ausweg aus dieser Zwangslage – den es nicht gab. Sie musste Jule vergiften, um sich selbst und ihren Sohn zu retten. Mit zitternder Hand belud sie den Löffel mit Essen und führte ihn an Jules Mund. Auf einmal bemerkte sie, dass ihre Freundin zu ihr aufblickte. Jules Augen teilten ihr mit, wohin sie schauen sollte. Unauffällig folgte Kathrin ihrem Blick und entdeckte den Korkenzieher.

»Worauf wartest du noch!«, knurrte Volker. »Schieb ihr den verdammten Löffel endlich in den Mu...«

So schnell wie eine zuschnappende Klapperschlange griff sie nach dem Korkenzieher, zielte auf Volkers Hals und stach mit aller Kraft zu. Er sah ihren Angriff jedoch kommen und hob schützend den Arm. Die metallene Schrauben-spindel bohrte sich in seinen Bizeps und blieb darin stecken wie ein Thermometer in einer Weihnachtsgans. Brüllend taumelte er nach hinten, zog den Korkenzieher mit einem Ruck aus dem Fleisch und starrte Kathrin feindselig an. »Das war's dann wohl mit uns, du hinterhältige Missgeburt.«

Er stürmte auf sie zu, hob sie an der Taille hoch und schleuderte sie quer über den Esstisch. Mit einem heiseren Schrei stürzte sie zu Boden und landete so hart auf dem Brustkorb, dass die Luft aus ihrer Lunge gepresst wurde.

»An einer Rizinvergiftung zu sterben, wäre für deine Freundin das Beste gewesen, Kathi.« Er packte Jule an den Haaren und zog brutal ihren Kopf in den Nacken. Sie schrie vor Schmerz. »Jetzt blüht ihr etwas wesentlich Schlimmeres.«

»Lass sie los, du Schwein!«

»Wie du willst.« Mit voller Wucht knallte er Jules Kopf auf die Tischplatte. Sie stieß ein leises Keuchen aus und blieb reglos liegen.

»Du Arschloch!« Kathrin rappelte sich auf die Beine und schleppte sich in Richtung Küche, um das Messer zu holen. Doch Volker schnitt ihr den Weg ab und stieß sie zu Boden.

»Dachtest du im Ernst, du spazierst einfach so hier rein, vergiftest mich und haust wieder ab?« Er drehte sie auf den Rücken, beugte sich über sie und hielt ihre Handgelenke fest. »Hast du wirklich geglaubt, einer Schlampe wie dir gebe ich eine zweite Chance?«

»Fass mich nicht an!«, keifte sie. »Lass deine dreckigen Pfoten von mir!«

Mit dem Ellbogen schnürte er ihr die Luft ab und fletschte die Zähne zu einem teuflischen Grinsen. »Weißt du noch, was ich dir versprochen habe, bevor du abgehauen bist?« Er beugte sich so tief zu ihr hinab, dass sie seinen heißen Atem im Gesicht spürte. »Ich sagte, wenn du mich noch einmal verarschst, vernichte ich dich.«

Er schloss beide Hände um ihren Hals und drückte zu. Kathrin verdrehte röchelnd die Augen und tastete nach dem Korkenzieher, aber das verdammte Ding war nicht da. Schwarze Punkte tanzten vor ihren Augen, die zu pilzförmigen Strukturen heranwuchsen.

»Das mit uns war in dem Augenblick vorbei, als ich den Liebesbrief entdeckt habe«, presste er zornig hervor. »Fahr zur Hölle, du Miststück!«

Kathrins Bewegungen wurden immer träger und erschlafften schließlich ganz. Kurz bevor sie das Bewusstsein verlor, ließ der Druck auf ihre Kehle plötzlich nach. Gierig schnappte sie nach Luft. Als sich der schwarze Schleier vor ihren Augen lüftete, sah sie Volkers schreckerstarrtes Gesicht. Die Augen waren vor Entsetzen weit aufgerissen, der Mund stand halboffen wie bei einem erstaunten Kind. Der Korkenzieher steckte bis zum hölzernen Griff in seiner rechten Schläfe. Wie in Zeitlupe drehte Volker den Kopf und blickte über die Schulter. »Hey, Kumpel«, nuschelte er. »Keinen Bock mehr zum Zocken?«

Daraufhin sackte er in sich zusammen wie eine Marionette, deren Fäden durchgeschnitten worden waren. Atemlos richtete sich Kathrin auf den Ellbogen auf und betrachtete voller Unglauben ihren Sohn. Martin trug ein weißes T-Shirt und blaue Jeans, um seine Schultern hingen die Noise-cancelling-Kopfhörer, die Volker ihm zum Geburtstag geschenkt hatte. Der Junge erwiderte ihren Blick und sah weder ängstlich noch erschrocken aus. Mit zusammengekniffenen Augen und geballten Fäusten stand er da, die Oberlippe so weit hochgezogen, dass die Schneidezähne sichtbar waren. Kathrin erschrak vor seinem Anblick, denn sie wusste ganz genau, was sie sah: den brutalen, erbarmungslosen Zorn, der sie selbst zu mehreren Morden befähigt hatte.

»Mein Schatz ...«

Als er die Stimme seiner Mutter hörte, verschwand der jähzornige Ausdruck von seinem Gesicht. Auf einmal sah er wie ein verängstigter Junge aus, der sich im Wald verlaufen hatte. »Mami ...«

Sie schloss ihren Sohn in die Arme und drückte ihn fest an sich. Volker lag leblos auf dem Boden und starrte mit glasigem Blick ins Leere; von seiner Schläfe tropfte Blut, den der weiße Teppichboden wie ein Schwamm aufsaugte.

Unter grässlichen Schmerzen richtete sich Kathrin auf, holte das Küchenmesser und schnitt das Klebeband durch, mit dem Jule an den Stuhl gefesselt war. »Wach auf!«, rief sie und rüttelte ihre

Freundin unsanft an den Schultern. »Wir müssen verschwinden!«

Blinzelnd schlug Jule die Augen auf und hob den Kopf. Als sie den dunkelroten Abdruck an ihrer Stirn befühlte, zischte sie vor Schmerz. »Was ist passiert?«, murmelte sie und sah sich verwirrt um. Als sie den Korkenzieher sah, der wie ein Dolch in Volkers Schläfe steckte, sog sie erschrocken die Luft ein und presste sich eine Hand auf den Mund. »Mein Gott ...«

Kathrin sah kurz ihren Sohn an, der sich zitternd an sie klammerte, und richtete den Blick dann wieder auf Jule. »Hab den Scheißkerl erwischt«, flüsterte sie und half ihrer Freundin auf die Beine. »Kannst du allein gehen?«

»Denke schon ...«

»Dann geh mit Martin zum Bahnhof. Ich komme gleich nach.«

»Was hast du denn vor? Wir müssen die Polizei rufen!«

Kathrin schüttelte den Kopf. »Ich regle das. Geh jetzt.«

Jule sah sie beunruhigt an und schien noch etwas sagen zu wollen. Schließlich presste sie jedoch die Lippen zusammen, nahm Martin an die Hand und verließ mit ihm die Wohnung.

Als Kathrin allein war, nahm sie eine Kerze aus dem Ständer und zündete damit die Gardinen an. Die Flammen krochen gierig am Stoff hinauf und griffen auf die Tapete über. Anschließend steckte sie die Tischdecke in Brand, auf der sich das Feuer ebenfalls rasend schnell ausbreitete. Als ihr beißender Rauch entgegenschlug, zog sie sich in den Flur zurück und schaute noch eine kleine Weile zu, wie die Flammen den Teppichboden erreichten und Volkers Leiche einkesselten.

Wie in dem Haus im Wald, würde das Feuer sämtliche Spuren vernichten. Niemand würde je erfahren, was ihr Sohn getan hatte. Was von der Vergangenheit noch übrig war, würden die Flammen verzehren und zu Asche verwandeln. Wie ein Feuersturm, der die Erinnerungen für immer hinwegfegte. In der festen Überzeugung, dass ihr ein Leben ohne Angst und Gewalt bevorstand, floh Kathrin aus der brennenden Wohnung.

Zur selben Zeit, als Volkers Leiche in Flammen aufging, betrat eine junge Frau ein Internetcafé. Sie setzte sich vor einen Computer, öffnete den Browser und loggte sich in ihr Dropbox-Konto ein. Mit einem Mausklick startete sie die Videodatei, die sie heute Vormittag dort abgespeichert hatte. Auf dem Monitor erschien ein dunkler Kellerraum. Eine junge Frau mit flammrotem Haar war mit Handschellen an einen Eisenring gekettet. Vor ihr stand ein Mann mit einer Wolfsmaske; von den künstlichen Reißzähnen tropfte Blut.

»Ich bin schon einmal durch die Hölle gegangen«, sagte die Frau furchtlos. »Sie sind nicht der erste Kerl, der mich umbringen will.«

»Was du nicht sagst«, erwiderte der Maskenmann amüsiert. Von einer Werkbank zog er einen Drehstuhl heran, setzte sich verkehrt herum darauf und stützte die Arme auf der Rückenlehne ab. »Erzähl doch mal.«

Und das tat sie. In aller Ausführlichkeit schilderte sie ihm die Schrecken ihrer Kindheit und Jugend – bis sie schließlich den Mord an ihrem Vater gestand.

Die Frau am Computer loggte sich mit dem Benutzernamen *Hermine* in ein YouTube-Konto ein, klickte auf *Video hochladen* und wählte die Datei aus der Dropbox aus. Anschließend lehnte sie sich zurück und verschränkte die Arme hinter dem Kopf.

»Du hast mein Leben zerstört«, flüsterte sie und verzog die Lippen zu einem hasserfüllten Grinsen. »Jetzt zerstöre ich deins, du miese Schlampe.«

Sarah Hagemeister

Sarah Hagemeister hat mit ihren Kurzgeschichten
schon an mehreren Wettbewerben teilgenommen.
ERWACHE ist ihr Beitrag für das BUCH DER BÖSEN
TRÄUME.

ERWACHE

»Du spinnst doch komplett«, sagte Amelie schon zum gefühlt zehnten Mal innerhalb der letzten halben Stunde. »Ich werde da hingehen, ob sie nun eine Hexe ist oder nicht.«

»Ich kenne Silvia, du nicht«, erwiderte Simon.

»Was soll sie mir denn tun um Gottes willen?«, fragte sie und hob ihre rechte Augenbraue in die Höhe.

»Sie verflucht gerne andere Menschen«, erklärte Simon und stellte sich ihr in den Weg.

»Oh Gott«, sagte sie theatralisch und drückte sich an ihm vorbei. Sie ignorierte sein immer noch wütendes Gezeter und streifte sich eine schwarze Lederjacke über. Dann warf sie einen Blick in den Spiegel ihrer Flurgarderobe.

Als sie so ihr Spiegelbild betrachtete, war sie froh über die Entscheidung, sich ihre immer strohiger gewordenen Haare abzuschneiden. Sie schulterte ihre Handtasche, verließ die Wohnung und machte sich auf den Weg zu ihren Freundinnen.

Als sie wenig später in die Tram stieg, ärgerte sie sich immer noch über ihren Freund und den, ihrer Meinung nach, völlig sinnlosen Wortwechsel.

Sie wusste, dass er Silvia von früher kannte. Sie waren laut ihm sogar mal ein Paar gewesen. Amelie vermutete, dass das auch der wahre Grund für seine Überreaktion war. Sie konnte es noch immer nicht verstehen, es war für sie wie ein Buch mit sieben Siegeln. Vermutlich wusste diese Frau Dinge über ihn, die sie nicht erfahren durfte.

Das Handyklingeln riss sie aus ihren Gedanken.

›Es tut mir leid. Ich wünsche dir viel Spaß. Aber tu mir einen Gefallen: Verärgere Silvia auf gar keinen Fall. Liebe Dich Simon‹

Sie verdrehte die Augen, beschloss aber, nicht auf den letzten Satz einzugehen. Stattdessen schrieb sie: ›Danke. Ich dich auch.‹ Dann steckte sie ihr Smartphone wieder in die Jackentasche. Sie brauchte weniger als zwanzig Minuten, bis sie bei der Haltestelle ankam, wo sie sich mit Laura treffen wollte. Der kalte Dezemberwind pfiff durch ihre Jacke und sie fröstelte. Schnell entdeckte sie die junge Frau mit den haselnussbraunen, immer traurig wirkenden Augen und den schulterlangen, glatten schwarzen Haaren.

Die Frauen begrüßten einander und nach einigen Metern, die die beiden schweigend nebeneinander hergelaufen waren, fasste Amelie den Mut ihre Frage zu stellen, die ihr schon die ganze Zeit auf der Zunge brannte. »Woher kennst du eigentlich diese Silvia?«

»Nun ja ...«, begann Laura etwas zögerlich und seufzte dann. »Sie ist meine Cousine.« Sie legte eine künstlerische Pause ein und sprach weiter: »Ja, ich weiß, was über sie erzählt wird. Meine Eltern wollten, dass ich sie auch zu unserem Mädelsabend einlade. Die mischen sich halt immer noch in mein Leben ein. Ich habe ihnen einen Gefallen getan. Ich habe keine Lust mich mit denen zu streiten.«

Amelie spürte, dass ihrer Freundin das Thema unangenehm war, dennoch brannte ihr noch etwas auf der Zunge. »Du magst sie nicht so. Oder?«

»Jein«, entgegnete sie. »Es ist ... Sie ist manchmal etwas eigen. Und das Gruselige an ihr ist einfach, es passieren komische Dinge.«

»Was passiert denn mit denen?«, fragte Amelie neugierig und Laura zuckte mit den Schultern.

»Genau kann ich dir das nicht sagen. Ich meide sie so gut es eben geht. Aber verärgere sie nicht, dann ist alles gut.«

»Hmmm, hatte ich auch nicht vor«, sagte Laura und die beiden Freundinnen liefen die Auffahrt zu Lauras Elternhaus entlang, wo die Freundin eine Einliegerwohnung bewohnte. Nachdem sie in der Wohnung angekommen waren und die Jacken aufgehängt hatten, fragt Laura ihre Freundin: »Möchtest du etwas trinken?«

»Ja bitte! Aber etwas Warmes. Meine Finger sind Eisklumpen«, sagte Amelie und lachte. Ihre Freundin nickte, verschwand in der Küche und Amelie setzte sich ins Wohnzimmer. Es dauerte nicht lange, da kam Laura mit zwei Tassen heißer Schokolade ins Zimmer. »Wann kommen die anderen?«, wollte Amelia wissen und nahm ihr Getränk dankend entgegen.

»Um 19 Uhr wollten wir anfangen. Larissa muss noch bis 18 Uhr arbeiten, Ina ist noch bei ihrer Mutter im Pflegeheim und meine Cousine müsste eigentlich jeden Moment hier aufschlagen.«

»Ich bewundere Ina, dass sie trotz Vollzeitjob fast täglich noch Stunden bei ihrer Mama verbringt. Es muss hart für sie sein, dass sie ihre Mutter nicht zuhause pflegen kann. Aber wie sollte das auch gehen? Seit dem Unfall vor 3 Jahren, ist sie vom Hals an gelähmt. Ich will mir das gar nicht vorstellen ...«, sagte Amelie noch, als es an der Tür schellte. Laura verließ das Zimmer und stand kurz darauf mit dem Gast wieder im Wohnzimmer.

»Amelie, das ist meine Cousine Silvia. Silvia, das ist Amelie, eine Freundin von mir«, stellte sie die jungen Frauen einander vor. »Möchtest du auch eine heiße Schokolade?«, fragte sie an Silvia gewandt.

»Ja gerne«, sagte diese etwas schüchtern und Laura verschwand wieder in der Küche. Merkwürdig, dachte Amelie. Sie hatte eine bucklige alte Frau erwartet mit einer Warze auf der Nase und schwarzen Haaren. Doch Silvia war das komplette Gegenteil. Sie wirkte wie eine Elfe, ihr blondes Haar hatte sie zu einem Fischgrätenzopf geflochten. Sie trug eine dicke graue Wollstrumpfhose und ein blau geblümtes Kleid mit langen Ärmeln. Gar nicht Hexenlike. Um die Hüfte hatte sie einen breiten Gürtel. Das war doch alles total albern. Die junge Frau war nicht gefährlich, das passte gar nicht zu ihr. Sie ahnte, dass etwas anderes hinter der ganzen Sache steckten könnte. Mobbing vielleicht.

»Und, alles gut bei euch beiden?«

Amelie war froh, dass ihre Freundin wieder hier war. Silvia und sie hatten nicht ein Wort miteinander gewechselt, in den gefühlten Stunden, die tatsächlich aber nur fünf Minuten waren.

Nach und nach trafen auch noch Ina und Larissa ein. Die heiße Schokolade wurde durch Glühwein ersetzt und der Hunger wurde durch einen Anruf beim Pizzalieferdienst gestillt.

»Was machen wir nun?«, wollte Ina nach dem Essen wissen.

»Wie wäre es mit einem Film?«, schlug Laura vor.

»Neee«, meinte Larissa.

»Ich habe ein Spiel mit«, sagte Silvia und alle Blicke waren plötzlich auf sie gerichtet.

»Ein Spiel? Echt jetzt?« Amelie hasste Spiele. Sie hatte sich immer vor den Spieleabenden mit ihren Eltern gedrückt, doch schlagartig fielen ihr die warnenden Worte von Simon ein. »Ich meine ... was für ein Spiel? Vielleicht ändert es meine Meinung.«

»Ouija«, antwortete Silvia.

»Nein, auf gar keinen Fall«, warf Laura ein. »Wir spielen nicht dieses dämliche Geisterbeschwörungsspiel.«

»Geisterbeschwörungsspiel?«, fragte Amelie und schlug sich die Hand auf den Mund. »Weißt du, was ein Hexenbrett ist?«, fragte Ina an Amelie gewandt.

»Natürlich. Darauf spielt man Gläserrücken.«

»Man kommuniziert mit Geistern«, warf Silvia ein.

»Also ich finde die Idee gut«, sagte Ina. Larissa nickte zustimmend.

»Laura, bitte« Silvia schaute ihre Cousine flehend an.

»Nein, du weißt, was das letzte Mal passiert ist. Wieso hast du das Scheißteil noch? Ich dachte, du schmeißt den Mist weg.«

Silvia versuchte, Lauras Worte zu ignorieren und wandte sich an Amelie. »Spielst du wenigstens noch mit? Wenn sie schon den Spielverderber markieren muss?«

»Ich weiß nicht. Okay«, sagte Amelie zögerlich. Ein mulmiges Gefühl stieg ihr in der Magengegend hoch. Geisterbeschwörung! Dunkel erinnerte Amelie sich daran, dass Menschen gestorben waren, weil sie es falsch spielten.

Ihr war unwohl bei dem Gedanken mitzuspielen. War es nur ein Spiel oder wurde daraus wirklich auch bitterer Ernst? Schließlich lenkte auch Laura ein. »Na gut, ich spiele mit.« Widerwillig setzte sie sich zu den anderen, die sich bereits an den Küchentisch saßen. Silvia blickte erwartungsvoll in die Runde. »Wartet, es geht gleich los.«

»Ich hole nur schnell Kerzen«, sagte Silvia, stand auf und verschwand in die Küche ihrer Cousine.

»Meinst du, das ist eine gute Idee?«, flüsterte Amelie Laura zu und ließ dabei die Tür nicht aus den Augen.

»Nein«, gab diese zu. »Aber glaub mir, wenn wir alle mitmachen und keiner aus der Reihe tanzt, passiert nichts.«

»Ist das jetzt euer Ernst? Das ist nur ein dämliches Spiel, kommt mal wieder runter«, sagte Ina gereizt.

In diesem Moment kam Silvia wieder zur Tür rein. »Alles okay?«, fragte sie und blickte mit besorgter Miene in die Runde.

»Ja, natürlich«, log Amelie.

»Na, dann können wir ja gleich loslegen.« Silvia platzierte das Brett in der Mitte des Tisches, stellte einen Kerzenständer mit drei weißen Kerzen dazu und zündete eine Kerze nach der anderen an. Dieses Szenario wirkte schaurig rituell auf die Freundinnen, sodass absolute Stille im Raum herrschte. Dann stand Silvia nochmals auf, verließ kurz den Raum, stellte eine Tonschüssel auf den Tisch und zündete das Räucherwerk darin an.

»Du räucherst jetzt aber nicht mein Wohnzimmer ein?«, fragte Laura wütend und verschränkte ihre Hände vor der Brust.

»Du weißt, das gehört dazu und du hast zugestimmt.«

»Wieso räucherst du hier jetzt alles ein?«, fragte Ina in einem fast ehrwürdigen Tonfall.

»Um das Tor zu öffnen«, erklärte Silvia, löschte das Licht, setzte sich auf den freien Stuhl und blickte in die Runde. »So, meine Lieben, ihr müsst mir jetzt ganz genau zuhören. Laura, wie viel Uhr haben wir?«

»20:00 Uhr«, antwortete sie.

»Perfekt. Ich bitte euch, überkreuzt eure Beine nicht. Ich werde die Fragen stellen, da es vernünftige Fragen sein müssen. Wir wollen ja niemanden verärgern. Habt ihr verstanden?«, fragte Silvia und ein einstimmiges Nicken folgte. Die Frauen legten den Zeigefinger auf das Glas und Silvia begann mit ihrer ersten Frage. »Ist jemand da, der mit uns arbeiten will?«

Es dauerte eine gefühlte Ewigkeit bis zur ersten Bewegung. Mit großen Augen blickten sich die anderen Frauen an, als sich das Glas in Richtung ›JA‹ bewegte. Es blieb bei dem Wort stehen.

»Bist du ein Verwandter?«, fragte sie weiter. Erst wanderte es in kreisenden Bewegungen über das Brett, ehe es wieder bei ›JA‹ hielt.

»Wie ist dein Name?«, fragte Silvia. Langsam bewegte es sich von Buchstabe zu Buchstabe: A-N-T-O-N. Beim letzten Buchstaben blieb es stehen.

Das kann doch nicht sein, dachte Amelie und ein flaues Gefühl machte sich in ihrer Magengegend breit.

»Mit wem bist du verwandt?« Sofort setze es sich wieder in Bewegung. Es wanderte zum A, dann zum M, weiter zum E, L, I, E und blieb stehen. Alle Blicke waren sofort auf Amelie gerichtet. *Bitte frag nicht weiter, bitte frag nicht weiter,* dachte sich Amelie und ihr war schlagartig kotzübel.

Amelie bemerkte, dass sich der Ausdruck auf Silvias Gesicht plötzlich verändert hatte. Irgendetwas stimmte hier nicht. Plötzlich war eine Kälte zu spüren, obwohl in dem Raum weder ein Fenster offen war, noch ein Windhauch in dieses Zimmer treten konnte. Die Kerzen begannen wild zu flackern.

Plötzlich schwieg Silvia, während das Glas sich kreisend über das Brett bewegte. Sie wirkte abwesend, fast wie hypnotisiert. Sie schloss die Augen und öffnete sie nach wenigen Augenblicken wieder.

Sie blickte Amelie an und ihr Gesicht verzog sich zu einer Fratze, ihre Augen wirkten sehr dunkel. Die Freundinnen erstarrten, als Silvia anfing zu reden. Ihre Stimme klang verzerrt.

»Hallo Töchterchen. Na? Hast du mich vermisst?«, fragte die Stimme, die aus Silvias Mund trat. Amelie lief es heiß und kalt den Rücken runter und Magensäure stieg ihr die Speiseröhre hoch.

»Na na«, redete Silvia verzerrt weiter. »Du siehst aus, als hättest du einen Geist gesehen.« Dann lachte sie.

»Ok mir reicht's, das ist absolut nicht witzig«, knurrte Amelie und sprang auf. In dem Moment flackerten die Kerzen wie wild. Der *Geist* schien Silvias Körper verlassen zu haben. Die Kerzen erloschen von allein. Larissa war aufgesprungen und schaltete das Licht ein. Lauras Cousine war es jetzt, die Amelie wütende Blicke zuwarf.

»Du«, schrie sie wutentbrannt und zeigte mit dem Zeigefinger auf Amelie, »du hast das Ritual gestört!«

Amelie war wie zu einer Salzsäule erstarrte. Sie fand in dem Moment keine Worte.

»Verflucht sollst du sein, sollst gefangen sein in Albträumen. Und nie wieder daraus erwachen, bis zu deinem Tode«, spie ihr Silvia entgegen.

»Mir egal«, stammelte Amelie, deren Hände wie Espenlaub zitterten. Fluchtartig verließ sie den Raum, schnappte sich ihre Jacke und Tasche und stürmte aus der Wohnung. Den gesamten Weg zur Bahn kämpfte sie gegen die Tränen an. Die Bahn war menschenleer, dennoch konnte sie nicht weinen.

Sie bereute es, so vorschnell gehandelt zu haben. Als man ihr damals von dem Tod ihres Vaters erzählte, war sie überglücklich gewesen. Möge er doch in der Hölle herumkriechen, hatte sie gedacht.

Und jetzt? War sie jetzt wirklich verflucht? Silvia war bestimmt nur sauer gewesen, dass sie ihr lächerliches Spiel unterbrochen hatte. Klar war das Drumherum mehr als seltsam gewesen, doch sicher gab es auch dafür eine plausible Erklärung. Natürlich war sie keine Hexe.

Auf der gesamten Heimfahrt fühlte sie sich wie unter Strom gesetzt. Fast hätte sie durch ihre Grübelei verpasst, an ihre Haltestelle auszusteigen. Als sie endlich Zuhause angekommen war und die Wohnungstür hinter sich geschlossen hatte, atmete sie erleichtert aus.

Ihre Wohnung war ihr Schutzbunker. Eigentlich war es totaler Quatsch, überhaupt über die Ereignisse nachzudenken. Der Flur lag im Dunkeln und auch aus den anderen Zimmern schien kein Licht. Simon schlief anscheinend schon. Als sie wenige Sekunden später die Schlafzimmertür öffnete, hörte sie das vertraute Schnarchen ihres Lebensgefährten.

Sie versuchte so leise wie möglich, sich bis auf die Unterwäsche auszuziehen, und legte sich leise ins Bett. Die Müdigkeit überrollte sie überraschender Weise sehr schnell. Und binnen weniger Sekunden fiel sie in einen tiefen Schlaf.

Verwirrt starrte sie in die Dunkelheit, ohne zu wissen, wieso sie aufgewacht war. Es dauerte eine Weile, bis sie Begriff, dass der Grund ihres plötzlichen Erwachens die Geräusche waren, die aus einem anderen Raum ihrer Wohnung zu ihr ins Schlafzimmer drangen. Sie konnte nicht genau ausmachen was es war, es klang wie Möbel verrücken und nach einer Maschine, die angeschaltet war.

Wieso machte Simon mitten in der Nacht so einen Radau? Sie ärgerte sich über ihn, drehte sich auf die andere Seite und schloss die Augen. Doch die Geräusche wurden immer lauter und lauter. Sie warf einen Blick auf den Radiowecker, der neben ihr auf dem alten Nachttisch stand. *Was zum Geier?* 14:04 Uhr. Sie stutzte einen Moment. Die Zahlen auf dem digitalen Ziffernblatt zeigten definitiv eine falsche Uhrzeit an, war es draußen doch finsterste Nacht.

Schlaftrunken schälte sie sich unter ihrer Decke hervor und tastete nach dem Lichtschalter der Nachttischlampe. Als sie ihn endlich in die Finger bekam und ihn einschalteten wollte, passierte nichts! Der Raum blieb eingehüllt in der Dunkelheit der Nacht.

Na toll, dachte sie. *Jetzt war auch noch die Birne der Lampe durchgebrannt.* Bis zum Lichtschalter der Deckenbeleuchtung würde sie es auch ohne Licht schaffen.

Langsam schlurfte sie dem Lichtschalter entgegen. Tastete sich mit ihren Händen der Wand entlang, wurde bei jedem Schritt etwas wacher, aber auch immer wütender. Ihr Freund schien den Verstand verloren zu haben. Wenn der weiterhin so laut war, hätten sie in wenigen Minuten einen ihrer griesgrämigen Nachbarn vor ihrer Tür stehen oder die Polizei, wenn sie ganz viel Pech hatten.

Sie drückte auf den Kippschalter der Deckenbeleuchtung, aber es blieb dunkel. Sie drehte sich zum Radiowecker um, als ihr einfiel, dass dieser ja mit Batterie funktionierte. Zumindest erklärte dies, warum der Wecker im Gegensatz zum Licht leuchtete. Sie legte die Hand auf die Klinke, die Geräusche schienen noch einige Dezibel lauter geworden zu sein. Sie drückte diese hinunter. Die Tür war verschlossen. Simon hatte sie eingesperrt. *Aber warum? Spinnt der jetzt total? Vielleicht habe ich mich getäuscht!*

Sie rüttelte kräftiger an der Tür. Verschlossen!

»Simon!«, rief sie laut. »Lass mich hier raus!« Doch nichts geschah. Und nun? Wenn sie wenigstens Licht hätte!

War da nicht irgendwo ein Ersatzschlüssel versteckt? Langsam tastete sie den Türrahmen entlang. Dann dachte sie an ihr Handy. Damit konnte sie zumindest ins Schlüsselloch leuchten, um zu sehen, ob der Schlüssel steckte und sie hätte zudem noch Licht.

Sie stolperte wieder zum Bett und tastete auf dem Nachtschrank nach ihrem Smartphone. Vielleicht war es runtergefallen, kam es ihr in den Sinn. Weder dort noch auf dem Bett, noch auf dem Fußboden konnte sie es ertasten. Sie ließ sich verzweifelt aufs Bett sinken. Und während es von außen noch immer nicht ruhiger zu werden schien, wurde sie immer hoffnungsloser. Dann hörte sie ein anderes Geräusch, es knarzte und die Tür öffnete sich.

Der Lichtschein, der ins Zimmer drang, wurde immer größer, bis die Tür komplett offen stand. Es geschah fast wie durch Geisterhand.

»Simon?«, fragte sie unsicher. Ihr Herz raste und hämmerte gegen ihre Rippen. Der Flur vor ihr lag im warmweißen Licht. Vorsichtig stand sie vom Boden auf, wo sie eben noch das Telefon gesucht hatte und bewegte sie wie ein Reh, das auf der Hut vor einem wilden Tier war, auf das Licht zu.

Der Anblick, der sich ihr bot, versetzte sie einige Sekunden in eine Art Schockstarre. Blut, überall Blut soweit das Auge reichte. Über den gesamten Boden verteilt waren Pfützen von frischem Blut, auch an den Wänden befanden sich Spritzer. Einige Augenaufschläge später löste sich die Bewegungslosigkeit und sie drehte sich zur Schlafzimmertür um.

Entsetzt schlug sie die Hände auf ihren Mund. Die Tür! Blutverschmiert! *Simon! Wo ist er?* Sie wusste, sie musste hier raus. Aber sie konnte doch nicht ohne ihren Freund die Wohnung verlassen. Sie konnte ihn doch nicht im Stich lassen.

Langsam bewegte sie sich durch den Flur, nacheinander öffnete sie die Türen und lugte in jedes Zimmer. Doch er war wie vom Erdboden verschluckt. Das viele Blut in der fünfundvierzig Quadratmeter großen Wohnung ängstigte sie und die Sorge um Simon wuchs von Sekunde zu Sekunde. In einem Raum hatte sie noch nicht nach Simon gesucht: Im Badezimmer. Diese Zimmertür war angelehnt.

Mit klopfendem Herzen blieb sie davorstehen und lauschte. Sie war sicher, dass das Geräusch nicht von hier kam, dennoch widerstrebte es ihr, das Bad zu betreten. Sie schloss die Augen und atmete ein paar Mal tief ein und aus. Dann nahm sie ihren gesamten Mut zusammen, öffnete wieder ihre Augen und drückte die Tür auf. Sie hielt inne.

Das Zimmer war leer und plötzlich war es still. So laut es vor wenigen Augenblicken war, umso beängstigender war diese plötzliche Stille.

Sie ging zurück in den Flur und war unsicher, was sie als Nächstes tun sollte. Vielleicht die Polizei rufen? Immerhin war hier alles voller Blut und ihr Partner spurlos verschwunden. Sie ging erneut in die Stube und nahm das schnurlose Telefon aus der Ladestation. Dann wählte sie die 112. Kein Freizeichen erklang. Die Leitung war tot.

Was ist hier nur los? Die Gedanken schwirrten in ihrem Kopf herum, wie Fliegen um verwestes Fleisch. Sie musste Hilfe holen! Amelie taumelte durch den Flur auf die Wohnungstür zu, doch diese war ebenfalls verschlossen. Das konnte alles gar nicht sein! Es fühlte sich wie eine eiskalte Dusche an, als ihr klar wurde, dass definitiv noch jemand in der Wohnung sein musste.

Sie schreckte auf, als sie ein Gepolter aus dem Schlafzimmer vernahm. *Das kann doch nicht ...*

Der Raum, der vor wenigen Minuten noch in völliger Dunkelheit gelegen hatte, war hell beleuchtet. Da! Ihr gefror das Blut in den Adern. Sie sah Simon, der blutüberströmt und mit einem irren Blick ganz langsam auf sie zukam. In seiner Hand hielt er einen Gegenstand, doch sie erkannte nicht was es war. Die Angst, die sie Sekunden zuvor noch verspürte, verwandelte sich schlagartig in puren Horror, als ihr bewusst wurde, dass er ihr etwas antun wollte.

Sie rüttelte wild an der Wohnungstür. Flucht war der Gedanke, der ihr Hirn beherrschte. Wie eine Bekloppte ruckelte sie an der Tür und behielt den Mann im Blick, der sich von dem liebevollen Partner in ein rücksichtsloses Monster verwandelt hatte. Mit dem Wahn in den Augen und einem zu einer Fratze verzerrten Lächeln kam er immer näher. Gerade als sie überlegte, einfach aus irgendeinem Fenster zu springen, was aus dem siebten Stock wahrscheinlich ihr Ende bedeutet hätte, passierte etwas Unfassbares.

Im ersten Moment konnte sie nicht glauben, dass die Haustür wie durch Geisterhand aufsprang und ihr ihre Flucht ermöglichte. In allerletzter Sekunde rettete sie sich ins Treppenhaus des Mehrfamilienhauses und hastete die Treppenstufen hinunter. Sie spürte, dass er noch immer hinter ihr her war. Und es nur noch eine Frage der Zeit sein würde, bis er sie in die Finger bekam.

Aufgrund des Höllenlärms, den sie veranstaltete, hegte sie die leise Hoffnung, dass jemand den Kopf aus der Tür strecken und ihr zur Hilfe kommen würde. Doch nichts dergleichen geschah. Sie hörte lautes Gepolter hinter sich und hatte das Gefühl, seinen Atem in ihrem Nacken zu spüren. In der Annahme, dass Simon sie verfolgen würde und getrieben von der aufsteigenden Panik, rannte sie so schnell sie konnte.

Als sie die Haustür sah, richtete sie ein Stoßgebet gen Himmel. Dieses wurde anscheinend erhört, denn die Tür ließ sich erstaunlich schnell öffnen.

Sie rannte durch das Viertel. Verwaiste Straßen. Keine Menschenseele war zu sehen. Die Straßenlaternen flackerten. Sie wagte es nicht, einen Blick nach hinten zu werfen, denn sie war sich sicher, dass ihr Verfolger immer näherkam. Dann spürte sie eine Hand auf ihrer Schulter.

Das Schnarchen neben ihr im Bett beruhigte sie auf eine Weise, die sie selbst nicht verstehen konnte. Sie brauchte einige Momente, bevor sie begriff, wieso es sie so zu beruhigen schien. Der

Traum, indem Simon sie blutüberströmt verfolgt hatte, schien sich in ihre Gedanken wie ein Branding eingebrannt zu haben.

Amelie war froh, dass er in Wahrheit ruhig neben ihr schlief. Sie versuchte das komische Gefühl, was an ihr haftete, beiseite zu schieben und schloss wieder die Augen. Die Hoffnung, einen angenehmen Traum oder wenigstens einen ruhigen Schlaf zu haben, war groß und sie kuschelte sich in die warme Bettdecke. Doch plötzlich vernahm sie ein Geräusch.

Angespannt und alle Sinne geschärft, lauschte sie in die Dunkelheit. Sie rüttelte an Simons Schulter. »Schatz?«, flüsterte sie.

Das Schnarchen verstummte, dennoch rührte er sich nicht.

»Schatz?«, sagte sie erneut, doch Simon drehte sich um und schlief weiter. »Na klasse, bei dir dürfte uns kein Einbrecher in der Nacht überraschen.«

Sie schaltete das Licht ein. Ihr war es egal ob er nun aufwachte oder nicht. Dann schlüpfte sie in die Hausschuhe und war schon mal froh darüber, dass das Licht anging.

Schlaftrunken schlurfte sie zur Tür und lauschte. Sie öffnete die Zimmertür und schaltete das Flurlicht an. Egal, was das für ein Geräusch war, es kam mit ziemlicher Sicherheit aus einem Raum in ihrer Wohnung. Doch es war definitiv nicht menschlichen Ursprungs. Aber Haustiere besaßen die beiden nicht. Allerdings konnte sie sich keinen Reim darauf machen, welches Tier ein solches Geräusch verursachte.

Simons Schnarchen war verstummt. Angst vor der Dunkelheit hatte sie schon immer verspürt, doch heute fühlte sie sich machtlos und zu Tode geängstigt. Sie schlich ins Wohnzimmer, aber dort war alles wie immer. Erst jetzt fiel ihr auf, dass das Geräusch verstummt war.

Oh Mann, bist du dämlich, dachte sie und würde sich für ihre Feigheit am liebsten selbst in den Hintern treten. *Das war mal wieder typisch für mich. Aus einer Mücke einen Elefanten zu machen. Das konnte ich sehr gut.*

Sie beschloss, das für sich zu behalten und ihrem Partner von ihrer nächtlichen Aktion nichts zu erzählen. Irritiert setzte sie sich einen Augenblick auf den Stuhl neben dem Esstisch. Sie seufzte, stand wenig später doch wieder auf und wollte sich gerade wieder in ihr Bett begeben, als sie wieder etwas hörte. Klar und deutlich.

Diesmal war sie sich sicher, es war keine Einbildung. Aber was war es? Und wo kam es her? Vielleicht war es doch nicht in ihrer Wohnung und ihr Hirn spielte ihr nur einen Streich.

Sie beschloss, noch einmal durch die Wohnung zu gehen. Die Furcht saß ihr im Nacken. Zu ihrer Erleichterung fand sie nichts. Gerade, als sie sich in Sicherheit wiegte, dass das Geräusch von außerhalb ihrer Wohnung kommen musste, sah sie es.

Ein Schreck fuhr durch ihre Glieder. Eine ganze Schar an Kakerlaken kam ihr aus der Küche entgegen. Es müssen Abertausende gewesen sein, denn überall krabbelte und fleuchte etwas. Den Brechreiz unterdrückend lief sie zurück ins Schlafzimmer.

Amelie wollte ihren Freund wecken, doch egal wie sehr sie an seinem Körper zerrte, er reagierte nicht. Sie schrie ihn an. Doch auch das zeigte keinerlei Wirkung. Sie musste sich schnell etwas einfallen lassen. Sie wusste, dass diese Insekten ihr nichts tun würden, aber ihr Ekel vor dem Ungeziefer war größer.

Sie spürte, wie ihre Panik wieder Form annahm. Sie musste hier raus, ob mit oder ohne Simon. Sie musste raus. Fluchtartig verließ sie das Schlafzimmer und atmete erleichtert aus, als sie sah, dass diese Viecher verschwunden waren. Das hieß allerdings, dass sie irgendwo hingewandert sein mussten.

Irritiert schaute sie sich um, weil sich auf ihrer gesamten Wohnfläche nicht eine Kakerlake mehr befand. Gerade als sie die Tür zum Schlafzimmer öffnen wollte, hörte sie es wieder. Sie musste zu Simon gelangen, es doch schaffen ihn zu wecken, er musste ihr helfen, dieses Krabbelzeug los zu werden.

Verwirrt stellte sie fest, dass sich ihre Schlafzimmertür nicht öffnen ließ, dabei hatte sie diese doch gar nicht zugemacht. Sie zog fester an der Tür und nach wenigen Sekunden schaffte sie es diese zu öffnen. Das Licht brannte hell und wie angewurzelt stand sie da.

Der Ekel von vorhin war sofort wieder präsent in ihrem Hirn. Eine Schar von Kakerlaken krabbelte im Bett umher. Doch Simon war fort. Ein Gedanke schoss ihr durch den Kopf, aber nein, das konnte nicht sein. Plötzlich fiel hinter ihr mit einem Knall die Tür ins Schloss.

Sie drehte sich um, rüttelte an der Klinge, doch sie war mit den Tieren, die nun vom Bett direkt auf sie zu krabbelten, allein. Dann verschwanden die Kakerlaken und das Zimmer.

Verwirrt setzte sie sich in ihrem Bett auf. Draußen hörte sie Vogelgezwitscher. Der Morgen dämmerte und der Platz neben ihr war ... leer. Diesmal war sie sich sicher, dass es kein Traum war.

Außer dem fröhlichen Gesang vernahm sie nichts weiter. Was sie einerseits erleichterte, andererseits verunsicherte. Sie kämpfte sich aus der Decke, in der sie sich bei den ganzen wirren Träumen der letzten Nacht eingewickelt hatte.

Müde tapste sie mit nackten Füßen über das Parkett der Altbauwohnung. »Simon?«, rief sie in die Stille der Wohnung hinein. Kein Rascheln, kein müdes Gemurmel. Nur das Singen der Vögel war noch leise präsent. »Schatz?«, versuchte sie es erneut.

Keine Reaktion. Hatte er vielleicht irgendwann etwas von einem frühen Termin erwähnt? Da sie sich nicht an etwas Derartiges erinnerte, ging sie an ihren gemeinsamen Kalender. Keinerlei Notiz, keine Nachricht auf dem Smartphone stellte sie kurz darauf fest.

›Wo bist du?‹ schrieb sie in den Chat. Normalerweise ging er später aus dem Haus.

Sie setzte sich auf die Couch und wollte den Fernseher anstellen, aber sie beschloss, Simon anzurufen, schließlich hatten sie sich letzten Abend im Streit getrennt. Am Ende hatte er schließlich doch irgendwie Recht behalten.

Silvia *war* merkwürdig, auch wenn sie bezweifelte, dass sie etwas mit ihren seltsamen Träumen zu tun hatte. Das lag wahrscheinlich eher daran, dass sie zu viel Gewicht auf Silvias Worte gelegt hatte.

Sie wählte und wartete auf das Freizeichen. Verwirrt nahm sie das Handy vom Ohr. Die Leitung war tot. Allerdings passierte es in dieser Gegend, in der sie wohnte, öfter mal, dass das Mobilfunknetz aus unerklärlichen Gründen abbrach.

Amelie verließ den Raum, betrat das Bad und drehte den Wasserhahn auf. Angewidert wich sie einen Schritt zurück, als schwarzes Wasser aus der Leitung kam. Schnell drehte sie den Hahn wieder zu.

Amelie entschied, sich nicht zu duschen und das Zähneputzen mit einem Kaugummi zu ersetzen. Sie zog sich eine Hose und ein Shirt an.

Immer noch ein wenig durcheinander, schnappte sie sich ihre Tasche und öffnete die Tür. Irgendetwas war anders, sie vermochte nicht zu sagen, was es war. Aber sie hatte so eine Art Vorahnung. Und aus irgendeinem, ihr nicht zu erschließenden Grund fühlte sie sich jetzt, in diesem Augenblick, einsam.

Dieses Gefühl verfolgte sie selbst dann noch, als sie den Mann bemerkte, der sich unweit von ihr an einem Zigarettenautomaten zu schaffen machte. Er schien sie gar nicht bemerkt zu haben somit wollte sie sich an ihm vorbeischleichen.

»Hey«, sagte er plötzlich, als er sich zu ihr umdrehte. »Komm her.« Sie reagierte nicht, sondern suchte mit ihren Augen nach einer Fluchtmöglichkeit.

»Bist du taub, oder was?«, fragte er, bekam sie zu packen und hielt sie grob am Arm fest. Sie wollte schreien, doch es ging nicht.

»Lass mich los!«, brachte sie unter Tränen hervor. Suchend blickte sie sich um. Warum war hier denn niemand? Sonst sah man immer wieder Spaziergänger mit ihrem Hund, Jogger oder sonst jemanden, aber jetzt war der Rest der Straße menschenleer.

»Sind Sie sicher, dass Sie das wollen?!« Der Arzt blickte Simon skeptisch an. *In was für einen Traum war sie jetzt nur geraten?*, dachte sie, als sie Simon mit dem Doktor sah.

»Ich weiß es nicht«, seufzte er mit müden Augen und setzte sich auf einen der Plastikstühle, die im Gang des Krankenhauses standen. Er schien um Jahre gealtert zu sein. Jetzt fiel ihr der Fluch wieder ein.

Sie war gefangen in Albträumen. Sicher, das war ein Traum. Ein Albtraum von vielen und wenn dieses Biest recht behielt! Sie würde in einer Dauerschleife feststecken, bis sie irgendwann von der Dunkelheit erlöst wurde.

Gab es überhaupt irgendeine Möglichkeit, wieder zu erwachen? Der Arzt hatte Simon einige Sekunden angeschaut, schien zu überlegen, was er sagen sollte. Schließlich rang er sich zu einem: »Sie müssen das Entscheiden« durch.

»Aber ...«, begann Simon und ballte seine Hände zu Fäusten. »Ja, ja. Ihr könnt das Zimmer nicht ewig belegen. Massenabfertigung, der Mensch zählt nicht mehr.«

»Nein, Herr Geyer, aber es ist für Ihre Frau ...«

»Was? Was ist es für meine Frau? Das Beste? Woher wollen Sie das wissen?«

»Was ist mit mir?«, fragte Amelie, aber keiner der Männer beachtete sie. Es war fast so, als sprach sie nur in Gedanken. »Was ist mit mir?«, wiederholte sie. Es ging um sie, aber was mit ihr sein sollte, hatte sich ihr noch nicht erschlossen.

Es widerstrebte ihr, die beiden Männer zu verlassen, aber sie musste ihren Körper finden, wenn sie herausfinden wollte, was mit ihr geschehen war. Schon wieder war sie in einem Albtraum gefangen war, dessen war sie sich sicher. Suchend schwebte sie durch die Gänge. Sie hasste Krankenhäuser, die brachten nur den Tod. Genauso wie bei ihrer Mutter.

Und jetzt? Okay, es war ein sehr realistischer Traum. Die ganze Zeit hat sie sich einzureden versucht, dass die Sache mit dem Fluch einfach Quatsch war. Sie wusste, wozu das Unterbewusstsein in der Lage war. Geschehnisse verdrängen, Erinnerung verfälschen, nur um sich selbst zu schützen.

Die menschliche Psyche, war noch immer eines der größten Geheimnisse der Menschheit. Und jetzt war sie hier, irrte durch die Gänge, in einem Albtraum gefangen, und wusste nicht, wo sie nach sich selbst suchen sollte. Vielleicht hätte sie doch auf Simon warten sollen, sicher wäre er noch mal zu ihr ins Zimmer gegangen. Dann hätte sie ihm folgen können. Sie beschloss umzukehren. Zurück zu Simon und dem Arzt.

Und dann? Was würde dann geschehen? Sie musste die Wahrheit kennen, wissen, was in diesem Albtraum geschah. Dann fiel ihr etwas ein. Sie hatte früher als Teenager viel von Klarträumen gelesen. In Klarträumen kann man seine Träume steuern, die Richtung der Träume ändern. Möglicherweise konnte sie das jetzt anwenden. Schließlich träumte sie nur.

Sie hatte den Ort erreicht, an dem sie die beiden Männer angetroffen hatte, doch sie waren nicht mehr da. *Scheiße!* Angestrengt überlegte sie.

Sie versuchte, nach dem Ausschlussverfahren zu gehen. Der Arzt hatte davon gesprochen, dass es sicher das Beste für Amelie wäre, wenn Simon sich entschied. Also war sie demnach nicht mehr in der Lage dazu.

Dann erinnerte sie sich, auf welcher Station ihre Mutter gelegen hatte, als sie damals schwer krank wurde. Sie hatte an verschiedenen Maschinen gehangen. Und dann wurde ihr eines schrecklich klar: So wie die beiden Männer über Amelie gesprochen hatten, schien sie dasselbe Schicksal ereilt zu haben. Wie paralysiert wanderte sie auf die Station, auf der sie sich selbst vermutete.

Auf der Station angekommen, stand sie wieder vor einem Problem: Welches Zimmer war es? Mutter war auf der Neurologie gewesen, der Station, in der Kopfverletzungen und Kopferkrankungen behandelt wurden. Es schien ihr unmöglich, aber ein Versuch war es wert, schließlich war das auch dasselbe Krankenhaus. Zimmer 43.

Das war das Zimmer, in dem ihre Mutter gelegen hatte. Ein Schreck fuhr in die Glieder, als sie das Krankenzimmer betrat und sich auf dem Krankenbett liegen sah, umgeben von Maschinen, genauso wie einst bei ihrer Mutter.

Was sollte sie jetzt tun? *Es ist nur ein Traum! Es ist nur ein Traum,* redete sie sich immer wieder ein. Langsam ging sie auf ihren Körper zu. Auf der einen Seite ein Monitor, der ihre Vitalwerte anzeigte. Auf der anderen die Herz- und Lungenmaschine. *Menschenunwürdig*, dachte sie sich.

Plötzlich betrat Simon den Raum. Er setzte sich zu seiner Frau ans Bett und nahm ihre Hand in seine. »Was soll ich nur tun?« In seinen Augen lag ein trauriger Blick. »Bitte, wenn du mich hören kannst, wach auf! Ich liebe dich! Wach bitte auf …«

Sie wollte schreien, wollte weinen, nach ihm treten, einfach irgendetwas tun, damit er sie wahrnahm.

»Aber ich bin doch hier«, schrie sie schließlich. »Ich stehe direkt neben dir.« Sie berührte ihn sanft an der Schulter.

»Was soll ich nur tun?« Er wandte den Blick nicht ab, dennoch hatte sich etwas verändert. Amelie hatte das Gefühl, dass er sie zumindest unbewusst wahrgenommen hatte. Hoffte es.

»Ich will das nicht tun«, schluchzte Simon.

»Was willst du nicht tun?« Sie wusste, dass es hoffnungslos war, ihm irgendwelche Fragen zu stellen. Antworten bekam sie sowieso keine. In diesem Moment wurde ihr richtig bewusst, dass sie vergessen hatte, das Leben zu genießen.

Es war nur ein Gefühl, aber sie wurde das Gefühl nicht los, dass das alles kein Traum mehr war, sondern bittere Realität. Sofort stoppte sie den Gedankengang. *Quatsch, das konnte doch gar nicht sein*, versuchte sie sich zu beruhigen.

Doch wie sollte sie herausfinden, ob sie träumte oder ob das alles Realität war? Es konnte beides sein. Oder war es womöglich eine Nahtoderfahrung? Darüber hatte sie auch schon einiges gehört. Menschen, die darüber berichten, aus ihrem Körper ausgetreten zu sein, sich sowie die Ärzte von oben beobachtet zu haben, und dazu fähig waren, Details wiederzugeben, von denen sie nichts wissen konnten.

»Die Ärzte sagen, wenn du bis Dienstag nicht wieder wach bist, dann müssen Sie darüber nachdenken, die Geräte abzustellen. Ich bitte dich, wach auf. Die Ärzte sagen, dass du ohne die Geräte binnen kürzester Zeit sterben wirst. Also bitte, kämpfe, wach auf«, flehte er.

Mit Tränen in den Augen starrte sie ihn entsetzt an. Das war es also. Obwohl sie es sich hatte denken können, war das wie ein Schlag in die Magengrube.

»Was ist heute für ein Tag?« Sie blickte sich in dem Krankenzimmer um, in der Hoffnung, einen Kalender oder irgendetwas anderes zu entdecken. Sie hoffte inständig, dass sie noch Zeit hatte, eine Lösung zu finden.

Doch vergebens, hier in dem Krankenzimmer fand sie nichts dergleichen. Sie ging hinaus auf den Flur, der plötzlich wie leergefegt war. Sie musste an den Empfang oder in das Schwesternzimmer gelangen, huschte ihr durch die Gedanken. Und dann sah sie an der Wand vom Empfang einen Kalender. Es war einer von denen, bei dem man eine Art Marker auf den aktuellen Tag schob. Es hätte ja klar sein müssen, heute war Sonntag. Diese Erkenntnis traf sie wie ein Schlag mitten ins Gesicht.

Gerade als ihre Verzweiflung so groß zu werden schien, dass sie nicht mehr wusste, was sie tun sollte, sprach sie plötzlich jemand an.

»Alles ok bei Ihnen?«, fragte der Fremde. Er war um die 1,80 m groß, hatte schütteres, graues Haar und sah aus, als würde er jeden Moment in zwei Teile brechen. So dünn war er.

»Ich glaube nicht«, sprach sie leise.

»Kann ich Ihnen helfen?«

Sie schüttelte den Kopf. »Ich denke nicht. Mir ist nicht mehr zu helfen.«

»Warum denken Sie das?«, wollte der Mann wissen.

»Weil ich mir sicher bin, dass ich übermorgen tot bin. Ich bin von einer Hexe verflucht worden, die mir erklärte, ich werde in Albträumen gefangen sein, bis ich sterbe. Man sagte meinem Freund soeben, der in einem Raum auf dieser Station neben meinem Körper verweilt, dass ich sterben werde, wenn er sich dazu entschließt, meine Geräte am Dienstag abzuschalten.«

»Was denken Sie, wird passieren, wenn er die Geräte nicht abstellen lässt?«

Amelie, die mit dieser Frage nicht gerechnet hatte, drehte sich zu dem Mann um. »Ich denke, dann ist es nur eine Frage der Zeit«, sagte sie und er nickte.

»Und wie kam es dazu, dass man Sie verfluchte, wenn ich fragen darf?«

Irgendwoher kam er ihr bekannt vor, sie konnte ihn nur nicht zuordnen. »Ich habe bei einem gefährlichen Spiel mitgemacht und Geister gegen mich aufgebracht ...«, sagte sie und schwieg kurz bevor sie weitersprach. »Ich weiß, das klingt verrückt.«

»Nein, gar nicht. Ich bin einiges gewohnt.«

»Nun ja«, erzählte sie weiter, »meine Freundinnen und ich haben mit einem Oujiabrett gespielt. Ich habe die Séance unterbrochen. Daraufhin ist Silvia, die Cousine meiner Freundin, sauer geworden.«

»Warum haben Sie diese Séance unterbrochen?«, fragte er.

»Ist das wichtig? Ich habe sie unterbrochen, das muss Ihnen reichen. Und jetzt bin ich verflucht und werde sterben.« Sie wollte diesem Mann nichts von ihrem Vater erzählen.

»Noch leben Sie. Sie schaffen das. Und jetzt erzähle ich Ihnen mal etwas«, sagte er mit einer beruhigenden Stimme. »Noch sind Sie nicht tot! Sie haben Recht, Sie sind nicht in einem Albtraum gefangen. Diese Albträume hatten Sie währenddessen Sie hier lagen. Diese sind nur an die Oberfläche getreten, weil Ihr Tod kurz bevor steht. Sie müssen das gespürt haben, deswegen sind Sie mehr oder weniger aufgewacht.«

»Aber ich bin nicht wach, mein Körper liegt da drinnen und ich bin hier. Was hat das alles zu bedeuten?«, fragte sie.

»Weil die Cousine deiner Freundin wirklich eine Hexe ist. Sie hat dich verhext. Sodass du in einem Wachkoma liegst. Die Ärzte halten dich für hirntot, nachdem eine Ader in deinem Kopf geplatzt ist.«

»Aber wenn ich hirntot bin, dann werde ich definitiv sterben, habe ich Recht?«

»Nicht unbedingt, die Ärzte können sich auch täuschen.«

»Aber glauben Sie, dass ich das Glück haben werde?«

»Du musst den Fluch brechen, nur so kannst du wieder aufwachen und für die Ärzte wird es so sein, als hätten sie dich fehldiagnostiziert.«

»Wer sind Sie? Warum sind Sie der Einzige, der mich sehen kann. Warum wissen Sie, was mit mir ist und wie ich es schaffen kann, da wieder herauszukommen?«

»Das kann ich dir nicht sagen«, erklärte er. »Lass mich dir helfen und frag bitte nicht weiter.«

Sie fühlte sich seltsam verbunden mit diesem Mann. Es fühlte sich an, wie ein unsichtbares Band.

»Wenn Sie sagen, Sie können mir helfen, wie meinen Sie das? Wissen Sie, wie ich den Fluch rückgängig machen kann?«

»Ja und nein«, sagte er nach einem kurzen Zögern.

»Wie, ja und nein? Können Sie mir nun helfen oder nicht?«

»Ich darf dir nicht helfen! Du musst das alleine herausfinden.«

»Aber was machen Sie hier, wenn Sie mir nicht helfen dürfen? Wieso sagen Sie mir nicht, was hier los ist?«

»Auch das darf ich dir nicht sagen.« Plötzlich starrte er ins Leere. Sie folgte dem Blick des Mannes, konnte aber nicht erkennen, was er fixierte. Als sie sich wieder zu ihm umdrehte, war er verschwunden.

Scheiße, dachte sie. Ihre erste Überlegung war, dass sie das Krankenhaus verlassen würde, um die Hexe aufzusuchen und diese dazu zu bringen, den Fluch wieder aufzuheben. Sie irrte durch die Gänge, vorbei an leeren Zimmern, an Zimmern, in denen ebenfalls Leute an Geräten hingen. Vorbei an überarbeiteten Krankenschwestern und Ärzten. An Patienten, die teilweise aussahen, als wären sie der Tod selbst.

Es dauerte nicht lange, da hatte Amelie den Ausgang der Station erreicht. Erst versuchte sie, durch die Tür hindurchzugehen. Sie glaubte, dadurch, dass sie nicht zu sehen war, könnte sie wie ein Geist hindurchgehen. Schnell musste sie feststellen, dass dies nicht der Fall war.

Sie wartete, bis jemand die Tür öffnete und wollte schnell hindurchhuschen, doch auch das misslang ihr. Es war wie eine Betonmauer, gegen die sie prallte. Wie eine unsichtbare Schranke, die sie auf dieser Station festzuhalten versuchte.

Sie überlegte, ob es möglich wäre, durch das Fenster nach außen zu gelangen. Sie ging in ein leeres Patientenzimmer, dann fiel ihr ein, dass sie das Fenster gar nicht öffnen konnte. Sie war gefangen wie in einem Käfig.

Aber wie sollte sie es schaffen, diesen Fluch zu brechen, wenn sie es noch nicht einmal schaffte, aus dieser Station zu gelangen? Völlig verzweifelt begab sie sich zurück in das Zimmer, in dem ihre leere Hülle im Krankenbett lag. Simon war verschwunden. *Was sollte er auch tun? Ihr hilflos zusehen, wie sie vor sich hinvegetiert?*

Sie setzte sich neben das Bett und berührte ganz leicht ihre eigene Hand. Es war ein merkwürdiges Gefühl. Sie hatte die Hoffnung gehegt, dadurch vielleicht zurück in ihren Körper zu gelangen und damit wieder die Kontrolle zu übernehmen. Doch nichts geschah. Ihr Körper war wie eine Festung, in die sie nicht eindringen konnte.

»Das wird nicht klappen«, sagte eine Stimme hinter ihr. Diesmal war es die eines anderen

Mannes, altersmäßig um die fünfzig. »Du willst in deinen Körper gelangen, das wird nicht funktionieren.«

»Das habe ich bereits festgestellt, aber statt klug daherzureden, könnten Sie mir vielleicht verraten, wie ich wieder in meinen Körper gelange?« Auch dieser Mann kam ihr irgendwie bekannt vor.

Er lachte. »Wenn ich das könnte, wäre ich nicht hier.« Sein Lachen erstarb genauso schnell wie es begonnen hatte. »Wir sind gefangen in einer Zwischenwelt. Wir sind nicht tot, aber wir leben auch nicht wirklich.«

»Und Sie wissen nicht, wie wir hier wieder rauskommen«, seufzte sie enttäuscht. Er fuhr sich nervös durch sein schütteres Haar.

»Es tut mir leid, dass ich dir nicht helfen kann«, sagte er bedrückt.

»Vielleicht …«, sagte sie und blickte ihn nachdenklich an. »Vielleicht finden wir gemeinsam eine Lösung.«

»Mit Sicherheit hast du schon versucht, hier aus dem Gebäude zu kommen?«, fragte er und sie nickte.

»Du hast es selbst also noch nicht probiert«, stellte Amelie fest.

»Nun ja, wo sollte ich auch anfangen? Wieso hast du versucht, das Gebäude zu verlassen?«

»Ich wollte die Hexe aufsuchen, die mich verflucht hat. Ich wollte sie um Vergebung bitten, damit sie den Fluch von mir nimmt und ich wiedererwachen kann.«

»Wie? Du bist verflucht worden?«, fragte er und seine Augen wurden plötzlich ganz groß. Ohne es zu beabsichtigen, waren beide ins Duzen übergegangen, was Amelie nun peinlich bewusst wurde.

Im selben Moment erkannte sie den Mann wieder. Er war Arzt, genauer gesagt Psychiater, zumindest damals gewesen, und sie war mehrere Jahre seine Patientin. Sie war sich nicht sicher, ob er sie wiedererkannte. Er hatte sie aufgrund ihrer schwerwiegenden Vergangenheit behandelt, nachdem sie versucht hatte sich das Leben zu nehmen.

Er hatte es geschafft, dass sie ihren Lebenswillen wiederfand und sie ihre Vergangenheit hinter sich lassen konnte. Es machte sie ein wenig traurig, dass er ebenfalls in dieser Zwischenwelt gefangen war.

»Wir hatten eine kleine Meinungsverschiedenheit. Ich habe Silvia, die Cousine meiner Freundin, bei ihrer Séance gestört, das hatte ihr nicht gepasst.«

»Mmh. Okay, vielleicht bist du nicht verflucht worden ...«

»Vielleicht ...«, sagte sie gedankenverloren. Sein Gesicht veränderte sich plötzlich. »Alles okay?«

»Es ist vorbei«, sagte er nur und ging in Richtung eines der Patientenzimmer.

»Was?«, rief sie ihm nach, doch er reagierte nicht. »Was ist vorbei?« Sie folgte ihm in den Raum und realisierte sofort, was er gemeint hatte.

Der Mann ging auf das Bett zu und ihr Blick wanderte ihm hinter. Bevor er seinen Körper erreichte, wandte er sich noch einmal an Amelie.

»Leb wohl, hoffentlich wirst du wieder wach. Es wäre schade um dich.« Dann machte er einen weiteren Schritt und war verschwunden. Die Geräte schlugen aus, der Monitor zeigte eine Nulllinie an, gefolgt von einem ununterbrochenen Piepston, welcher die Ärzte alarmiert hatte, die augenblicklich in das Zimmer gestürmt kamen.

Sie beobachtete die Männer dabei, wie sie versuchten, den Mann wiederzubeleben. Ohne Erfolg. Sie wollte gehen, konnte aber nicht. Schließlich gaben die Ärzte auf. Und dann sah sie, wie etwas aus dem Körper austrat, wie ein Licht, das durch das Fenster verschwand.

Verwirrt blickte sie sich um. *Ein Glück*, dachte sie, *hoffentlich bin ich endlich wach*. Es war bereits hell draußen und ihr Lebensgefährte schnarchte neben ihr seelenruhig. Sie kniff sich in den Arm, wollte sich spüren, und hoffte, dass dies nicht ein weiterer, merkwürdiger Traum war. Zufrieden ließ sie ihre Füße aus dem Bett baumeln.

»Bleib doch noch liegen«, murmelte er und griff nach ihrem Arm. »Es ist Sonntag.«

Sie zog ihre Beine wieder komplett aufs Bett und kuschelte sich an ihn. Sie wusste nicht, wie lange sie so dagelegen hatten, als das Telefon im Wohnzimmer zu klingeln begann.

»Bleib liegen«, sagte er und schälte sich aus seiner Decke. Und während sie ihr Gesicht in sein

Kissen vergrub, hörte sie sein Murmeln durch die Tür, die er beim Rausgehen einen Spalt breit offengelassen hatte. Wenig später kam er zurück ins Schlafzimmer.

»Wer war es?«, fragte sie neugierig.

»Nina«, sagte er knapp. Sein Gesicht verriet ihr, dass der Grund, weswegen sie angerufen hatte, kein Guter sein konnte.

»Was ist denn passiert?«

»Doktor Laufer ist letzte Nacht verstorben.«

Übelkeit überkam sie. Gab es solche Zufälle? Ein Zufall, dass er genau in der Nacht verstarb, als sie von ihm geträumt hatte? »Wie ... Wie ist er gestorben?«

»Er wurde von einem Auto angefahren. Er hing nur noch an Geräten. Es war nur noch eine Frage der Zeit«, erklärte er. Amelies Hals war plötzlich sehr trocken. Sie spürte, dass Simon sie anstarrte. Genauer gesagt, ihre Füße, die aus der Bettdecke hervorlugten. »Was hast du denn gemacht?«

»Was?«

»Na, die sehen aus, als wärst du durch Matsch gelaufen.«

Sie schlug die Decke beiseite und starrte an sich herunter. Das Bett und ihr Körper sahen aus, als hätte sie einmal komplett im Schlamm gebadet. Ihre Hände waren besudelt mit Blut, als hätte sie ein frischgeschlachtetes Tier zerlegt.

»Was zum ...?« Sie stand auf und betrat den Flur, der Fußboden war genauso voller Schmutz. Lehmige Fußspuren, vermischt mit noch etwas anderem, etwas in einem dunklen Rot. Blut?

»Wie ...? Simon?«, fragte sie irritiert, drehte sich zu ihm um, doch dieser stand nicht mehr hinter ihr. »Simon? Komm schon, das ist nicht witzig.« *Ist das wieder ein Traum?*

Erneut kniff sich die junge Frau in den Arm, dieses Mal so fest, dass der Abdruck wenig später noch auf ihrer Haut zu sehen war. Es tat weh, folglich war es auch kein Traum, stellte sie erleichtert fest. Aber Simon? Warum war Simon von der einen auf die andere Sekunde verschwunden? Überall sah sie nach und ihr Herz klopfte immer schneller, da sie ihn nicht finden konnte.

Vielleicht hatte er sich in irgendeinem Schrank versteckt, wie die Menschen in diesen YouTube Videos, die ihre Freundin oder einen Kumpel erschreckten, indem sie plötzlich aus ihrem Versteck sprangen. Allerdings, woher der Dreck und das Blut kam, das ihren Körper besudelt hatte, konnte sie sich nicht erklären, somit beschloss sie duschen zu gehen und Simon in seinem Versteck schmoren zu lassen.

Sie ging ins Badezimmer, drehte den Wasserhahn auf die heißeste Stufe auf. Es brannte auf der Haut, aber so spürte sie wenigstens, dass sie wach war.

Heute würde Amelie auf alle Fälle ihre Freundin Laura besuchen und sie nach der Adresse ihrer Cousine fragen. Die mit ihrem dämlichen *Fluch*, kein Wunder, dass sie Albträume bekam.

Sie blieb lange unter dem heißen Strahl stehen, ihre Haut war bereits gerötet. Dann beschloss sie,

Simon von seiner Qual zu erlösen und trat aus der Dusche heraus.

Sie war sich sicher, dass Simon in seinem Versteck auf sie warten würde, bis sie ihn fand und er sie erschrecken könnte. Sie trocknete sich ab und schlüpfte in saubere Kleidung. Erst dann ging sie erneut jeden Raum ab und öffnete jeden Schrank. Nichts.

Etwas verwundert setzte sie sich auf die Couch, nahm ihr Smartphone in die Hand, öffnete WhatsApp und schrieb: ›Du kannst jetzt wieder rauskommen. Ich falle auf deinen komischen Streich nicht herein.‹ Sie ließ das Handy langsam gen Boden sinken. Dann hörte sie seinen Nachrichtenton. Ein »Ha!«, drang aus ihrem Mund.

Es kam eindeutig aus dem Bad. Sofort stand sie auf, hetzte in das Zimmer, doch er war nicht da. ›Wo bist du?‹ schrieb sie. Einen Augenaufschlag später ertönte der Ton.

Irritiert starrte sie auf die Waschmaschine, denn von dort erklang das Geräusch. Sie öffnete die Luke und konnte kaum fassen, was sie da erblickte. *Was um Himmels Willen geht hier vor?* Die Klamotten, die sich in der Trommel befanden, – seine – waren Blutgetränkt.

»Simon!«, rief sie. Keine Reaktion! Kein ersticktes Kichern oder Prusten! Sie schloss die Trommeltür und nach einigem Überlegen entschied sie sich, die Post und die Zeitung hoch zu holen. Sie nahm ihre Schlüssel vom Haken und zuckte zurück.

»Ihhh!«, stieß sie aus und ließ angewidert den Bund fallen, denn eine rote Masse klebte darauf. Übelkeit stieg in ihr auf, sie rannte ins Badezimmer und wusch sich mit heißem Wasser sofort die Hände. Das Ekelgefühl blieb wie ein Kaugummi an ihr kleben, auch nachdem sie die Hände abgetrocknet hatte.

Ihr ganzer Körper vibrierte und sie setzte sich ins Wohnzimmer. Ein stechender, langanhaltender Kopfschmerz hielt ihre Gedanken im Zaum. Ihre Magensäure kroch die Speiseröhre hoch und sie kämpfte gegen den immer intensiver werdenden Würgereiz an.

Ablenken, ich muss mich ablenken, dachte sie sich und schaltete den Fernseher an. Die Sprecherin der Nachrichtensendung sagte:

Zeugen gesucht! Gestern in den späten Abendstunden ist der berühmte Berliner Psychologe Bernhard Laufer, der vor allem im Bereich der dissoziativen Identitätsstörung bekannt und sehr erfolgreich war, von einem Unbekannten überfahren. Er wurde ins Krankenhaus gebracht, in welchem er wenig später seinen Verletzungen erlag ...

Melanie

»Oh mein Gott, bei anderen interessiert es auch niemanden.« Genervt schaltete sie den Fernseher aus. Sie überlegte, ob sie sich wieder ins Bett legen sollte oder ob sie an die frische Luft gehen sollte. Ein Geräusch riss sie aus ihrer Gedankenwelt.

Ihr Smartphone vibrierte. Sie nahm es in die Hand und wollte es entsperren, konnte sich aber absolut nicht mehr an den Pin erinnern. Wutentbrannt schmiss sie es aufs Sofa und stand auf.

Sie könnte erst einmal die Post hochzuholen, dann würde sich alles andere ergeben. Ihr Schlüsselbund war nicht auffindbar, aber ein paar Haken weiter hing der Ersatzschlüssel. Das Treppenhaus war leer – welch ein Glück – sie hatte keinen Bock, von der Nachbarin aus dem dritten Stock über den Putzplan des Hauses belehrt zu werden, den diese natürlich streng im Auge hatte und aus dem hervorging, dass sie seit mehr als vier Monaten nicht mehr ihren Pflichten als Mieterin nachgegangen war. Erst unten stieß sie fast mit einem jungen Mann zusammen.

»Oh, sorry«, murmelte er und blickte von seinem Handy auf.

»Alles gut, nichts passiert.« Sie drehte sich zu den Briefkästen um und hantierte mit ihrem Schlüssel. Sie spürte, dass er immer noch hinter ihr stand. »Was ist denn noch?«

»Darf ich dich was fragen?«, wollte er wissen und Amelie zuckte nur mit den Schultern. »Kanntest du nicht den Typen, den man letzte Nacht totgefahren hatte?«

»Nein, wie kommst du darauf?«, entgegnete sie ihm.

»Na, weil du mir vor ein paar Monaten erzählt hattest, dass du bei ihm in Behandlung warst, A-melie.«

»Amelie? Ich heiße nicht Amelie, du musst mich verwechseln.«

»Hä? Was stimmt denn mit dir nicht? Natürlich bist du Amelie.«

»Nein, mein Name ist Melanie. Und ich kenne dich nicht und jetzt lass mich bitte in Ruhe.« Dann sprintete sie immer zwei Stufen auf einmal nehmend an ihm vorbei und hastete die Treppe hinauf. In ihrem Kopf rasten die Gedanken wie auf einer vierspurigen Autobahn.

»Scheiße«, sagte sie, als sie ihren Wohnungsflur betrat und den blutverschmierten Schlüssel auf dem Boden vorfand. Wie hypnotisiert ging sie auf den Bund zu, während die Tür hinter ihr ins Schloss fiel.

Sie kniete sich hin und nahm ihn in die Hand. »Scheiße«, flüsterte sie wieder. Vielleicht waren es nur Sekunden gewesen sein, vielleicht aber auch Minuten oder gar Stunden, in der sie wie versteinert dasaß. Endlich konnte sie sich aus der Paralyse lösen und handeln.

Sie machte sich auf den Weg zum Waschbecken und wusch den Schlüssel mit heißem Wasser und Spülmittel ab. Dann trocknete sie diesen mit einem Küchentuch und hängte ihn wieder an seinen Platz. Sie stellte die Waschmaschine auf Kochwäsche und gab extra viel Weichspüler und Waschpulver in die Maschine. Dann nahm sie die Kellerschlüssel in die Hand und als sie unten ankam, lag Simon noch genauso da, wie sie ihn zurückgelassen hatte.

Natürlich. Er war ja tot. Gut, dass man in ihre Kellerabteile nicht hineinschauen konnte, das hätte sie echt in Erklärungsnöte gebracht. Sie wusste, dass sie jetzt mitten am Tag keine Leiche wegschaffen konnte. Er war auch nicht gerade leicht. Dann fiel ihr etwas ein.

Sie schloss die Tür hinter sich und dann ging sie zum Werkzeugschrank. Jetzt war sie froh, dass Amelies Freund Metzger war und einen Jagdschein hatte. Aus diesem Grund hatte er das entsprechende Werkzeug im Haus. Er lagerte es im Kellerabteil, da Amelie, diese Mimose, so etwas nicht in der Wohnung haben wollte. Dass sie sich den Körper mit so einer teilen musste, verstand sie bis heute nicht und sie hörte, wie Amelie sie anschrie, was sie getan hatte. Doch jetzt hatte sie die Kontrolle über den gemeinsamen Körper und Amelie konnte nur hilflos zuschauen.

Der Nackte, mittlerweile in Leichenstarre verfallene Körper, lag direkt vor ihr. Dann machte sie sich an die Arbeit. Sie hatte ihm oft dabei zugeschaut und sich die Handgriffe eingeprägt. Stück für Stück zerlegte sie den Körper in Einzelteile und trennte das Fleisch von den Knochen ab. Das Fleisch schmiss sie in den einen Sack und die Knochen in den anderen.

Sie wusste für beides Verwendung. Über beide Säcke stülpte sie noch einen weiteren Sack und band diese mit Gepäckgummis zu. Zur Sicherheit, dass keine Flüssigkeit auslaufen konnte, oder dass die Säcke, wenn sie umfallen würden, ihren grausamen Inhalt über das Treppenhaus verteilten.

Mittels einer Sackkarre transportierte sie die beiden Säcke vor die Kellertür. Ihr graute es ein bisschen vor der Treppe. Bevor sie den Keller verließ, reinigte sie alle Gerätschaften sorgfältig. Dann zog sie die schwere Karre die Treppe hinauf.

In ihr herrschte ein Kampf, Amelie meldete sich immer wieder zu Wort. *Hör damit auf,* schrie Amelie, *hör auf damit! Du hast schon genug angerichtet.*

Melanie ignorierte sie. Ihr Auto stand nicht weit vom Gebäude entfernt und kurz darauf warf sie die Säcke in den Wagen. Sie blieb kurz stehen und griff sich an ihre Schläfe. Diese Kopfschmerzen! Sie wusste, was das bedeutete, doch kämpfte sie dagegen an. Dann stieg sie in den Wagen.

Sie kannte einen Ort, an dem viele herrenlose Hunde waren, die sonst nichts zu fressen bekamen und die sich über Fleisch und Knochen hermachen würden. Als sie dort ankam und die Säcke entleerte, machten sich die Hunde sofort über die menschlichen Überreste her. Sie musste sich beeilen, bevor sie jemand entdecken würde.

Immer wieder schaute sie sich nach allen Seiten um. Sie wollte gerade wieder in ihr Auto steigen und nach Hause fahren, als ihr Kopf stark zu schmerzen begann und ihr speiübel wurde. Und plötzlich wurde ihr schwarz vor Augen.

Amelie

Was hatte Melanie nur wieder angestellt? Früher, vor wenigen Jahren, wären ihre Erinnerungslücken geblieben. Nur durch die Behandlung bei einem Spezialisten, war sie in der Lage, in einer Art Co-existenz zu leben. Sie wusste nicht genau, wieso das alles passierte und was der Auslöser für das Ganze war.

Sie konnte sich noch genau an den gestrigen Abend erinnern. Gefangen im eigenen Körper war sie gewesen. Der Auslöser ihres Rückfalles war ihr bekannt. Diese scheiß Séance gestern.

Sie hätte sich gleich umdrehen und gehen sollen. Ihre Mutter hatte diesen Mist auch ständig mit Freunden und Bekannten gemacht. Sie hatte regelrechte Veranstaltungen daraus gemacht. Aber immer nur dann, wenn Vater auf Montage war. Und wenn er Wind davon bekam, prügelte er sie grün und blau.

Eines Tages platzte er mitten in eine ihrer Sitzungen rein, schrie herum und brach mit einem Herzinfarkt zusammen, an dem er auch schließlich starb. Das Schlimmste war, dass Amelie dabei zusehen musste, wie er starb. Sie hätte ihm so oder so nicht geholfen, dafür hatte er ihr zu viel angetan.

Aber jemanden dabei zuzusehen wie er stirbt, das bekommt man einfach nicht mehr aus dem Kopf. Vielleicht, weil es so etwas Endgültiges ist. Sie hatten damals gehofft, dass er sich einmal ändert. Doch insgeheim war ihr klar, dass das nicht passieren würde. Es war Schicksal. Amelie glaubte nicht an Gott oder Geister, aber an das Schicksal. Alles hat seinen Grund, man sieht ihn nur nicht auf den ersten Blick.

Sie schob die Gedanken an die Geisterbeschwörung, bei der ihr Vater starb, beiseite, daran wollte sie nicht denken.

Aber bei dem Scheiß gestern war schließlich keiner ums Leben gekommen. Erst später starben durch ihre Hand zwei Menschen auf tragische Weise. Wieder traten ihr Tränen in die Augen, als sie daran dachte.

Hör auf zu flennen, schoss es ihr durch den Kopf. Zwei Menschen, mit denen sie Erinnerungen verband, zwei Menschen, die ihr Leben auf ihre ganz eigene Weise bereichert hatten. Dann konnte sie die einschlagenden Erinnerungen an die letzte Nacht nicht mehr aufhalten. Sie überfluteten sie regelrecht.

Wenige Stunden zuvor regnete es in Strömen, als sie weinend nach Hause lief. Amelie wollte nicht wieder an damals erinnert werden, doch sie konnte die aufpoppenden Bilder in ihrem Gedächtnis nicht aufhalten. Sie versuchte alle möglichen Übungen, die sie kannte, um die Flashbacks zurückzuhalten. Doch nichts schien zu helfen.

»Was ist denn mit dir los?«, fragte Simon entsetzt, als er die Wohnungstür öffnete. Amelie war durchnässt bis auf die Haut und sie zitterte. »Was ist passiert?«, fragte er einige Sekunden später erneut. Statt einer Antwort hatte sie sich an ihm vorbei ins Esszimmer geschoben und eine knappe halbe Stunde heulend und zitternd in die Gegend gestarrt, ohne ein Wort zu sagen.

Simon kannte ihre Vergangenheit und hatte auch schon solche Tiefphasen mitbekommen. »Geh duschen und zieh dir was Trockenes an«, sagte er.

Wie ferngesteuert stand sie auf und tat wie ihr geheißen. Als sie fertig war, nahm er sie wortlos an die Hand und führte sie hinaus zu seinem Auto. Sie spürte genau, wie angespannt er war, denn er trommelte mit seinen Fingern auf das Lenkrad.

Sie fuhren bereits ein Stück, da fragte er sie erneut. »Was ist passiert, dass du so drauf bist?«

»Nichts«, log sie und blickte aus dem Fenster. »Es ist wirklich nichts.«

»Etwas ist vorgefallen. Du hattest schon wieder Flashbacks. Das sehe ich dir doch an«, mutmaßte er. Amelie tat, als hörte sie ihn nicht.

»Also habe ich Recht«, murmelte er kurz darauf. Eine Weile fuhren sie schweigend durch die Nacht. Nun konnte sie erahnen, wo er mit ihr hinwollte.

»Nein«, sagte sie plötzlich.

»Doch!«

»Ich will da nicht hin!«

»Du weißt, wie es beim letzten Mal beinahe geendet hätte?«, fragte er. Ja, das wusste sie, aber das hieß doch nicht, dass es wieder so sein würde. Hätte er sie nicht früh genug gefunden, wäre sie von der Brücke in das eiskalte Wasser gesprungen. Im letzten Augenblick hatte er sie noch zurückziehen können und hatte sie daraufhin in die Klinik gebracht. Und genau das hatte er jetzt wieder vor.

»Ich will da nicht hin«, jammerte sie. Davon jedoch wollte er nichts hören. Sie diskutierten eine Weile, sodass er einen Moment die Straße nicht im Blick behielt. »Vorsicht!« Sie schrie plötzlich auf. Doch da war es zu spät. Er lag auf der Windschutzscheibe. Der Mann hatte den Fußgängerüberweg passiert, als er von dem Wagen erfasst wurde. Sie vermochte nicht zu sagen, wie lange sie erstarrt in dem Fahrzeug gesessen hatten.

»Wir müssen nach dem Mann schauen«, sagte er und verließ den Wagen.

»Was? Nein! Bleib hier.« Sie sah, wie er sich vor dem Auto hinkniete, dann zückte er wenige Sekunden später sein Handy. Ab da handelte Amelie wie ferngesteuert. Oder eher von da an übernahm Melanie die Kontrolle, während Amelie wie eine Gefangene zuschauen musste. Auf einmal stand sie neben Simon und schlug ihm das Smartphone aus der Hand. »Ey was soll das?«, brüllte er sie an. »Der Mann braucht einen Krankenwagen.«

»Steig in den Wagen«, sagte sie nur. Doch die Panik der jungen Frau wich einer Eiseskälte.

»Nein, erst rufen wir einen Krankenwagen.«

»Und ich sagte, STEIG IN DEN WAGEN EIN!«

»Willst du mich dazu zwingen?«, fragte er herausfordernd. Dann holte sie das Taschenmesser aus der Tasche, welches sie auf ihrer Arbeit immer zum Öffnen der Ware benötigte. Er erstarrte.

»Aber ...«, begann er. In seinen Augen sah sie pure Angst. Drohend hielt sie ihm das Messer hin. »Das machst du nicht?« Man merkte seiner

Stimmlage an, dass er an seiner Hoffnung zweifelte.

»Soll ich es dir beweisen? Steig jetzt in den verdammten Wagen oder ich schlitze dir deine Kehle auf.«

Simon kniete noch am Boden und fühlte erneut nach dem Puls des Bewusstlosen. »Noch lebt er, Amelie. Noch können wir etwas tun. Bitte, lass uns vernünftig sein.«

»Steig ein«, sagte sie nur und deutete hinter sich.

»Nein«, sagte er. »Gib mir mein Telefon und lass uns einen Notarzt rufen«

»Steig sofort ein«, sagte sie etwas lauter. Als er noch immer nicht reagierte und sich nicht von der Stelle bewegte, stach sie zu. Langsam zog sie das Taschenmesser wieder aus seiner Brust, während er sie mit aufgerissenen Augen anstarrte.

Ein Röcheln kam aus seiner Kehle. Er hielt seine Hand auf die Wunde, die den Blutfluss nicht stoppen konnte. Sichtbar unter Schmerzen, zog er sich am Wagen hoch, schleppte sich um das Auto herum und stieg auf der Rückbank ein.

Sie hielt immer noch das blutdurchtränkte Messer in der Hand und starrte auf den überfahrenen Mann hinab. Sie steckte das Messer in ihre Jackentasche ein, stieg auf der Fahrerseite ein und setzte den Wagen zurück. Die Straßen der Stadt waren leer. Dennoch hielt sie sich an die Geschwindigkeitsbegrenzung und versuchte generell, nicht auffällig zu erscheinen.

Als sie bei dem Gebäudekomplex, in dem Amelie und Simon wohnten, angelangt war, suchte sie sich einen abgelegenen Ort zum Parken und blieb erst einmal sitzen. Sie achtete nicht auf Simon, der immer noch auf der Rückbank lag. Sie wusste nicht, wie lange sie so dagesessen hatte. Sie zitterte noch leicht, was sie nicht nachvollziehen konnte, aber das waren vermutlich Amelies Stressreaktionen auf das eben Erlebte.

Immer wieder wechselte sie in den nächsten Minuten zwischen drei Persönlichkeiten. Was sie nach einer gewissen Zeit extrem auslaugte. Körperlich, aber auch seelisch. Amelie und Melanie schienen sich darum zu streiten, wer den Körper kontrollieren dürfe. Dann übernahm die dritte Persönlichkeit, Aurelia.

Aurelia war eine Beschützerin. Sie sorgte dafür, dass der Körper ruhig und konzentriert wurde. Sie blickte sich um, stieg aus und öffnete Simon die Tür.

»Los aussteigen«, befahl sie, doch er rührte sich nicht. »Steig aus!« Erst jetzt erkannte sie, dass er sich überhaupt nicht mehr bewegte. Der Sitz und der gesamte Fußraum vor ihm waren mit seinem Blut besudelt. Sie fühlte seinen Puls, doch Simon war tot.

Sie fuhr so nah es ihr möglich war mit dem Auto an die Haustür heran. Aus ihrem Kofferraum holte sie eine Picknickdecke und warf sie ihm über. Sie hievte ihn hinter sich und schleifte ihn in ihr Kellerabteil. *Wie schwer Menschen wurden, wenn der Geist des Lebens aus ihnen gewichen war*, dachte sie sich.

Das Auto parkte sie Minuten später an eine sehr abgelegene Stelle des Parkplatzes. Es beruhigte sie, dass keinerlei Spuren am Fahrzeug zu finden waren. Dann ging sie in die Wohnung und legte sich ins Bett.

Heute

Sie löste sich aus ihrer Paralyse und wusste, was nun zu tun war. Es hätte ihr schon viel früher klar werden müssen. Wie hypnotisiert machte sie sich auf den Weg, erneut zu der Brücke, an der sie sich, ganz plötzlich, wieder befand. Aber dieses Mal gab es kein Zurück. Der einzige Mensch, der sie so lange hier gehalten hatte, war weg. Es war, als würde sie noch immer seine Stimme hören bevor sie in die Tiefe sprang.

Schweißgebadet erwachte Amelie, sah neben sich und stellte erleichtert fest, dass Simon neben ihr lag. Genug von den Albträumen der Nacht. Sie beschloss aufstehen, in der Hoffnung, dass sie nun endlich aus der Spirale der Albträume entkommen war. Es beschlich sie noch immer das mulmige Gefühl, dass sie nur träumte.

Fiona Limar

Fiona Limar ist von Beruf Psychologin. Sie schreibt seit fünf Jahren Krimis, in denen sie bevorzugt psychologischen Themen behandelt.

TOTENLICHT

Noch nie war Viktoria der Sternenhimmel so nah erschienen. Die Sterne funkelten wie kostbare Diamanten auf dunklem Samt, sie gaben ihr das Gefühl, nach ihnen greifen zu können. Sie fühlte sich leicht und voller Zuversicht.

Als sich eine Sternschnuppe ihren goldenen Weg durch die Nacht bahnte, formulierte Viktoria schnell einen Wunsch: Ruben sollte zurückkehren. Gern hätte sie diesen Wunsch noch präzisiert, hätte das gemeinsame Leben ausgemalt, das sie mit ihm führen wollte. Doch da war der helle Funke am nächtlichen Himmel bereits verglüht.

Es machte ihr nichts aus, wenn Ruben nur erst wieder da wäre, würde sich sicher alles zum Guten wenden. Viktoria atmete tief ein, gleich darauf musste sie würgen. Nicht klare Nachtluft strömte in ihre Lungen, sondern ein unangenehm fauliger Geschmack breitete sich in ihrem Mund aus.

Jetzt roch Viktoria auch den widerlichen Gestank nach Tod und Verwesung, der sie umgab. Die Sterne verschwammen vor ihren Augen, um gleich darauf völlig zu verschwinden. Verblüfft nahm sie das Glasdach über ihrem Kopf wahr, dessen trübe, mit Algen bewachsene Scheiben den Blick nach draußen unmöglich machten. Pflanzen rankten von der Decke herab, die meisten halb vertrocknet oder vermodert. Pflanzenmumien.

Dazwischen öffneten sich scharlachrote schleimige Blüten wie gierige Mäuler, die nach ihr zu schnappen schienen. Der Ort hatte etwas zutiefst Beängstigendes, sie wollte so schnell wie möglich fort von hier. Irgendwo musste es einen Ausgang geben, nur war er hinter dem wilden Bewuchs nicht auszumachen.

Viktoria wollte fliehen, sie rannte, ohne wirklich voranzukommen. Ein schmieriger Teppich aus Moos und Pflanzenabfällen bedeckte den Boden. Mit jedem Schritt nach vorn glitt sie zwei Schritte zurück. Pflanzen streckten ihre Ranken nach ihr aus wie gefährliche Tentakel. Sie wanden sich um Viktorias Beine, hielten sie mit eisernem Griff umklammert und drohten, sie zu Fall zu bringen.

Hilflos begann die junge Frau zu wimmern, denn schon hörte sie hinter sich das schreckliche Geräusch aufbrechender Erde. Etwas Böses nahm hinter ihrem Rücken Gestalt an und warf seinen Schatten über sie. Sie fühlte einen eiskalten Atemhauch in ihrem Nacken. Gleich darauf umfassten knochige Hände ihren Hals, drückten fester und immer fester zu ...

Viktoria erwachte von ihrem eigenen Schrei. Schweißgebadet und mit rasend klopfendem Herzen saß sie aufrecht in ihrem Bett. Mühsam rang sie nach Luft. Einatmen, ausatmen, ganz langsam, wie der Arzt es ihr geraten hatte. Vor allem das tiefe Ausatmen war wichtig.

Die Panik sei eine normale Reaktion auf all das, was sie in letzter Zeit durchmachen musste, hatte er gesagt. Drei Todesfälle in einem relativ kurzen Zeitraum hintereinander, so etwas muss die Seele erst verarbeiten. Viktoria gebot ihren Gedanken Einhalt. Nicht daran denken, das machte es nur noch schlimmer.

Sie schaltete die Nachttischlampe ein und schaute auf den Radiowecker. Es war drei Uhr, wie auch in der vorangegangenen Nacht und in unzähligen Nächten davor. Zwischen drei und vier Uhr morgens ist die Stunde der Dämonen, hatte ihre esoterisch angehauchte Kollegin Simone ihr zugeraunt. Um diese Zeit wären der Körper und Geist am schwächsten und deshalb dunklen Kräften hilflos ausgeliefert. Viktoria konnte über derartigen Unsinn nur den Kopf schütteln.

Es gab wissenschaftliche Erklärungen für das Aufwachen um diese Zeit. Alten biologischen Rhythmen zufolge wurde der Schlaf vier Stunden nach dem Einschlafen oberflächlicher und damit störanfälliger, der Körper befand sich gleichzeitig in einem Leistungstief. Dafür war irgendein Hormon verantwortlich, dessen Name ihr gerade nicht einfiel. Wissenschaftler sprachen deshalb von einer biologischen Geisterstunde.

Es war normal, wenn man um diese Zeit beim Aufwachen fror und sogar so etwas wie eine leichte Depression verspürte. Viktoria seufzte. Leider bot das keine hinreichende Erklärung für die Träume, von denen sie Nacht für Nacht heimgesucht wurde. Inzwischen fürchtete Viktoria den Schlaf wie einen Feind, obwohl ihr Körper geradezu danach schrie.

Nachts saß sie manchmal stundenlang hellwach bei Licht im Bett und sehnte den Morgen herbei, tagsüber lief sie wie ein Zombie durch die Gegend. Man sah ihr das Leiden inzwischen deutlich an, feine Fältchen breiteten sich wie ein

Spinnennetz um Mund und Augen herum aus, ihre Haut wirkte ungesund fahl. Viktoria fand, dass sie im Verlaufe der vergangenen Monate gealtert war und älter als 28 aussah.

Dieser Entwicklung musste sie dringend Einhalt gebieten. Sie musste versuchen, wieder genügend Schlaf zu bekommen, das wäre ein guter Anfang. Viktoria warf sich ihren Morgenmantel über, öffnete die Tür und trat hinaus auf den Balkon. Tief atmete sie die frische Nachtluft ein. Es stand kein einziger Stern am Himmel, nur eine schmale Mondsichel spendete ein wenig Helligkeit.

Viktoria stützte die Hände auf die Balkonbrüstung und schaute nach unten. Direkt unter ihr schimmerte das Dach des Gewächshauses im diffusen Licht bläulich. Form und Farbe erinnerten an einen bleiernen Sarkophag. Ein Schaudern überlief Viktoria, sie schloss das Fenster und zog sich in ihr warmes Bett zurück.

Am Morgen fiel das Sonnenlicht durch die großen Fenster des Erkers. Die Aussicht von hier war atemberaubend, wie ein silberner Spiegel blinkte der Bodensee zwischen den hellgrün belaubten Bäumen hindurch. Das Erkerzimmer war eines der schönsten der Villa. An den Sonntagen hatte die Familie hier ihr Frühstück eingenommen, das von der Mutter regelrecht zelebriert wurde.

Auf weißem Damast deckte sie den Tisch mit ihrem besten Porzellan, zierlichen silbernen Tee- und Sahnekännchen und gestärkten Stoffservietten. Blumen der Saison, liebevoll in einer Vase arrangiert, durften ebenfalls nicht fehlen. Die Mutter hatte Blumen geliebt.

Seit Viktoria einen unüberwindlichen Widerwillen gegen jedweden Blütenduft entwickelt hatte, verstaubten die Vasen in den Vitrinen ebenso wie das gute Geschirr. Allein frühstücken zu müssen verdarb ihr den Appetit. Trübsinnig starrte Viktoria in ihren Kaffee, der allmählich kalt wurde.

Sie fröstelte, der Raum, den sie früher so geliebt hatte, erschien ihr fremd und abweisend. Sie hatte Pläne gemacht, ihn neu zu gestalten, mit zierlichen antiken Möbeln ganz in Weiß und Gold. Jetzt fehlte ihr die Kraft, auch nur darüber nachzudenken.

Ihr Blick glitt zur Kommode hinüber, auf der das gerahmte Foto ihrer Eltern stand. Über achtzehn Monate lag ihr Tod nun schon zurück. Es war auf der Rückreise aus dem Urlaub auf der Autobahn geschehen, als ein übermüdeter Fernfahrer auf ein Stauende auffuhr. Ihre Eltern hatten keine Chance gehabt und sie hatte keine Schuld getroffen. An anderen Entwicklungen waren sie dagegen nicht unschuldig.

Viktoria wünschte, sie könnte es ihnen sagen und so einen Teil der Last, die sie bedrückte, auf andere Schultern verteilen. Mit einem Seufzen erhob sie sich und ging in die Kammer neben der Diele. Dort nahm sie die langstieligen weißen Rosen, die sie in den hintersten Winkel des Raumes verbannt hatte, aus der Vase und umwickelte die Stängel mit einer Serviette.

Bevor sie das Haus verließ, warf sie in der Diele einen Blick in den hohen Spiegel. Die schwarze Kleidung ließ sie noch bleicher und kränker aussehen. Sorgfältig verschloss sie die Haustür und stieg die breiten Stufen der Freitreppe hinab.

Der Weg führte durch einen sorgfältig angelegten Garten, der der imposanten Villa einen würdigen Rahmen verlieh, zu einem schmiedeeisernen Tor. Es quietschte beim Öffnen leise in den Angeln. Viktoria war das Geräusch vertraut, trotzdem zuckte sie zusammen.

Ihre eigene Dünnhäutigkeit erschreckte sie immer wieder aufs Neue. Langsam ging sie den Weg zum See hinunter und dann ein Stück auf dem Uferweg entlang. Ein grauweißes Fellbündel schoss an ihr vorbei und brach in heiseres Bellen aus.

»Nelli, komm sofort her!«

Die schrille Stimme von Ursula Hoppe durchschnitt die Ruhe des Morgens. Das hatte Viktoria gerade noch gefehlt! Sie drehte sich um und begrüßte die Nachbarin mit einem melancholischen Lächeln.

»Guten Morgen, Frau Hoppe. Auch schon auf den Beinen?« Ursula Hoppe war klein und rund wie eine Kugel, ihr graumeliertes Haar war zu lächerlichen winzigen Löckchen frisiert. Es sah aus, als hätten sie und ihre Pudeldame den gleichen Friseur. Ächzend kam sie näher, seit einigen Jahren machten ihr die Gelenke zu schaffen.

»Ja, was soll man machen? Nelli fordert ihren Spaziergang ein, vorher gibt sie keine Ruhe. Und

Sie, Kindchen?« Frau Hoppe schielte auf die weißen Rosen.

»Sind die für Ihre Schwester?«

»Ja, die Rosen sind für Charlotte.« Die Blumen in Viktorias Hand bebten leicht.

»Ach Kindchen, es ist so traurig. Ich habe Sie beide ja von klein auf gekannt. Vicki und Lotte, die reizendsten Schwestern, die man sich nur vorstellen konnte. Ich sehe Sie noch immer zu zweit die Straße entlanglaufen, immer Hand in Hand. Sie waren so rührend besorgt um Ihre kleine Schwester. Zwischen die beiden passt kein Blatt, habe ich oft zu meinem verstorbenen Mann gesagt. Das traf auch später noch zu, als Sie längst erwachsen waren. Und dann diese schreckliche Tragödie. Wie gut, dass Ihre armen Eltern das nicht mehr erleben mussten. Wie lange ist das mit Charlotte jetzt her? Ein Jahr?«

»Noch nicht ganz. Im kommenden Monat wird es ein Jahr.«

»Ja, man merkt kaum, wie die Zeit vergeht. Die Toten bleiben zurück und wir müssen immer weiter. Wenn das Trauerjahr um ist, sollten Sie endlich die dunkle Kleidung ablegen, Kindchen. Die Farbe Schwarz bringt Ihnen Charlotte nicht zurück. Die meisten jungen Leute trauern heutzutage überhaupt nicht mehr in dieser Form.«

Notgedrungen passte sich Viktoria Ursula Hoppes schleppenden Schritten an. Sie erreichten die Stelle, an der Charlotte immer zum Schwimmen ins Wasser gestiegen war. Der Weg dorthin war leicht abschüssig und Viktoria hoffte, die

Nachbarin würde auf dem Uferweg zurückbleiben. Die dachte jedoch überhaupt nicht daran, sich diese Abwechselung entgehen zu lassen. Humpelnd und watschelnd folgte sie Viktoria zum Wasser hinunter. Zumindest redete sie dabei nicht, weil sie sich auf den Weg konzentrieren musste.

Der Bodensee schimmerte im Morgenlicht wie geschmolzenes Gold, kleine Wellen leckten am Strand. An dieser Stelle ging es flach hinein, doch schon sehr bald fiel der Untergrund steil ab. Man erkannte das deutlich an der Färbung des Wassers, das hinter der felsigen Abbruchkante eine dunklere Schattierung annahm. Für unsichere Schwimmer war das eine nicht zu unterschätzende Gefahr.

Viktoria ging in die Hocke und breitete die weißen Rosen fächerförmig am Ufer aus. Eine einzelne Rose warf sie in den See und schaute zu, wie sie von den Wellen sanft auf und ab getragen wurde. Die Hündin schnupperte neugierig an den Blumen und schickte sich an, das Bein zu heben. Im letzten Moment konnte Ursula Hoppe sie fortziehen.

»Böse Nelli«, schimpfte sie. Die Andacht des Augenblicks war zerstört. Nellis Frauchen räusperte sich verlegen. Das Benehmen der Hündin war ihr offensichtlich peinlich, sie versuchte, davon abzulenken. »Es muss schlimm sein, kein richtiges Grab zu haben, an dem man trauern kann«, sagte sie schließlich.

»Der See ist Charlottes Grab«, erwiderte Viktoria ruhig. Sie hoffte, damit weitere Diskussionen im Keim zu ersticken. Stattdessen hatte sie ihrer Nachbarin damit ein willkommenes Stichwort geliefert.

»Der Bodensee ist ein einziges großes Grab. Wissen Sie, wie viele Leichen auf seinem Grund liegen sollen?«, fragte Ursula Hoppe in einem dramatischen Tonfall. Sie wartete die Antwort nicht ab. »Fast hundert!« Ihre Stimme schraubte sich bei der Nennung dieser Zahl in die Höhe. »Das muss man sich mal vorstellen. Hundert Tote, die nie wieder auftauchen werden. Die nie von ihren Lieben begraben und ordentlich betrauert werden können. Das hängt mit der Tiefe und Kälte des Sees zusammen. Ich habe erst neulich etwas in der Zeitung darüber gelesen. In dem kalten Wasser verwesen die Leichen langsamer und treiben deshalb nicht an die Oberfläche. Hinzu kommt der Wasserdruck. Wenn ein Körper erst einmal auf eine Tiefe von fünfzig Metern abgesunken ist, dann ist die Wahrscheinlichkeit, dass er jemals wieder auftaucht, äußerst gering. Der See gibt ihn nie mehr frei.«

»Wirklich sehr aufschlussreich, Frau Hoppe.« Viktoria war es egal, ob der Sarkasmus aus ihrem Tonfall herauszuhören war. Ihr war schwindlig, sie wollte nur noch weg. »Ich habe heute noch einen wichtigen Termin und bin spät dran«, sagte sie. »Entschuldigen Sie, ich muss jetzt schnell los.«

Mit leiser Schadenfreude registrierte sie, wie mühsam sich ihre Nachbarin zum Uferweg hinauf quälte. Sie würde ihr nicht helfen, nicht mal, wenn sie in den See fallen sollte. Dann könnte Ursula Hoppe dort in Ruhe die Wasserleichen zählen.

Als Viktoria wieder im Haus war, ließ sie sich erleichtert auf das Sofa sinken. Sie hatte keine Ahnung, was sie mit dem Tag anfangen sollte. Ihre Sonntage waren einsam, seit sie ganz allein in dem großen Gebäude lebte. Diesmal war es besonders schwer, denn vor ihr lagen endlose 14 Tage, die es irgendwie auszufüllen galt.

Ihre Chefin hatte sie förmlich gedrängt, endlich ihren Resturlaub zu nehmen, und sie hatte das schlecht ablehnen können. Vielleicht bot diese Auszeit ihr ja die Chance, sich gründlich zu erholen. Eigentlich musste sie nur einmal wieder richtig ausschlafen.

In der vergangenen Nacht hatte es mit dem erneuten Einschlafen nicht geklappt. Was sprach eigentlich dagegen, den Schlaf tagsüber nachzuholen? Viktoria griff nach einem Kissen und schob es sich unter den Kopf. Sie deckte sich mit einer leichten Tagesdecke zu und schloss die Augen.

Kurz nach Charlottes Tod hatte sie an einem Kurs für Autogenes Training teilgenommen. Tatsächlich hatte es ihr das Einschlafen erleichtert. Hilfreich war dabei, wenn sie sich zusätzlich einen Ort vorstellte, an dem sie sich gern aufhielt.

Viktoria dachte an einen einsamen Strand am Meer. Sie stellte sich vor, wie die Sonne sie wärmte und sie allmählich in den warmen Sand einsank. Ihr Körper wurde schwer, in ihrem Kopf stellte sich dagegen eine Leichtigkeit ein, als würde sie schweben. Sie war jetzt tatsächlich am Strand, ein sanfter Wind liebkoste ihr Gesicht. Deutlich hörte sie das Rauschen der Wellen und die Schreie der Möwen. Dann war ihr plötzlich, als würde jemand ihren Namen rufen. Das war doch Charlottes Stimme! Nun sah sie die Schwester auch, sie winkte ihr vom Wasser her zu, forderte sie auf, ebenfalls ins Wasser zu kommen.

Charlotte war eine fantastische Schwimmerin, die kein Risiko scheute. Wie ein Delphin pflügte sie durch die Wellen. Viktoria zog es vor, am Strand zu bleiben, zumal sie feststellte, dass sie dort nicht allein war. Neben ihr im Sand bot Ruben seinen muskulösen, wohlgeformten Körper der Sonne dar. Es erfüllte sie mit tiefer Befriedigung, ihn hier neben sich und nicht bei Charlotte im Wasser zu wissen.

Nicht einmal eine Armlänge trennte Viktoria von Ruben. Ihre Hand wurde zu einem eigenständigen Wesen, das sich ihrem Willen entzog. Langsam kroch sie unter dem warmen Sand auf Ruben zu. Jetzt hatte sie seine Hand erreicht und ergriff sie vorsichtig.

Viktoria durchzuckte die Berührung wie ein elektrischer Schlag. Erst reagierte er nicht, doch dann umfasste Ruben ihre Hand und drückte sie fest. Ein ungeheures Glücksgefühl durchströmte Viktoria. Wie gut, dass Charlotte vom Wasser aus nicht erkennen konnte, was sich hier abspielte.

Aber halt, Charlotte war ja gar nicht mehr da. Das Meer war spiegelglatt, weit und breit war kein Schwimmer zu sehen. Natürlich nicht, Charlotte war tot und Ruben war frei. Sie musste ihn nur fragen, weshalb er seit Charlottes Tod ihre Gesellschaft mied. Sie hätten gemeinsam um sie trauern und dann unter veränderten Bedingungen zueinander finden können. »Ruben«, sagte sie leise, »komm zu mir.«

Er schüttelte den Kopf. »Nein, du musst gehen«, sagte er.

»Aber wohin denn? Zu dir?«, fragte sie.

»Nein, zu ihr, zu Charlotte. Sie ruft dich.«

Tatsächlich war da auf einmal wieder Charlottes Stimme. Langsam sah Viktoria den Kopf der Schwester aus dem Wasser auftauchen. Es war nicht die Charlotte, die sie kannte, die junge Frau mit dem Engelsgesicht unter dem üppigen blonden Haar. Es war ein halb verwester Schädel mit leeren Augenhöhlen, in denen ein tückisches Feuer glomm. Eine Knochenhand winkte ihr, näherzukommen.

Viktoria erstarrte, doch Ruben war aufgesprungen und zog sie ebenfalls auf die Beine. »Geh zu ihr«, forderte er mit kalter Stimme.

Viktoria stäubte sich, wurde jedoch mit unwiderstehlicher Kraft von hinten auf die grausige Gestalt im Wasser zugeschoben. Schon benetzte das Wasser ihre Füße, sie spürte seine Kälte und erschauerte. Sie riss die Augen auf und schaute an sich herab. Viktoria hatte Mühe, sich zurechtzufinden. Meer und Strand waren verschwunden, sie stand mitten im Wohnzimmer in einer großen Wasserpfütze.

Das Wasser kam in Rinnsalen unter der Tür hindurch gekrochen und hatte den davor liegenden Läufer bereits völlig durchnässt. Viktoria stürzte hinaus in den Flur, der ebenfalls schon unter Wasser stand. Das schmatzende Geräusch ihrer durchnässten Socken verursachte ihr Übelkeit.

Es erinnerte sie an die fleischigen Pflanzenmäuler in ihrem nächtlichen Albtraum. Das Wasser quoll unter der Tür zum Bad hindurch und schwappte ihr beim Öffnen in einem Schwall entgegen. Das Waschbecken lief über, der Stöpsel steckte und beide Wasserhähne waren voll aufgedreht.

Sie begriff nicht, wie das möglich war. Sicher, sie war nach dem morgendlichen Ausflug zum See im Bad gewesen und hatte sich die Hände gewaschen, doch wieso sollte sie die Wasserhähne nicht geschlossen haben?

War sie bereits so übernächtigt, dass ihr derartige Fehlhandlungen unterliefen? Dann musste sie dringend etwas dagegen unternehmen. Aber erst einmal schloss sie die Hähne, griff nach Eimer und Lappen und machte sich daran, das Wasser aufzuwischen. Wenigstens hatte sie auf die Art etwas Sinnvolles zu tun.

Das Haus roch nicht gut. Es war ein modriger Geruch, dessen Quelle Viktoria nicht ergründen konnte. Sie hatte hinter Kissen geschaut, Möbelstücke beiseite geschoben und Abflüsse überprüft.

Der Gestank schien aus den Wänden zu kommen, was natürlich unmöglich war.

Jedenfalls war sie erleichtert, als ihre Putzfrau Magda auftauchte. Sie war bereits jenseits der sechzig, aber sehr rüstig und tüchtig. Solange Viktoria denken konnte, kümmerte sie sich um die Ordnung und Sauberkeit im Haus.

Magda zuckte auf Viktorias Frage hin verwundert mit den Schultern. »Was für ein Geruch? Ich kann beim besten Willen nichts feststellen. Manchmal hängt einem so etwas einfach in der Nase. Vielleicht brüten Sie eine Erkältung aus. Ich wische gleich überall durch, dann wird es hier auf jeden Fall frisch riechen. Soll ich die Wohnung von Charlotte heute auch saubermachen?«

»Es ist nicht mehr Charlottes Wohnung, Charlotte ist tot.« Viktoria hatte schärfer gesprochen, als sie beabsichtigt hatte.

Magda schaute sie erschrocken an. »Ja natürlich, aber die Wohnung war doch für Charlotte und Ruben eingerichtet worden. Sie würden heute hier leben, wenn Charlotte nicht einen Monat vor der Hochzeit ertrunken wäre.«

»Tut mir leid, wenn ich schroff war.« Viktoria lächelte gequält. »Ich bin einfach etwas dünnhäutig im Moment. Alle glauben, mich ständig an Charlotte erinnern zu müssen. Reden davon, welche Tragödie ihr Tod sei. Als ob ich das nicht selbst wüsste. Es ist einfach belastend. Es reicht schon, dass ich ständig von ihr träume.«

Magda, die gerade mit dem Staubsauger das Zimmer verlassen wollte, drehte sich um. »Sie träumen von Ihrer Schwester? Was sind das für Träume?«

Viktoria hatte keine Lust, darüber zu reden. »Keine angenehmen«, erwiderte sie knapp.

»Wenn man Albträume hat, die einen Verstorbenen betreffen, dann gibt es etwas Unerledigtes zwischen demjenigen und einem selbst. Man findet erst Ruhe, wenn es aus der Welt geschafft wurde.« Sie stützte sich auf den Staubsauger und sah Viktoria nachdenklich an.

»Magda, ich bitte Sie, das ist doch lächerlich. Wie soll man etwas mit jemandem klären, der bereits tot ist?«

»Oh, das geht durchaus.« Magdas dunkle Augen funkelten lebhaft. »Es gibt Menschen, die den Kontakt zu Verstorbenen herstellen können.«

»Das sind Betrüger, die anderen das Geld aus der Tasche ziehen.« Viktoria schüttelte nachsichtig den Kopf. »Auf so etwas würde ich nie hereinfallen.«

»Sie dürfen nicht alle über einen Kamm scheren, sicher gibt es Betrüger darunter. Aber die Frau, von der ich rede, ist anders. Sie hat die besondere Gabe, sie hat sie von ihrer Großmutter geerbt. Sie macht kein Geschäft damit, weil die Gabe dafür zu kostbar ist und sogar verloren gehen kann, wenn sie missbraucht wird.«

»Wollen Sie damit sagen, Sie kennen jemanden, der das Geschäft aus reiner Nächstenliebe betreibt? Ohne materiellen Gewinn daraus zu ziehen? Wer ist das? Eine Heilige?« Viktoria zog ironisch die Augenbrauen hoch.

»Aber ja doch, wenn ich es Ihnen sage. Sie nimmt kein Geld für ihre Hilfe. Wenn ihr Eingreifen erfolgreich war, kann man ihr ein kleines Geschenk zukommen lassen. Niemand ist dazu verpflichtet, obwohl sie in fast jedem Fall Erfolg hat.«

»Sie kennen die Fälle, in denen sie jemandem geholfen hat, natürlich nur vom Hörensagen. Um drei Ecken herum, vom Freund des Freundes einer Bekannten.«

Magda ließ sich durch Viktorias offensichtliche Skepsis nicht beirren. »Nein, ich weiß es aus erster Hand von meiner Schwägerin. Ihre Mutter war gestorben, ohne dass sie sich nach einem Streit versöhnen konnten. Die Mutter ist ihr daraufhin fast jede Nacht im Traum erschienen, es war eine sehr belastende Zeit für meine Schwägerin. Sie hat die weise Frau aufgesucht und die hat ihr einen Weg aufgezeigt, sich mit der Mutter zu versöhnen. Danach konnte sie wieder ungestört schlafen.«

»Wirklich eine schöne Geschichte. Aber jetzt sollten Sie sich besser bemühen, den schlechten Geruch aus dem Haus zu vertreiben, der scheint mir wesentlich realer zu sein.«

»Schade, ich hätte Ihnen gern geholfen.« Magda zog etwas aus ihrer Tasche und legte es auf den Couchtisch. »Das ist die Karte der Frau. Falls Sie es sich doch noch anders überlegen sollten.«

In der darauffolgenden Nacht sollte Viktoria begreifen, wie ernst es wirklich um sie stand. Dabei hatte alles gut angefangen. Gemäß ihrem Vorsatz, möglichst viel Schlaf nachzuholen, war sie zeitig zu Bett gegangen und dank ihrer Übermüdung sehr rasch eingeschlafen.

Der Traum kam sanft auf bunten Flügeln zu ihr. Sie stand in ihrem Zimmer vor dem Spiegel und trug ein zauberhaft schönes langes weißes Kleid. Ihr Haar war mit Blumen geschmückt. Die Sonne schien strahlend durchs offene Fenster, Viktoria schaute nach draußen in den frühlingshaften Garten. Mitten auf der Wiese war eine festliche Tafel gedeckt. Champagner perlte in hohen Kelchen, verführerische Sahnebaisers, gekrönt von leuchtend roten Erdbeeren, waren auf silbernen Platten angerichtet.

Viktoria lief das Wasser im Munde zusammen, sie konnte ihren Appetit kaum noch zügeln. In dem Moment sah sie Charlotte leichtfüßig wie eine Ballerina auf die Tafel zuschreiten. Mit einem Zug leerte sie ein Glas Champagner, gleich darauf ein zweites und ein drittes. Ein Törtchen nach dem anderen verschwand zwischen ihren schön geschwungenen Lippen, die Platten leerten sich mit atemberaubender Geschwindigkeit.

»Halt, iss mir nicht alles weg!«, rief Viktoria ihr zu, doch Charlotte ließ nur ihr helles, glückliches Lachen erklingen und bediente sich weiter. Empört machte Viktoria sich auf den Weg nach draußen.

Sie eilte die Treppe hinab und riss die Haustür auf. Als sie auf den Stufen zum Garten ankam, war die Tafel plötzlich verschwunden und auch die Sonne schien nicht mehr. Suchend schaute sie sich nach Charlotte um, da traf sie ein scharfer

Peitschenhieb gegen die Schienbeine. Bevor sie sich davon erholen konnte, schlug Charlotte zum zweiten Mal zu. Diesmal stürzte Viktoria, sie fiel kopfüber die Stufen hinunter, die in eine tiefe Grube führten. Im Fallen versuchte sie an den rauen Wänden Halt zu finden, ohne Erfolg.

Sie spürte den harten Aufschlag und gleich darauf brennende Schmerzen. Mit Entsetzen schaute sie in das vom Tode entstellte Gesicht ihrer Schwester, die unvermittelt neben ihr in der Grube auftauchte.

»Deine Gier hat dich zu Fall gebracht«, sagte Charlotte mit fleischlosen Lippen und hauchte Viktoria ihren modrigen Atem ins Gesicht.

»Geh weg, verschwinde, lass mich endlich in Ruhe«, wollte Viktoria schreien, doch ihre Stimme gehorchte ihr nicht. Es kam nur ein heiseres Krächzen aus ihrem Mund. Ihre Zähne klapperten vor Angst und Kälte, um sie her war es stockdunkel.

Langsam richtete sie sich auf. Über ihr am Himmel stand eine schwindsüchtig schmale Mondsichel. Viktoria lag im Freien vor der Treppe, die zur Haustür hinaufführte, nur mit ihrem Nachthemd bekleidet. Das war kein Traum mehr, jetzt war sie wach und konnte nicht begreifen, wie sie hier hergekommen war.

Langsam zog sich Viktoria am Geländer die Stufen hinauf. Etwas schlug gegen ihre Beine, sie griff danach und fasste in Dornen. Eine Ranke der Kletterrosen, die nahe am Haus wuchsen, musste sich vom Spalier gelöst haben und schwang nun frei über den Stufen hin und her. Die Haustür stand offen, der Schlüssel steckte wie immer von innen.

Sorgfältig drehte Viktoria ihn zweimal herum. Dann begab sie sich ins Bad, um den Schaden zu begutachten. Sie musste mehrere Stufen hinuntergefallen und auf der Seite gelandet sein. Ihr linker Arm war zerschrammt, die Hüfte gerötet und druckempfindlich. Morgen würde sie dort bestimmt einen großen blauen Fleck haben.

An den Schienbeinen entdeckte sie blutige Kratzer, die von der Rosenranke stammen mussten. Den Schmerz hatte sie in ihrem Traum zu einem Peitschenhieb umgedeutet. Immerhin war sie nicht ernsthaft verletzt, alles war einigermaßen glimpflich abgelaufen.

Viktoria streifte das verschmutzte Nachthemd ab und stellte sich unter die heiße Dusche. So gut das tat, sie fror hinterher immer noch. Sie wickelte sich in ihren dicken Frotteebademantel und bereitete in der Küche eine heiße Milch zu. Damit ließ sie sich im Wohnzimmer auf dem Sofa nieder und wickelte zusätzlich noch eine Decke um ihre Beine.

So ruhig wie möglich versuchte Viktoria die Situation zu analysieren. Das andauernde Frieren deutete auf einen erlittenen Schock hin.

Sie war im Schlaf gewandelt, daran konnte es keinen Zweifel geben. Es hätte wesentlich schlimmer ausgehen können, auch das war ihr klar. Viktoria versuchte sich zu erinnern, was sie über Schlafwandeln wusste. Zu Beginn der Pubertät hatte sie bereits einmal kurzzeitig darunter gelitten, es hatte sich nach einiger Zeit von selbst wieder gegeben.

Übermüdung und innere Spannungen begünstigten Schlafwandeln, beides war bei ihr zweifellos gegeben. Sie musste etwas dagegen unternehmen, so viel stand fest.

Sollte sie sich an ihren Hausarzt wenden? Oder lieber gleich an einen Experten? Leider kannte sie niemanden und sie wollte nicht viel Zeit mit der Suche vergeuden. Vermutlich müsste sie dann auch noch ewig auf einen Termin warten. Das alles waren keine guten Aussichten.

Beim Abstellen der Tasse auf dem Couchtisch fiel ihr ein Zettel ins Auge. Richtig, das war ja die Anschrift von Magdas weiser Frau, die aufsässige Tote zur Räson bringen konnte. Es wäre zu schön, wenn so etwas funktionieren würde.

Die Frau musste ganz schön von ihren Fähigkeiten überzeugt sein, wenn sie nur im Erfolgsfalle honoriert werden wollte. Wie sie es wohl anstellte? Ob sie in Kristallkugeln schaute und Beschwörungen murmelte? Oder den Geist der Toten durch sich selbst sprechen ließ?

Viktoria fühlte Neugier in sich aufsteigen, die sie ein wenig von der Panik ablenkte, die allmählich Besitz von ihr zu ergreifen drohte. Natürlich glaubte sie nicht an solchen Unsinn wie den Kontakt zu Toten.

Es war kein Geist, sondern ihr Unterbewusstsein, das ihr zu schaffen machte. Leider half ihr dieses Wissen nicht weiter, wenn sie ihre Gefühle nicht in den Griff bekam. Manchmal konnte ein Ritual helfen, mit der Vergangenheit abzuschließen. Ob die weise Frau mit solchen Ritualen arbeitete?

Je länger Viktoria darüber nachdachte, umso weniger abwegig erschien es ihr, es auf einen Versuch ankommen zu lassen. Schließlich würde es sie nicht einmal etwas kosten. Und niemand musste davon erfahren.

Die Stimme am Telefon klang überraschend jung. Viktoria war im ersten Moment verwirrt, unter einer weisen Frau hatte sie sich eine weißhaarige Greisin vorgestellt. Nach einigem Zögern brachte sie ihr Anliegen vor.

»Ich würde Sie gern wegen eines persönlichen Problems in Anspruch nehmen«, sagte sie. »Natürlich weiß ich nicht, ob Sie mir da wirklich helfen können.«

»Wir sollten das persönlich besprechen. Von wo rufen Sie an?«

Die Frau, die nur mit ihrem Vornamen Sybille angesprochen werden wollte, wohnte gar nicht weit weg. Zwanzig Minuten mit dem Auto, fast ein Katzensprung. Außerdem hatte sie sofort Zeit. Das war ein weiterer Vorteil, denn bei längerer Überlegung hätte Viktoria den Vorsatz, sie aufzusuchen, garantiert wieder verworfen.

Jetzt war sie entschlossen, hinzufahren. Ohnehin hatte sie nichts anderes vor. Wenn sich das Ganze als nutzlos herausstellen sollte, hatte sie wenigstens eine interessante Erfahrung gemacht.

Man traf schließlich nicht jeden Tag auf eine weise Frau, sagte sie sich ironisch.

Sybille wohnte in einem kleinen Haus in einer Vorstadtsiedlung. Der Vorgarten war gepflegt, in den Fenstern blühten Orchideen. Viktoria drückte auf die Klingel, die einen melodischen Ton von sich gab. In der Haustür erschien augenblicklich eine Frau in Jeans und T-Shirt, die nicht älter als Mitte dreißig sein konnte.

»Ich habe Sie schon erwartet«, sagte sie. »Kommen Sie doch herein.« Sybille wirkte beruhigend normal, ebenso wie das modern eingerichtete Zimmer, in das sie Viktoria führte.

Es gab weder eine Glaskugel noch ausgestopfte Eulen oder irgendwelche Zauberutensilien. Viktoria wurde aufgefordert, in einem bequemen Sessel Platz zu nehmen, Sybille setzte sich ihr gegenüber.

»Wir reden uns mit dem Vornamen und du an«, schlug sie vor. »Das halte ich mit all meinen Klienten so. Der Familienname interessiert mich nicht, ihn nicht zu wissen, ist Bestandteil der Vertraulichkeit.« Viktoria atmete innerlich auf, dieser Vorschlag kam ihr sehr gelegen. Sie begann sich zu entspannen.

»Du bist in Trauer, Viktoria«, sagte Sybille. Sie hatte unglaublich blaue Augen, die bis tief ins Innere ihres Gegenübers zu schauen schienen. »Hängt dein Problem mit dem Menschen, den du verloren hast, zusammen?«

»Ja, so ist es. Es geht um meine Schwester. Sie starb vor fast einem Jahr.« Das Gespräch verlief einfacher, als Viktoria erwartet hatte.

»Erzähle mir von ihr. Wie ist sie gestorben?«

»Charlotte ist beim Schwimmen im Bodensee ertrunken. Ihre Leiche wurde nie gefunden. Sie war eine sehr gute Schwimmerin. Aber an dem Tag litt sie unter den Folgen einer Erkältung, was sie nicht vom Schwimmen abhielt. Sie muss beim Schwimmen einen Schwächeanfall erlitten haben und untergegangen sein. Als ich sie suchen ging, lagen nur ihre Sachen an der Stelle, an der sie immer ins Wasser stieg.«

»Das muss schlimm gewesen sein, so unerwartet und ohne richtig Abschied nehmen zu können. Ist es nur das, was dich bedrückt, oder gibt es da noch mehr?«

Viktoria gab sich einen Ruck. »Da ist tatsächlich noch mehr. Charlotte erscheint mir regelmäßig im Traum. Es sind keine guten Träume, sondern sehr beängstigende. Sie scheint wütend auf mich zu sein.«

»Gibt es einen Grund für die Wut deiner Schwester? Hattet ihr Streit?«

»Unser Verhältnis war immer sehr gut. Nur in letzter Zeit gab es tatsächlich Spannungen. Charlotte wollte heiraten, obwohl sie dafür zu jung war. Wir hatten unsere Eltern durch einen Unfall verloren und Charlotte suchte offensichtlich Halt bei dem Mann.« Das entsprach nicht ganz der Wahrheit. Als Charlotte und Ruben sich entschlossen hatten zu heiraten, waren die Eltern noch am Leben gewesen. Sie hatten diese Heirat nicht nur gebilligt, sondern den beiden sogar eine Wohnung im schönsten Teil der Villa eingerichtet. Doch das brauchte Sybille nicht zu wissen.

»Dieser Mann war nicht der Richtige für meine Schwester«, fuhr sie fort. »Er dominierte sie und verbaute ihr die Zukunft. Natürlich glaubte sie ihn zu lieben, doch das war mehr eine jugendliche Schwärmerei. Sie hatte sich überhaupt noch nicht in der Welt umgesehen, diese Hochzeit wäre ein Fehler gewesen. Das habe ich ihr gesagt und sie hat es mir übel genommen. Unser Verhältnis war dadurch getrübt.«

»Ich verstehe. Die Hochzeit kam dann nicht zu-stande?«

»Charlotte verunglückte einen Monat zuvor. Der Termin war schon bestellt, das Kleid ausge-wählt. Ich hatte mich inzwischen damit abgefun-den, sie nicht davon abhalten zu können.«

»Hatte euer Verhältnis zueinander sich dadurch wieder etwas eingerenkt?«

»Eigentlich schon. Doch ausgerechnet am Tag ihres Todes kam es zu einem Streit, in dessen Ver-lauf ich etwas sehr Hässliches zu ihr gesagt habe. Ich habe es natürlich nicht so gemeint, trotzdem belastet es mich sehr.«

»Kannst du mir sagen, was es war, Viktoria?«

»Es ging um das Schwimmen. Mir war aufge-fallen, dass es Charlotte nicht gut ging und ich habe ihr deshalb davon abgeraten. Aber sie hat ge-lacht und meinte, das kalte Wasser und die Bewe-gung würden sie wieder in Schwung bringen. Da bin ich wütend geworden und habe ihr vorgewor-fen, sich wie ein unvernünftiges Kind aufzuführen.

'Geh doch, wenn du alles besser weißt', habe ich gesagt. 'Wenn du ertrinkst, soll es mich nicht kümmern, du hast es ja so gewollt'. Das war das Letzte, was ich zu ihr gesagt habe. Ich habe ihr gewissermaßen den Tod gewünscht. Und ich fühle mich schuldig, weil es dann genauso eingetreten ist.« Viktoria zog ein Taschentuch hervor und betupfte ihre Augen.

»Ich verstehe.« Sybille schien nachzudenken. »Es geht oft um letzte Worte, die man einem Verstorbenen gesagt hat oder nicht mehr sagen konnte. Viele meiner Klienten haben dieses Problem. Ich will versuchen, dir zu helfen. Es ist gleichgültig, ob du an die Wirksamkeit glaubst, befolge nur meinen Rat und warte ab, was geschieht.«

Sybille ging hinüber zu einer schlichten weißen Kommode und entnahm ihr eine dicke Kerze mit drei Dochten.

»Zünde diese Kerze heute nach Eintritt der Dunkelheit für deine Schwester an. Sie wird die ganze Nacht brennen. Am wirksamsten wäre es, wenn sie auf ihrem Grab entzündet würde.«

»Aber meine Schwester hat kein Grab. Der See gibt sie nicht mehr frei. Das sagte ich doch bereits.«

»Ich weiß. Dann stell die Kerze dort auf, wo sie ins Wasser gegangen ist, vielleicht wirkt es trotzdem. Solltest du dann in dieser Nacht wieder von ihr träumen, bitte sie um Verzeihung und sag ihr, sie möge nun in Frieden ruhen. Schon vielen konnte ich mit diesem Ritual helfen. Ich wünsche, du und deine Schwester, ihr werdet ebenfalls eure Ruhe finden.«

Viktoria hatte das zweite Glas Rotwein geleert und dachte darüber nach, sich ein drittes zu gönnen. Allmählich ergriff eine angenehme Schwere von ihrem Körper Besitz. Auch das Zittern ihrer Hände ließ allmählich nach. Den Termin bei Sybille hatte sie in angenehmer Erinnerung, doch das Aufstellen und Entzünden der Kerze hatte ihr einiges abverlangt.

Auf dem Heimweg von Sybille war sie ganz entspannt gewesen. Sie hatte die Kerze zwar entgegengenommen, war aber unentschlossen gewesen, ob sie das Ritual tatsächlich durchführen würde. Sie konnte das Ganze einfach vergessen, es als absurde Idee abtun und die Kerze entsorgen.

Je näher aber der Abend kam, umso mehr hatte sie sich innerlich gedrängt gefühlt, Sybilles Rat tatsächlich zu befolgen. Es waren die Angst vor den düsteren Träumen der Nacht und eine winzige Hoffnung auf Erlösung, die sie antrieben. Und so hatte sie bei Einbruch der Dunkelheit das Haus verlassen, die Kerze aufgestellt und die drei Dochte entzündet. Zurück im Haus bekämpfte sie das Frösteln und Zittern nun mit Alkohol, zum Glück mit Erfolg.

Nachdem sie sich zu Bett begeben hatte, schlief sie erstaunlich schnell ein. Der Traum, der sie kurz darauf heimsuchte, war in keiner Weise beängstigend. Sie befand sich auf einer blühenden Wiese. Der Himmel war strahlend blau und eine Gestalt in einem weißen Kleid, in der sie ihre Schwester Charlotte erkannte, kam langsam auf sie zu.

Charlotte sah aus, wie sie sie in Erinnerung hatte: mit langem blondem Haar, verträumten blauen Augen und einem kindlich runden Gesicht. Ein Stück von Viktoria entfernt blieb sie stehen, erst jetzt sah Viktoria den hüfthohen Zaun, der sie von ihrer Schwester trennte.

»Diesmal hast du mich gerufen, was willst du von mir?«, fragte Charlotte.

»Ich möchte, dass du mir verzeihst und mich in Ruhe lässt.« Die Worte, die sie sich bereits zurechtgelegt hatte, kamen Viktoria leicht über die Lippen.

»Warum hast du es getan? Was hatte ich dir getan?«, fragte Charlotte mit klagender Stimme. Viktoria spürte augenblicklich Wut in sich aufsteigen. So hatte Charlotte sich immer aufgeführt, als die kleine hilflose Schwester, der man nichts abschlagen durfte. Und die am Ende immer alles bekam.

»Das fragst du noch?«, erwiderte Viktoria. »Alles hast du mir weggenommen. Ich hatte Ruben zuerst kennengelernt, aber du hast ihn eingewickelt mit deinem süßlichen Getue. Dann wolltet ihr auch noch unser Elternhaus für euch allein.«

»Das stimmt nicht. Es war genug Platz für uns alle da. Erst recht nach dem Tod unserer Eltern.«

»Ach ja?« Viktoria lachte bitter auf. »Wie sollte unser Zusammenleben aussehen? Ihr zwei als das glückliche, schon bald mit Kindern gesegnete Paar und ich als die verbitterte alte Tante, die gnädigerweise ab und zu aushelfen darf? Hast du dir das so vorgestellt?«

Charlottes Blick ging in die Ferne. »Ist es jetzt so, wie du es dir vorgestellt hattest? Du hast zumindest das Haus für dich allein.«

»Habe ich nicht. Weil du mir keine Ruhe lässt. Du gönnst mir einfach nichts, nicht einmal jetzt, wo du tot bist. Immer war das Beste für dich bestimmt.« Viktoria schaute nach unten und stellte eine Veränderung fest. Um sie her waren das Gras und die Blumen vollständig verdorrt. Drüben hinter dem Zaun auf der Seite ihrer Schwester grünte und blühte es dagegen in voller Pracht.

»Sogar jetzt ist es so«, sagte sie bitter. »Du stehst wieder auf der besseren Seite.«

»Warum kommst du dann nicht zu mir herüber?« Charlotte streckte die Hand aus. Viktoria zögerte einen Moment, bevor sie sich einen Ruck gab und über den Zaun kletterte.

»Soll das ein Scherz sein?« Kriminalhauptkommissar Till Hartmann schaute seine Kollegin entgeistert an. »Konntest du den Anrufer identifizieren? Für mich klingt das nach einem dummen Streich.«

Viola Schmelzer musste ihre ganze Beredsamkeit aufbieten. »Nach einem Scherz klang das für mich nicht«, sagte sie. »Eher nach dem verzweifelten Versuch, ein Verbrechen aufzuklären, das nicht als solches erkannt wurde. Du hast doch auch nie so recht an die Unfalltheorie geglaubt.«

»Schon, aber ist das ein Grund, sich auf eine nächtliche Schnitzeljagd schicken zu lassen?«

»Für mich schon. Du musst natürlich nicht mitkommen.« Viola schmunzelte, als sie ihn eilig nach seiner Jacke greifen sah. Natürlich würde er sich die Chance nicht entgehen lassen. Ungelöste Fälle waren Till ein Gräuel und er scheute keine Mühe, wenn es darum ging, die Wahrheit herauszufinden.

Es war eine finstere Neumondnacht. Sie begannen ihre Suche am Ufer des Bodensees und mussten in der Dunkelheit gut aufpassen, wo sie hintraten.

»Das hier ist die Stelle, an der die Sachen der jungen Frau gefunden wurden. Hier ist schon mal nichts«, stellte Viola Schmelzer fest. Die Oberfläche des Sees wirkte dunkel und bedrohlich, der Übergang vom Land ins Wasser war kaum erkennbar.

»Und was jetzt?«, fragte Till Hartmann.

»Ich schlage vor, wir gehen zur Villa und setzten unsere Suche von da aus in einem weiteren Umkreis fort.«

»Da hat uns jemand einen Bären aufgebunden«, murrte Till, folgte seiner Kollegin aber dennoch. Schließlich standen sie vor dem Tor des imposanten Anwesens.

»Siehst du das?«, fragte Viola atemlos. Sie zeigte zum Gewächshaus hinüber, das im Inneren von einem schwachen Licht erhellt wurde.

»Könnte eine Pflanzenleuchte sein«, mutmaßte Till, doch Viola schüttelte heftig den Kopf.

»Dafür ist das Licht zu schwach. Das ist eine Kerze.«

»Dann sollten wir nachschauen.« Till zog sich am Tor hoch. Viola wollte ihn zurückhalten.

»Wir können hier doch nicht einfach einbrechen.«

»Was sollen wir sonst machen? Einen Durchsuchungsbeschluss beantragen, weil ein anonymer Anrufer gesagt hat, wir sollen nach einer brennenden Kerze Ausschau halten? Da brauchen wir schon ein bisschen mehr.«

Viola konnte dem nicht widersprechen und folgte ihm schweigend über das Tor. Das Gewächshaus war nicht verschlossen. Beim Öffnen schlug ihnen ein modriger Geruch entgegen.

»Wie sieht es denn hier aus? Da hat jemand sämtliche Pflanzen eingehen lassen«, flüsterte Viola. »Richtig unheimlich wirkt das, von dem Geruch ganz zu schweigen.« Sie gingen durch eine surreale, tote Landschaft langsam auf die brennende Kerze zu, die in der Mitte auf dem Boden stand.

Im nächsten Augenblick geschah es. Es gab einen dumpfen Knall, Glas zerbarst direkt über ihren Köpfen und Till riss Viola gerade noch zur Seite, bevor ein Körper schwer durch das Dach krachte und ein Regen aus Glassplittern sich über ihre Köpfe ergoss.

Die Frau landete mit verrenkten Gliedern und dem Gesicht nach unten unmittelbar neben der Kerze, ihre Haare fingen sofort Feuer. Till fasste sich zuerst, er zog seine Jacke aus und erstickte damit die Flammen. Dann drehte er die Frau auf den Rücken. Ihre Züge waren verzerrt, die Augen weit geöffnet. Tief in ihrer Brust steckte eine lange, messerscharfe Glasscherbe.

Die Straße vor der Villa war mit Fahrzeugen fast völlig zugeparkt, Blaulichter flackerten. Zahlreiche Schaulustige hatten sich eingefunden und mussten von uniformierten Beamten zurückgehalten werden. Niemand achtete auf den jungen Mann und die ältere Frau, die ein Stück abseits halb verborgen in einem Hauseingang standen.

Der Mann war sehr bleich. Er schaute zu den beiden wartenden Leichenwagen, während huschende Gestalten in weißen Overalls in dem nun taghell erleuchteten Gewächshaus ihre Arbeit verrichteten. Das Wissen darüber, wessen sterbliche Überreste sie dort gefunden hatten, trieb ihm die Tränen in die Augen.

Der erste der beiden Leichenwagen setzte sich in Bewegung, die Menge wich zurück.

»Ich wollte nicht, dass es so endet«, sagte der junge Mann leise. »Viktoria muss die Polizisten bemerkt haben, als sie in das Gewächshaus gegangen sind. Daraufhin hat sie sich vom Balkon gestürzt. Magda, es tut mir entsetzlich leid, dich da mit reingezogen zu haben. Dich und deine Nichte, die mir einen Gefallen tun wollte, indem sie das Medium spielte.«

»Du musst dir keine Vorwürfe machen, Ruben.« Die Frau ergriff behutsam seine Hand. »Es war nicht an uns, den Ausgang zu bestimmen.

Niemanden trifft eine Schuld, niemanden außer Viktoria. Sie hat ihre Schwester umgebracht und heimlich im Gewächshaus verscharrt. Vielleicht war der Tod für sie der einzige Weg, jemals wieder Ruhe zu finden. Ruhe wünsche ich auch dir, jetzt, da Charlotte endlich ein richtiges Grab bekommen wird und du dort um sie trauern kannst.«

Sandy Mercier

Sandy Mercier, wurde 1986 in Berlin geboren, wo sie heute als freiberufliche Schriftstellerin arbeitet. Nach einigen Jahren in einer Kanzlei, gefolgt von der Arbeit in einer Menschenrechtsorganisation hat sie sich mit der Veröffentlichung ihres ersten KrimiThrillers »Die Todesküsserin« ihren lang gehegten Traum vom Schreiben verwirklicht.

PÜNKTCHEN

Kochend heißes Kaffeewasser kam ihrem Gesicht gefährlich nah.

Sie blickte zur schwarzen Brühe in der durchsichtigen Kanne. Er hielt sie in seiner Hand, machte kleine Schritte zu ihrem Bett. Sie roch den frisch aufgebrühten Kaffee und lauschte der Musik des Radios, das ins Schlafzimmer schallte. »Supergirl« von Reamonn erinnerte sie an seine Worte von letzter Nacht.

Er hatte neben ihr gelegen, ihr lange in die Augen geschaut und dabei sanft über ihren Kopf gestreichelt. »Du bist mein Supergirl«, hatte er sie genannt und dies mit einem Kuss besiegelt. »Du bist die schönste Frau auf der Welt und der stärkste Mensch, den ich kenne. Es ist mir eine Ehre, mit dir zusammen zu sein und dich zu zerstören.«

Claire versuchte, sich zu bewegen, doch sie konnte nicht. Sie starrte in seine eisblauen Augen und fror. Sie wollte schreien, sie wollte davonrennen, doch alles, was sie an diesem Morgen konnte, war, in diesem Bett zu liegen und zu beten.

Er setzte sich zu ihr auf die Bettkante, hielt Claire die Kanne unter die Nase und grinste. »Heute beginnt unser erster gemeinsamer Tag als Ehepaar.« Sven schüttete Kaffee in ihre bunte Pünktchen-Tasse und stellte beides auf ihren Nachttisch.

»Du musst aufstehen, bevor der Tag vorbei ist, mein Supergirl«, raunte er ihr ins Ohr und begann, daran zu knabbern.

Sie bekam eine Gänsehaut, kniff die Augen fest zusammen. Sie verstand die Welt nicht mehr. Hatte sie die letzte Nacht geträumt? War ihre Erinnerung daran wirklich real?

Seine Zunge umgarnte ihren Hals, sein Keuchen missbrauchte ihre Ohren. Sie empfand Ekel.

Sanft zog er die Bettdecke von ihr und betrachtete sie, während er ihr das Nachthemd auszog. Gierig starrte er auf ihre Brüste. Als wäre er ein ausgehungertes Raubtier, das jeden Moment über sie herfallen würde. Schon wieder. Ihr Blick war auf die Blutflecken gerichtet, die sich wie die Pünktchen auf ihrer Tasse auf ihrem weißen Nachthemd musterten.

»Ich liebe dich«, hörte sie ihn noch sagen, bevor er sich an ihr austobte. Sie tat dasselbe wie letzte Nacht. Sie floh in eine Welt, die nichts mit der wahren Realität ihres Lebens zu tun hatte. Sie floh zu einer Zeit zurück, in der sie ihn noch nicht gekannt hatte. Eine Zeit, zu der sie mit ihrer Schwester zusammengewohnt und studiert hatte. Ines und sie waren unschlagbar zusammen gewesen. Auf jeder Party waren sie das Dreamteam, das alle zum Lachen brachte, und die heißesten Mädels, mit denen jeder gern im Bett gelandet wäre. Sie ließen alle Männer abblitzen, hatten schließlich sich selbst, und wollten ihr Herz nie an einen anderen Menschen verlieren. Sie hatten ihr Herz schließlich schon einmal verloren, als ihre Eltern von ihnen gegangen waren.

Ihr Leben verlief nie nach einem festen Zeitplan und dennoch immer gemeinsam. Wenn Ines

Lust auf Zumba hatte, bekam Claire sie binnen Sekunden ebenfalls. Wenn Claire plötzlich entschied, ins Kino zu wollen, stand Ines bereits an der Tür und hatte Cola eingepackt. Was für schöne Zeiten, dachte sie, während ihr Kopf gegen die Bettkante stieß und sie zurück ins echte Leben holte.

Er klatschte ihr seine Handflächen ins Gesicht. »Mach die Augen auf«, keuchte er drohend.

Doch sie kniff sie weiterhin fest zu.

Erneut spürte sie seine Hände auf ihren Wangen, begleitet von einem lauten Klatschen. Vor Schreck zuckte sie zusammen. Er riss ihre Lider auseinander, spuckte ihr ins Gesicht. »Claire! Du solltest tun, was ich dir sage, sonst geht das anders aus als letzte Nacht!«

Sie musste sich fügen. Sie hatte keine Wahl.

»So ist es gut«, lobte Sven sie. »Braves Mädchen.«

Ihr Ehemann drehte sie auf den Bauch und drang erneut in sie ein, stieß hart zu und ignorierte ihr Schluchzen. Als er fertig mit ihr war, ließ er sie wie ein Stück Dreck liegen, stand auf und zog sich die Hose wieder hoch. Sie hörte die Gürtelschnalle, die sie letzte Nacht zu spüren bekommen hatte.

»Trink deinen Kaffee, sonst wird er kalt«, waren seine Abschiedsworte, bevor er das Schlafzimmer verließ und die Tür hinter sich schloss.

Sie lag immer noch auf dem Bauch, spürte das Sperma aus sich herauslaufen. Ihr feuchtes Gesicht vergrub sich tief in die Kissen, die nach ihm rochen. Bis zum gestrigen Tag hatte sie diesen Geruch geliebt. Sein Aftershave, das sie sofort in den rosa Himmel hob, wenn sie es schnupperte. Jede Nacht, die sie getrennt verbringen mussten, hatte sie etwas davon auf ihre Kissen geträufelt, um ihm näher zu sein. Jedes Mal, wenn er sie geliebt hatte, zögerte sie es hinaus zu duschen, um länger nach ihm zu riechen. Doch von nun an erinnerte sie der Duft an Blut, Verrat und Hass.

Hatte er deswegen so überstürzt heiraten wollen? Damit sie ihm gehörte?

Ihr Kennenlernen zog an ihr wie in einem Film vorbei. Sie suchte nach dem Punkt, an dem sie hätte hellhörig werden müssen. Sie wollte sich nicht eingestehen, dass es Hinweise gab. Sie wollte keine Schuld daran tragen, dass sie ein Monster geheiratet hatte.

***

»Claire!«, hörte sie ihren Namen rufen, doch die Stimme klang so weit weg. »Claire! Komm Schon!« Sie kam näher und wurde lauter. Ihr war diese Stimme sehr vertraut.

»Du kommst noch zu spät zu deiner eigenen Hochzeit. Los jetzt! Raus mit dir!«

Bei diesen Worten riss Claire die Augen weit auf und fuhr hoch. Verwirrt drehte sie den Kopf zu allen Seiten, versuchte herauszufinden, wo sie war. Sie brauchte einen Moment. Sie war in ihrer alten Wohnung mit Ines. Bei Ines. In ihrer gemeinsamen Wohnung. Ines war da. Sie war bei ihr. »Ist er hier?«

»Bist du verrückt? Das bringt Unglück. Er ist ja zu vielen Überraschungen auf Lager, aber das würde ja wohl zu weit gehen. Das würde nicht mal er riskieren.«

Claire blinzelte so heftig, als würde sie damit besser begreifen. »Ich bin noch nicht verheiratet?«

»Sag mal, hast du gestern zu viel getrunken?« Ines schüttelte ihre langen blonden Haare und starrte sie ungläubig an.

Als Claire sie vor dem Bett stehen sah, begriff sie, dass sie geträumt haben musste. Sie stand auf, umarmte ihre Schwester und weinte bitterliche Tränen. Ihr ganzer Körper war ein einziges Schluchzen.

Ines sagte keinen Ton, strich ihr über den Kopf. So wie Sven es letzte Nacht getan hatte. Ihr fiel es schwer, diese Berührung zu ertragen, doch sie wusste, dass hier Ines stand und sie in Sicherheit war. Sie roch die Mähne ihrer Schwester, das Apfelshampoo, das sie liebte, auch wenn sie keine Äpfel mochte.

Claires Beine wurden weich, ihre Kraft verließ sie, was Ines sofort bemerkte, weshalb sie Claire aufs Bett platzierte. Sie selbst hockte sich vor sie. »Schau mich an.«

Die Erinnerung an diesen Satz ließ ihr Schluchzen wieder verstärken. Sie nahm das Taschentuch, das ihr Ines hinhielt, doch sie konnte es lediglich vor ihr Gesicht halten. Zu kraftlos zum Schnauben saß sie da und sah Svens Augen, die sie zwangen, ihn anzuschauen, bevor er sie sich gewaltsam nahm.

»Claire! Bitte, du musst mit mir reden. Was ist denn los? Hast du Angst?«

Sie bekam kaum noch Luft zum Atmen, hyperventilierte.

»Warte. Ich hol' dein Asthma-Spray.«

Einen kurzen Moment später kam Ines zurück und hielt ihr ein Spray hin. »Du nimmst jetzt einen Zug!« Sie klang nun bestimmt, worauf Claire reagierte. Sie putzte sich die Nase und nahm einen Hub aus ihrem Spray.

»So und jetzt beugst du dich nach vorn, damit deine Atemwege frei werden.«

Auch diesmal hörte Claire auf die Anweisungen ihrer Schwester. Ihr Atem beruhigte sich und damit auch ihre Tränen. Ihre Gedanken ordneten sich, wurden plötzlich klar und sie ging jedes Detail der letzten Nacht noch einmal durch.

»Besser?«, fragte Ines, die weiterhin ihren Rücken streichelte.

Claire setzte sich in einem Schneidersitz auf das Bett und lehnte sich an die Wand. »Gib mir einen Moment.«

»Okay, ich mach' uns Kaffee und dann erzählst du mir, was los ist.«

Sie hatte nur geträumt.

Ines kam mit zwei Kaffeetassen zurück. Eine mit roten Pünktchen und eine mit blauen.

»Eigentlich hatte ich sie schon verpackt und mit Sven geklärt, dass du sie als Hochzeitsge-

schenk haben darfst. Auch wenn es meine sind.«
Ines grinste.

Claire hingegen fühlte, wie die Panik zurückkam, als sie die Tasse entdeckte und schüttelte sich, als Ines seinen Namen aussprach.

»Bekommst du etwa kalte Füße?«

»Ich habe geträumt«, begann Claire und sah die Veränderung in den Augen ihrer Schwester. »Ich darf Sven nicht heiraten!«

»War es ...?«

Claire nickte. »Ich glaube schon. Es war genauso real wie damals.«

»Was ist passiert?«

»Er ist ein sehr, sehr böser Mann! Er hat mir weh getan, hat mir verboten, dich wiederzusehen, dir zu schreiben. Ich wurde bestraft, weil ich in der Hochzeitsnacht mit allen getanzt habe. Auch mit anderen Männern.«

»Bestraft?«

Claire fasste sich zwischen die Beine, um zu überprüfen, ob es wirklich nur ein Traum gewesen war. Es tat weh, was vermutlich Einbildung war. Damals hatte sie den Schmerz auch den ganzen Tag lang gespürt, obwohl sie nur geträumt hatte. Damals, als sie nichts dagegen tun konnte.

»Ich kann ihn nicht heiraten.«

»Aber ... Bist du sicher, dass es nicht nur ein Traum war?« Ines band ihre Haare zusammen und zupfte an ihren Ohrläppchen. Sie lief dabei durchs Zimmer auf und ab.

»Es war genauso real wie damals. Ich hätte Mums und Dads Tod verhindern können. Ich hätte ihnen nur sagen müssen, dass sie nicht ausgehen dürfen an dem Tag.« Sie starrte auf die Kaffeetasse und erinnerte sich an ihren damaligen Traum.

Sie hatte den Raubüberfall ihrer Eltern gesehen. Jedes Detail hatte sich in ihr Hirn eingebrannt. Sie wollten alle gemeinsam zu dem Geburtstag ihrer Tante. Auf dem Heimweg wurden die Kinder bewusstlos geschlagen, die Eltern überfallen und, da sich Dad und Mum gewehrt hatten, wurden sie erstochen.

Claire lag auf dem Boden, Hand in Hand mit Ines, doch sie kam genau in dem Moment zurück, als das Messer in Mums Bauch gerammt wurde. Sie hatte alles mit ansehen müssen, konnte nichts tun, außer sich tot zu stellen und die Hand ihrer Schwester zu halten.

Als sie schreiend aufgewacht war, hatte ihr niemand geglaubt. Sie hatte sich geweigert, abends mitzugehen, weshalb Ines bei ihr bleiben musste und ebenfalls sauer gewesen war. Bis zu dem Zeitpunkt, als es an der Tür geklingelt, und die Polizei sie begrüßt hatte …

»Du hast mir damals schon nicht geglaubt. Und wie das geendet ist, wissen wir beide.« Claire wurde lauter, was ihrer Verzweiflung geschuldet war. »Ich weiß nicht, ob ich verrückt bin oder werde, aber ich weiß, dass das real war.«

»Dein Traum.«

»Ja, mein Traum.«

Nun setzte sich auch Ines aufs Bett, hielt jedoch Abstand von Claire, schaute sie nicht an.

»Ines. Ich habe seitdem oft Kleinigkeiten vorhergeträumt. Ich wusste, wann ich meine Tage bekomme, ich wusste, wann ich jemanden treffe, den ich lange nicht gesehen habe, ich habe davon geträumt, dass ich Sven kennenlerne, bevor wir ihn das erste Mal gemeinsam auf der Party getroffen haben. Ich habe es nicht erzählt, damit du mich nicht für verrückt hältst. Aber ich weiß genau, welche Träume wahr werden und welche nicht.«

Ines bekam keinen Ton heraus und malträtierte weiterhin ihre Ohrläppchen.

Vorsichtig näherte sich Claire ihrer Schwester, wie ein Jäger sich bei einem Reh anschlich. Sie nahm ihre Hände in die ihren. »Schwesterherz. Du musst mir vertrauen.«

Ein tiefer Blick in ihre Augen ließ Ines nicken. »Das Schlimme ist, dass ich das tue.«

»Ich weiß.« Claire drückte ihre Hände fest.

»Was willst du jetzt tun?«

»Dieser Mann hat Schreckliches mit mir vor. Ich darf ihn nicht heiraten. Wir müssen ihn aufhalten. Hilfst du mir?«

Ines nickte.

***

Claire stand vor dem Spiegel und betrachtete das Hochzeitskleid, das ihr perfekt stand. Ines hatte ihr die dunklen Haare hochgesteckt, die ebenso wie ihr Hals von weißen Perlen bedeckt waren.

»Du bist eine so wunderschöne Braut«, flüsterte Ines ihr ins Ohr. Sie nahm Claire in den Arm. »Bist du bereit?«

Claire nickte. »Hast du alles erledigt?«

»Es läuft alles nach Plan.«

Claire wusste, dass diese Nacht ihr Leben komplett verändern würde. Diese Hochzeit würde ihr Leben komplett auf den Kopf stellen. Doch sie tat das Richtige. Sie war sich sicher. Sie kontrollierte das Strumpfband, in dem ein Messer steckte und prüfte ein letztes Mal, ob das Mikro in ihren Perlen funktionierte.

»Und du bist sicher, dass wir das tun wollen?«

»Ich bin.«

»Okay, dann ab mit dir. Du musst mal kurz heiraten«, grinste Ines. »Dass ich dich echt mal in einem Hochzeitskleid sehen werde. Ich fasse es immer noch nicht.« Sie schüttelte den Kopf.

»Und ich war mir sicher, dass ich dich zuerst an einen Mann verlieren werde.«

»Durch diesen Mann werden wir noch enger verbunden sein.« Ines grinste. »Ist es egoistisch, wenn ich sage, dass ich froh darüber bin?«

»Ist es. Aber ich versteh' dich.«

»Es tut mir trotzdem leid, dass dir das passieren muss.«

Claire blinzelte eine Träne davon. »Wir sind einfach nicht geschaffen für Männer und Ehe. Wir sollten an unseren Pakt denken und immer zusammenbleiben. Getrennt funktionieren wir einfach nicht gut genug, so dass unsere Sinne leiden. Sieht man ja.«

»Das nennt sich wohl Liebe.«

»Komm!« Claire nahm ihre Hand. »Bringen wir es hinter uns.«

***

»Sie dürfen die Braut jetzt küssen«, hörte sie die Anweisung des Pastors. Stumm blickte sie in Svens Augen, die strahlten. Er sah so glücklich aus und stolz. Er hatte ihr versichert, dass sein größter Traum mit ihr in Erfüllung gegangen wäre. Sein Leben lang hatte er sich eine Frau wie sie gewünscht. Eine, die klug und talentiert war, aber auch gern ausging und wortgewandt war. Eine, die ihn gelegentlich mit leckerem Essen überraschte, und die nie genug von ihm und seinem Körper bekam. Hatte er ihr zumindest gesagt.

Sven nahm ihr Gesicht in die Hände und schaute ihr liebevoll in die Augen. Sie hätte schwören können, gleich würden Herzen aus seinen Pupillen schießen. »Ich liebe dich, mein Schatz. Du bist mein, ich bin dein. Für immer.« Nach diesen Worten küsste er sie, wie er es nie zuvor getan hatte. All seine Liebe und Leidenschaft lagen in diesem unglaublichen Kuss.

Claire wollte es nicht, doch in ihrem Bauch kribbelte es. Für einen kurzen Moment hatte sie die Realität vergessen. Sie hatte ihren nächtlichen Traum verdrängt und erlebte gerade das, was sie sich monatelang in ihren Tagträumen ausgemalt hatte. Sven und sie zusammen. Als Ehepaar. Ein Mann, der sie abgöttisch liebte und alles für sie tun würde. Er hob sie auf Händen. Das teilweise sogar wörtlich. Als sie sich den Fuß verstaucht hatte, trug er sie durch die Wohnung.

Hand in Hand liefen sie aus der Kirche und wurden mit Reis und Rosenblüten beworfen. Sie genoss es, ließ einen Moment die heile Welt zu, die sie sich so sehr wünschte. Das war ihr Augenblick, der nur so an ihr vorbeizog. Sie sprachen gemeinsam mit ihren Gästen, ließen Fotos machen, schnitten die Torte an und aßen. Wobei sie nicht so viel herunterbekam, weil die Nervosität stärker war, als sie sich selbst eingestand. Ihm schien es genau so zu gehen.

»Darf ich deine Braut zum Tanz auffordern?« Ihr Arbeitskollege stand vor Sven.

Claires Alarmsirenen gingen sofort los. Sie beobachtete seine Reaktion genau. Und tatsächlich. Er lächelte, aber nur mit dem Mund. Seine Augen hielten dem Lächeln nicht stand, als er freundlich zustimmte.

»Na dann los, Claire.« Er nahm ihre Hand, doch sie stieß sie weg.

»Tut mir leid, Tim. Doch mit meiner Hochzeit habe ich ein Gelübde abgelegt. Ich werde nie wieder mit einem anderen Mann tanzen, außer mit meinem eigenen Ehemann.« Sie grinste Sven verliebt an und sah, wie er sich zu entspannen schien. Seine Schultern sackten ein paar Millimeter nach unten.

Tim sah sie verdutzt an. War sich nicht sicher, ob sie scherzte. Ihr war das Ganze peinlich, doch sie musste sich an ihren Plan halten. Sie durfte ihm keinen Grund geben, eine schlechte Ehefrau zu sein. Er sollte sie nicht bestrafen wollen. Sie musste perfekt für ihn sein.

Nach und nach kamen verschiedene Gäste und forderten sie zum Tanz auf, doch sie lehnte jedes Mal ab, kuschelte sich verliebt an Sven und wich ihm keinen Millimeter von der Seite. Selbst guten Freundinnen gab sie einen Korb, bis Ines sich zu ihnen setzte.

»Claire, willst du jetzt wirklich für den Rest deines Lebens mit niemandem mehr tanzen?«

Claire nickte freudestrahlend.

»Und darf dein Mann jetzt auch nicht mehr?«

»Natürlich. Er darf alles tun, was ihn glücklich macht.«

»Super, denn ich muss ihn mal kurz entführen und was mit ihm besprechen.« Ines nahm seine Hand und schob ihn sanft zur Tanzfläche. Sven war sichtlich verwirrt, doch Claire nickte ihm ermutigend zu. Sie beobachtete die beiden. Ines flüsterte ihm ständig ins Ohr, lachte laut und anmutig. Claire schoss ein paar Fotos. Sie wollte die Erinnerung an ihre zwei liebsten Menschen schließlich nicht verlieren.

***

Sie verbrachten einen wunderschönen Abend zusammen, bis Sven langsam hungrig auf sie wurde. Claire knabberte immer wieder an seinem Ohr und flüsterte ihm zu, was er mit ihr anstellen sollte, wenn sie ihre Hochzeitsnacht verbringen würden. Sie saß auf seinem Schoss und konnte spüren, wie sehr er sie wollte. Die Musik war laut, doch sie nahm sie kaum wahr. Claire hörte das Gelächter ihrer Freunde, die nun nicht mehr nach einem Tanz fragten, sondern allein Spaß hatten und von Stunde zu Stunde lauter und ausgelassener wurden. Doch sie hatte nur Augen für Sven Liewert, ihren Ehemann.

»Lass uns losgehen«, raunte sie und dabei kribbelte es in ihrem Bauch. Sie sog sein Aftershave mit der Nase ein und genoss den Geruch.

»Gib mir einen Moment. Der kleine Mann muss sich erst beruhigen. Sonst sieht jeder Gast gleich, wie sehr ich dich begehre.«

»Auch nicht schlecht.« Claire grinste. »Na, dann pack ich mal unser Zeug zusammen und rufe das Taxi. Ich kann es kaum erwarten. Unsere erste gemeinsame Nacht als Ehepaar in deiner, nein, in unserer Wohnung.« Sie war im Begriff zu gehen.

»Schatz!«

Sie drehte sich zu Sven um. »Ja?«

»Claire Liewert. Ich liebe dich. Vergiss das nicht.« Er sah sie an, als wäre sie der Hauptgewinn. Sie war versucht, zu glauben, dass er noch nie jemanden so sehr geliebt hatte wie sie. Es war ein schönes Gefühl, doch ... es bedrückte sie. Sie hatte geträumt, dass er ihr Böses antun würde. Sie war sich sicher, dass dieser Traum real werden würde. Doch was ... wenn sie sich irrte?

Nein, entschied sie. Sie wollte sich irren und ließ sich davon täuschen. Nein. Ich kann meinen

Träumen vertrauen. Die sind real im Gegensatz zu dem hier.

»Ich dich auch«, gab sie zurück und warf ihm eine Kusshand zu.

***

»Es kann losgehen«, informierte Claire ihre Schwester, die bereits in einem kleinen Nebenzimmer des Schlosses saß und wartete. Noch vor wenigen Stunden hatten sie sich hier hübsch gemacht für ihren großen Tag. Der Ankleide-Spiegel war mittlerweile weggebracht worden. Es befanden sich nur noch ein Ledersofa und ein Tisch mit zwei Stühlen in dem Raum, in dem Ines bereits alles zusammengepackt hatte.

»Hey. Ganz ruhig. Atme erstmal tief durch.«

Ines kannte sie gut genug, um zu wissen, dass sie nervös war und sich ihr Asthma dadurch verschlechterte.

Claire fischte das Spray aus ihrer Handtasche und nahm einen kräftigen Hub davon. Das Atmen fiel ihr sofort ein wenig leichter.

»Sieh' mich an«, forderte Ines sie auf.

Claire setzte sich aufs Sofa zu ihrer Schwester und blickte in deren smaragdgrünen Augen.

»Auch wenn du dir den Tag anders vorgestellt hast, ich habe ein Geschenk für dich. Vielleicht auch nur, weil ich weiß, dass es nichts Langfristiges ist, aber ich wollte es dir trotzdem geben.«

Sie nahm eine Schachtel von Ines entgegen und packte sie aus. Als erstes befand sich ein Brief darin.

»Ich habe ihn geschrieben, als ich vierzehn war. Ich wollte ihn dir geben, solltest du jemals einen Mann finden, der dich zur Frau nimmt. Dort ist ein Versprechen an dich enthalten.«

Claire entfaltete den Brief und begann zu lesen.

Geliebte Schwester,

wir haben viel durchgemacht. Wir haben nur uns. Und wir lieben uns. Ich habe große Angst, dass du eines Tages heiraten wirst und mich allein lässt. Deshalb muss ich dir jetzt etwas gestehen. Als Tommy Horte sich vor einem Jahr nicht mehr bei dir gemeldet hat, da war ich daran schuld. Ich habe ihm Dummheiten erzählt, weil ich Angst hatte.

Du warst so verliebt in ihn und plötzlich hattest du keine Zeit mehr für mich. Ich hatte solche Sorgen, dass du mit ihm wegziehst, als ich hörte, dass er eine Lehre in Mainz anfangen wollte. Ich hätte es nicht ertragen ohne dich, also habe ich Mist gebaut. Zu sehen, wie traurig du danach warst, hat mir das Herz gebrochen. Wirklich, ich habe aus Liebe gehandelt.

Als ich nun das erste Mal verliebt war, habe ich begriffen, was ich dir angetan habe. Es tut mir wahnsinnig leid, große Schwester. Ich werde so lange mit dieser Lüge leben, bis du eines Tages einen Mann gefunden hast, der dich liebt und den du liebst, und wenn ihr geheiratet habt, wirst du wissen, dass ich aus meinen Fehlern gelernt habe. Bitte verzeih mir. Bitte bleib bei mir.

Ich liebe dich, du warst meine Mutter, mein Vater, meine beste Freundin und natürlich meine Schwester. Ich habe alles für dich getan, wenn du das liest, denn das ist mein heutiges Versprechen. Ich werde dir immer glauben und zur Seite stehen und dich nie wieder enttäuschen.

Ich bin stolz auf dich, denn du bist einfach die beste Frau, die ein Mann sich wünschen kann.

Tränen tropften auf das Stück Papier, das Claire mit zittrigen Händen hielt. Sie beobachtete, wie die Tinte verschwamm.

Es war so still in dem Raum, dass man das Platschen auf die Buchstaben hören konnte. Zwar dröhnte aus dem Hintergrund die Musik und das Grölen der Partyleute, dennoch war eine Stille zwischen Claire und Ines entstanden, die unangenehm nach Worten verlangte.

Claire atmete ein paar tiefe Atemzüge und straffte die Schultern. Erst dann traute sie sich, ihrer Schwester in die Augen zu schauen. »Ist okay. Ich verstehe das.«

Mit diesen Worten war das Thema für sie beendet und sie nahm sich erneut die Schachtel vor. Außer dem Brief befand sich ein Geschenk darin, das sie nun sorgfältig auspackte.

»Danke«, flüsterte Ines, doch Claire ging nicht weiter darauf ein.

Als sie das Papier entfernte, sprangen ihr Pünktchen entgegen, die ihr ein fettes Grinsen ins Gesicht zauberten. »Die Tassen«, stellte sie fest, riss das restliche Papier ab und warf es neben sich aufs Sofa.

»Ich weiß doch, wieviel sie dir bedeuten.«

»Aber dir doch auch.«

»Du hast sie mir eh ständig geklaut und es wird mir fehlen.«

»Aber warum schenkst du mir beide?«, fragte Claire weiter nach.

»Weil du doch eh zu mir zurückkommst, und dann kann ich jetzt auch genauso gut großzügig tun. Würdest du bei ihm bleiben wollen, hättest du nur eine Tasse bekommen.«

»Ganz schön frech, Schwesterherz.«

Sie lachten und fielen sich in die Arme.

»Ich heul schon wieder, man. Mein Makeup. Wir müssen damit jetzt aufhören«, beschloss Claire und erhob sich.

»Bist du bereit?«

»Kann man je für sowas bereit sein?«

Ines gab ihr keine Antwort.

»Ich will es einfach nur hinter mich bringen.« Ihre Augen füllten sich erneut mit Tränen.

»Okay, dann los. Lass uns fahren. Ich warte im Auto. Bis gleich.«

***

»Komm, Babe. Wir können.« Claire küsste Sven und drückte ihm die Tasche in die Hand.

»Ist das Taxi schon da?«

»Kann man so sagen.« Sie grinste und gab ihm einen Kuss.

Er nahm ihre Hand und stand auf.

»Müssen wir uns jetzt echt von allen verabschieden?«, fragte sie nörgelnd, als wäre sie zwölf.

»Ich fürchte schon. Warte, ich hab' eine Idee.« Er zog sie an der Hand mit zur Bühne und schnappte sich das Mikrofon.

»Geliebte Freunde und Familie«, setzte er an, und Claire hörte, dass er ein wenig lallte. Der Alkohol war nicht spurlos an ihm vorbeigegangen.

»Wir bedanken uns von ganzem Herzen dafür, dass ihr heute alle gekommen seid und mich so liebevoll aufgenommen habt, auch wenn viele von euch mich bis heute noch nicht mal kannten. Es ging schließlich alles sehr schnell, aber mal ehrlich. Wenn man mit 38 Jahren die Frau seiner Träume kennenlernt, dann muss man eben schnell sein.« Er machte eine Pause und blickte ihr verliebt in die Augen. »Ich würde gern noch mit euch feiern, doch uns steht eine gemeinsame Zukunft in meiner und nun unserer Wohnung bevor. Und ich kann es kaum erwarten, dass unser gemeinsames Leben nun endlich beginnt, deshalb entschuldigt bitte, dass wir nun gehen werden.«

»Du willst doch nur deine Hochzeitsnacht antreten«, rief ein Kollege von Claire, der damit alle zum Lachen brachte.

»Das, mein Lieber, kann ich nicht abstreiten, denn seht sie euch doch bitte an. Sie ist nicht nur die beste und klügste Frau der Welt, sie ist auch noch die schärfste. Entschuldige bitte, Oma Ingrid.«

Claires Oma war zwar nicht mehr da, aber der Witz kam dennoch gut an. Damit beendete er seine Rede, legte das Mikro weg und hob Claire in die Luft, sodass ihr ein erschrockenes Kreischen entwich. Sven trug sie aus dem Schloss, während die Gäste zuschauten, jubelten, klatschten und sie mit Glückwünschen segneten.

»Wo steht denn das Taxi«, wunderte er sich, als sie vor dem Schloss standen. Es war eine warme Sommernacht, wie es sich für eine Hochzeit gehörte. Es roch nach frischem Gras und Sommer. Am Himmel befanden sich Sternschnuppen. Claire fragte sich, ob es zu spät war, sich etwas zu wünschen.

»Ines fährt uns. Das ist ihr persönliches Hochzeitsgeschenk. So müssen wir nicht ewig warten, bis ein Taxi den Weg hierher findet und wir sparen Kohle.«

Er wollte protestieren, doch sie sprang von seinen Armen und riss die Tür des Autos auf. Ines kam heraus und öffnete den Kofferraum. »Zu Ihren Diensten, mein Herr. Bitte geben Sie mir doch die Tasche.«

Sven war zu verwirrt, um zu reagieren, und ließ es zu, dass Ines seine Tasche in den Kofferraum legte.

»Na los, mein Lieber. Komm zu mir. Wir sind verheiratet, du darfst mich nicht so lang hier allein im Auto sitzen lassen«, rief Claire ihm zu.

Er kletterte ins Auto und sie schmiegte sich an ihn. Claire küsste seinen Hals. Ihr Herz schlug so heftig, als würde ein Drummer in ihrem Körper hausen und darauf einschlagen. »Diese Nacht werden wir sicher nie vergessen.«

»Versprochen?«

»Versprochen!«

***

»Du musst mich da wirklich nicht hochtragen.« Claire lachte und grinste Sven an, der aus dem Auto gestiegen war und sie sofort hochgehoben hatte.

»Du glaubst doch nicht, dass ich mir das nehmen lasse. Davon habe ich immer geträumt.«

»Ich dachte, davon träumen nur Frauen.« Claire strahlte übers ganze Gesicht. Genauso, wie sie es immer tat, wenn sie von ihm überrascht wurde. Wie jedes Mal, wenn er sie mit Blumen begrüßt oder sie ausgeführt hatte, ohne ihr zu sagen, wohin es ging.

»Soll ich wenigstens die Tasche tragen?«, mischte sich Ines ein, die ebenfalls aus dem Auto gestiegen war.

»Nein. Meine Frau. Meine Aufgabe. Was wäre ich für ein Mann, wenn ich sie nicht über die Türschwelle tragen würde. Und dabei nicht mal ihr Hab und Gut mitbringen würde. Nee, nee.« Er setzte an und schwankte zur Haustür.

»Dann musst du die Tasche aber auch nehmen.« Ines lachte und holte das Gepäck aus dem

Kofferraum. Er war schon zur Haustür getorkelt, sodass sie dem lachenden Ehepaar hinterherlief. »Hier, Meister. Mach deine Frau glücklich und wenn nicht, dann bekommst du großen Ärger mit mir!« Sie hielt ihm die Tasche hin und starrte ihm einen Tick zu lange in die Augen.

Claire unterbrach das Ganze und schnappte sich die Tasche. Sie fischte seinen Haustürschlüssel heraus und verabschiedete sich mit einem Luftkuss von Ines.

»Was stimmt denn mit der nicht? Ist sie eifersüchtig?«, fragte Sven.

»Was meinst du?«

»Hast du gesehen, wie sie mich angeguckt hat? Als wollte sie mich töten. Ich schwöre, wenn ich dich jemals unglücklich machen sollte, habe ich schon genug Ärger mit mir selbst. Da brauche ich sie nicht.«

»Ach, Quark. Das war doch nur Spaß. Die Leute sagen solche Dinge nun mal. Nimm das nicht zu ernst und jetzt mach deine Frau endlich glücklich.« Sie küsste ihn leidenschaftlich und er stolperte umständlich die Treppe hinauf, wodurch sie nur mäßig vorankamen. Sie hatte das letzte Nacht alles schon einmal erlebt. Nur mit kleinen Änderungen. Ines hatte sie gefahren und hatte denselben Spruch gesagt, doch war der Blick genauso ernst gewesen?

Gleich würden sie die Wohnung betreten und Claire war nervös. Ihr Körper sehnte sich nach ihm. Er war so süß. Konnte er wirklich so böse werden, wie sie es geträumt hatte?

»Claire Liewert, wir betreten jetzt unser gemeinsames Zuhause.«

Sie schloss auf und er trug sie über die Schwelle. Ihr Herz raste. In ihrem Traum hat es nur wenige Minuten gedauert, bis er eklig wurde. Sie war ihm um den Hals gefallen, doch er war plötzlich abweisend geworden. Sie hatte eine Distanz gespürt, nachdem die Tür ins Schloss gefallen war und sich dann kurz entschuldigt, um sich frisch zu machen. Auch jetzt drückte ihre Blase.

Er verschloss die Tür und ließ Claire hinunter. »Herzlich Willkommen. Ich hoffe, Sie werden sich wohl fühlen, Frau Liewert.«

Ihr wurde ganz anders. Ihre Beine waren weich wie Wackelpudding, was nur an der Anspannung liegen konnte. Bevor er sich von ihr distanzieren konnte, entschuldigte sie sich schon und hüpfte ins Bad.

Claire stand vor dem Spiegel und betrachtete ihr wunderschönes Kleid, das nicht zu ihren verängstigten Augen passte. Nachdem sie aus dem Badezimmer gekommen war, hatte er sie gefragt, ob sie nicht zu viel getrunken hätte. Sie hatte nur gelacht.

Heute hatte sie extra nur ein Glas Sekt zum Anstoßen getrunken, damit dieses Thema nicht aufkommen konnte. Konnte sie ihre eigene Zukunft damit verändern? Doch, wenn diese Nacht nichts passieren würde, weil sie vielleicht alles richtig gemacht hätte, hieße das nicht, dass er nicht morgen trotzdem zum Monster werden könnte? Sie konnte schließlich nicht ein Leben lang so handeln, dass sie ihn nie verärgerte, um ihren Traummann zu behalten.

»Alles gut, Schatz?« Sven klopfte an die Tür.

»Ja, einen Moment noch, Babe. Ich bin gleich bei dir.« Claire ließ eiskaltes Wasser über ihre Hände laufen und spritzte sich alles ins Gesicht. Sie entfernte ihr Makeup, um wieder normal auszusehen und nicht mehr so verschmiert, als hätte sie fünf Tage lang kein Wasser gesehen. Dann schaute sie ein letztes Mal in ihr trauriges Gesicht, straffte die Schultern und flüsterte: »Ich bin bereit für alles, was kommt ...«

Als sie die Tür öffnete, stand er da und betrachtete sie ruhig. »Du bist so wunderschön.«

Sie brachte keinen Ton über die Lippen. Wird er ihr sagen, dass sie zu viel getrunken hatte oder war das eine Glas Sekt okay? Wird er etwas anderes finden, das sie an diesem Abend falsch gemacht hatte?

Er kam einen Schritt auf sie zu, Claire blieb regungslos in der Badezimmertür stehen und wartete ab, was passierte. Ihr Taschenmesser war nach wie vor in dem Strumpfband versteckt, bereit, eingesetzt zu werden, sollte es nötig werden.

Er nahm ihr Gesicht in seine Hände. »Ich liebe dich!«

Sie lächelte, ließ es geschehen, dass er sie an sich zog und sie küsste. Ein Feuer entflammte in ihr. Sie war sich nicht mehr sicher. Hatte sie wirklich die Wahrheit geträumt? Sie wollte sich nicht ihren Gefühlen hingeben, doch sie liebte ihn so tief, wie noch nie jemand anderen zuvor. Sie gehörten zusammen, da war sie sicher gewesen, bis sie den Traum gehabt hatte.

Zur Not würde Ines sie retten. Claire beschloss, sich fallen zu lassen, und ließ sich auf ihn ein. Er hob sie hoch und ging mit ihr ins Schlafzimmer. Dort lagen Rosenblätter auf dem Bett und er hatte bereits Kerzen angezündet. Sie lag auf dem Rücken und wollte sich ausziehen.

»Nicht Schatz. Lass das an.«

»Ich lege nur das Strumpfband ab. Es ist so eng.« Mit diesen Worten packte sie das Band samt Messer in den Nachtschrank, sodass er nicht sehen konnte, was sich darin befunden hatte.

Sie lächelte ihn an und ließ zu, dass er ihr Kleid hochhob, um sich darunter zu vergraben und mit der Zunge befriedigte, bis sie schrie.

Ihr Schrei war noch gar nicht ganz verstummt, da lag er auf ihr und drang in sie ein. »Schau mich an, Babe.«

Sie öffnete die Augen. Ein ungutes Gefühl kämpfte sich in ihr Bewusstsein.

»Jetzt gehörst du mir«, sagte er stolz.

Claires erhitzte Wangen wurden noch heißer. Hatte ihre eigene Schwester sie gerade beim Sex gehört? Was, wenn er jetzt doch sein wahres Gesicht zeigte und sie nicht mehr da war, weil sie dachte, dass die Luft rein wäre.

Er hatte wieder diesen Ausdruck in den Augen. Das Messer lag im Nachtschrank. Sie könnte sich diesmal wehren.

Einen langen Moment schaute er in ihre Augen und streichelte ihr über den Kopf. »Du bist mein

Supergirl.« Ein Kuss traf ihre Stirn, ihre Wangen, ihren Mund.

Sie riss entsetzt ihre Augen auf. Es ging wieder los. Ihr Traum wurde wahr.

»Du bist die schönste Frau auf der Welt und der stärkste Mensch, den ich kenne. Es ist mir eine Ehre, mit dir zusammen zu sein und...«

»Feuer! Feuer! Feuer!«, rief Claire so laut sie konnte. Ihre Stimmbänder schmerzten, dennoch hörte sie nicht auf, zu rufen.

»Schatz. Was hast du?« Er sah sie entsetzt an. »Hast du eine Panikattacke?«

In dem Moment kam Ines rein und überraschte Sven. Claire nutzte die Schrecksekunde, um das Messer aus dem Nachtschrank zu fischen.

»Was ist denn hier los?« Sven war sichtlich verwirrt, schaute entsetzt zu Ines und Claire, die beide Messer in der Hand hielten.

»Du mieser Verräter«, schrie Claire ihn heulend an. »Wieso tust du mir das an?«

»Wa ... Was?«, stotterte Sven, der inzwischen aufgesprungen und rückwärts zum Fenster gegangen war, um weit weg von Ines und Claire zu sein. »Ich versteh' echt nicht, was hier abgeht.«

»Claire, nimm die Handschellen«, befahl Ines und kam ihr näher.

Als Claire ihr diese entnehmen wollte, machte Ines mit drei kurzen Bewegungen die Hände ihrer Schwester fest.

»Ines? Was machst du?«

»Setz dich!«

»Was? Bist du bescheuert?« Ihr Gesicht wurde kreidebleich. Nun verstand auch sie die Welt nicht mehr.

»Setz dich aufs Bett. Na los!«

Ihre Schwester tat, wie ihr befohlen wurde und setzte sich. Claires Messer hatte Ines ihr ebenfalls abgenommen, sodass sie nichts mehr zur Verteidigung hatte.

»Ines? Was ist hier los?« Sie schaute immer wieder hin und her zwischen Sven und Ines, doch der schien genauso verwirrt zu sein.

»Ich lass doch nicht zu, dass du meinen Schatz umbringst. Erst schnappst du ihn mir vor meiner Nase weg und dann willst du ihn auch noch umbringen, weil du schlecht geträumt hast? Ich glaub ich spinne.«

»Was wolltest du?«, entfuhr es Sven.

Claire brachte kein Wort mehr hervor.

»Sie wollte dich töten.«

Er schüttelte mit dem Kopf.

»Was meinst du, warum sie plötzlich ein Messer in der Hand hielt, und warum ich hier bin? Sie hat mir einen Schlüssel gegeben, und ich sollte euch belauschen, damit ich ihr dabei helfe.«

Er ging noch einen Schritt näher ans Fenster hinter sich.

»Keine Sorge. Das lasse ich nicht zu. Erst muss ich zuhören, wie sie sich von dir ficken lässt, und dann soll ich mit ansehen, wie sie dich umbringt? Das geht zu weit. Du weißt genau, dass ich ihn liebe und zwingst mich, in deiner Hochzeitsnacht dabei zu sein, um mich zu quälen. Das ist doch alles deine Rache für damals mit Tommy Horte.«

»Was? Nein!« Claire wollte aufstehen, doch Ines kam mit dem Messer drohend auf sie zu.

»Beweg dich nicht, du Schlampe. Du hast mir versprochen, kein Mann kommt mehr zwischen uns und dann taucht er auf und alles ist wieder vergessen. Alles. Ich. Ich bin vergessen. Und als wäre das nicht schon schlimm genug, ist dieser Mann auch noch ein Goldstück. Du hast ihn nicht verdient. Ich habe ihn zuerst kennengelernt auf der Party. Und kaum kommst du zu unserem Gespräch dazu, bin ich wieder vergessen. Es ist doch immer dasselbe. Wie er mich angesehen hatte, bevor du kamst. Ich weiß, ich wäre seine Traumfrau geworden.«

»Aber der Traum ...«, begann Claire.

»Der Traum. Genau. Und dann träumst du schlecht und willst deinen Traummann umbringen. Ich glaub du spinnst völlig.«

»Aber du hast gesagt, du glaubst mir. Es war doch genauso wie damals.«

»Unsere Eltern sind tot. Hast du das immer noch nicht begriffen? Es hatte nichts mit deinem scheiß Traum zu tun. Da waren ein paar Idioten, die haben sie überfallen und ermordet. Ganz einfach. Dein angeblicher Traum hat uns auch nicht weitergebracht. Sie sind ja trotzdem tot.«

»Wir leben noch, durch diesen Traum. Sonst wären wir mitgegangen und uns wäre ebenfalls Schlimmes passiert.«

»Das wäre mir lieber gewesen, als ohne sie zu leben. Außerdem ist das alles Bullshit. Wir haben am Abend zuvor einen Film gesehen, bei dem eine Familie überfallen wurde. Du hast das einfach nur nicht verkraftet und im Traum verarbeitet. Das war Zufall.«

»Aber all die anderen Träume ...«

»Von denen du mir spontan vor deiner Hochzeitsnacht berichtest. Was für ein Zufall. Ganz ehrlich. Du brauchst doch eine Therapie.«

»Naja, du stehst mit einem Messer vor deiner eigenen Schwester. Ich weiß ja nicht, wer hier eine Therapie braucht.« Wut durchdrang Claires Körper. So langsam begriff sie, was hier gerade passierte. Schlagartig verging die Hilflosigkeit.

»Ach, deshalb sollte ich ihn trotzdem heiraten, anstatt einfach zu verschwinden? Damit du als Retterin vor ihm dastehst und er dann dich nimmt, oder wie hast du dir diese Nacht vorgestellt?«

Ines sah aus wie ein Stier, dem ein rotes Tuch vor die Nase gehalten wurde.

»Könnt ihr mich da vielleicht raushalten?« Sven mischte sich mit ins Gespräch ein.

»Gib zu, dass du dich in mich verliebt hättest, wäre Claire nicht aufgetaucht.«

»Was soll dir diese Frage bringen? Als würde man Liebe planen können.«

»Antworte!«, schrie Ines ihn an.

»Ich fand dich interessant, aber in Claire habe ich mich sofort verliebt. Es war Liebe auf den ersten Blick.« Verliebt schaute er zu Claire, die zu Tränen gerührt war.

Sie wusste einfach nicht mehr, wem sie glauben konnte.

»Ich hasse dich!«, brüllte Ines und hob den Arm, um auszuholen und Claire mit dem Messer anzugreifen, doch Sven sprang einen Satz nach vorn und hielt ihren Arm auf.

»Lass los! Sie muss dafür büßen!«

»Würde sie nicht viel mehr dafür büßen, wenn du und ich nun ein gemeinsames Leben anfangen würden?«

»Was?«, riefen Claire und Ines beide gleichermaßen entsetzt hervor.

»Na, du hast mir doch die Augen geöffnet. Meine eigene Frau wollte mich töten. Ich habe mich in ihr getäuscht und du hast mich gerade gerettet. Ich verdanke dir mein Leben.«

»Aber liebst du sie nicht?«

»Wie kann ich noch jemanden lieben, der mir das Leben nehmen will?« Verächtlich schaute er zu Claire, hielt dabei nach wie vor Ines' Arm festumklammert. »Außerdem vergeudest du dein Leben im Knast, wenn du sie jetzt wirklich angreifst, und dann können wir es nicht mehr gemeinsam verbringen.«

»Und du willst dein Leben wirklich mit mir verbringen?«

Seine Hand ließ ihren Arm locker, streichelte ihn zärtlich und kämpfte sich zu ihren Schultern hoch. Er blickte ihr in die Augen und lächelte sie an. »Du bist meine Lebensretterin. Na klar will ich das. Du bist immer so stark gewesen und so wunderhübsch. Weißt du eigentlich, was für eine tolle Frau du bist?«

Claire rückte ein bisschen weiter von ihnen weg und zwang sich, nicht zu kotzen. Sich das anzuhören, war fast schlimmer als ihr ursprünglicher Traum. Sie wollte nicht zu ihrer Schwester schauen, doch ihr Blick konnte sich nicht von ihnen abwenden. Sie war starr vor Schock. Claire wusste, dass sie jetzt jede Bewegung genau beobachten musste. Darauf achten, wo die Messer waren und wo Ines die Schlüssel für die Handschellen hatte. Doch vor ihren Augen tauchte immer wieder der entsetzte Blick von Sven auf, als er erfuhr, was Claire vorgehabt hatte.

Wieso redete er jetzt so einen Schwachsinn? War das seine Rache, oder wollte er sich einfach nur retten? Oder sie beide?

Verdammt, hatte sie sich alles nur eingebildet und gerade ihren Traummann verloren, oder musste das sein, damit sie entdeckte, was ihre Schwester für eine Macke hatte? Ines war verliebt in Sven? Echt jetzt?

Das konnte unmöglich sein. Das wäre ihr doch aufgefallen. Das mit Tommy Horte hatte sie damals doch auch mitbekommen, sie hatte es ihrer Schwester nur nie gesagt. Wieso beichtete sie das jetzt, wenn sie ihr dann so in den Rücken fiel? Ines wollte sie, ihre eigene Schwester, töten wegen eines Mannes? Und das obwohl sie eigentlich immer zu zweit bleiben wollten. Okay, Claire hatte sich daran nicht gehalten und sich wieder verliebt, aber sollte das die Rache sein? Konnte Ines es immer noch nicht ertragen, dass Claire ein Leben mit einem Mann führen und ausziehen wollte?

Wozu dann der Brief? Wollte Ines sie ablenken? Erst der Brief, dann die Tassen... Die Tassen! Sie brauchte etwas, um sich zu wehren, und die Tassen standen direkt im Flur. Sie musste irgendwie zu den Tassen kommen. Vielleicht konnte sie ihre Schwester damit auch zur Vernunft bringen. Vielleicht war sie nur durchgedreht und brauchte Tabletten oder sowas. Nachdem ihre Eltern getötet wurden, hatte sich Ines jahrelang in Therapie befunden und Medikamente nehmen müssen. Hatte sie vielleicht einen Rückfall?

Mittlerweile war Svens Gesicht entsetzlich nah an dem von Ines und ihre Münder waren kurz vorm Berühren. Claires Herz raste. Wenn sie jetzt im richtigen Moment zugriff, könnte sie sich das Messer schnappen. Sollen die beiden doch knutschen und sich an ihren Zungen verschlucken. Wut und Enttäuschung wechselten sich binnen Sekunden in Claires Gedanken ab. Und dann, trafen die Lippen ihres Mannes die ihrer Schwester in ihrer Hochzeitsnacht, und sie schrie. Sie schrie und schrie. Kein Wort, keinen Namen, sondern einfach nur einen Ton, der Gläser hätte zerspringen lassen können. Vielleicht würden ihre Tassen daran zerbrechen, so wie sie es in dem Moment tat.

Sie hatte keine Lust, sich irgendwelche Fluchtmöglichkeiten auszudenken, sie hatte keine Lust, sich zu wehren. Sie hatte in dieser Nacht die einzigen beiden Menschen verloren, die ihr etwas bedeutet hatten. Sie wurde verraten und betrogen und das nun sogar vor ihren eigenen Augen.

Ines klatschte ihr ins Gesicht, wahrscheinlich, um sie zu beruhigen. Doch Claire konnte nicht aufhören zu schreien. Sven rannte derweil aus dem Schlafzimmer und ließ die beiden allein. Sie hörten nur noch eine Tür knallen und blickten sich an. Er war weg. Was würde er jetzt tun? Die Polizei holen? Sich vor zwei verrückten Schwestern retten? Wiederkommen und sich rächen?

»Jetzt hast du ihn mir wieder vergrault«, schluchzend sackte Ines auf dem weißen Teppichboden zusammen und umarmte sich. Sie wiegte sich immer wieder vor und zurück, summte ein Kinderlied, das ihre Eltern ihnen früher vorgesungen hatten.

Claire war überfordert. Es ging alles so schnell. Sie wollte ihre Schwester trösten, so wie sie es immer getan hatte, doch sie hatte nach wie vor Handschellen um, die sie ihr selbst umgemacht hatte. Claire wagte sich vorsichtig zu Ines und griff in deren Blazertasche, um sich den Schlüssel zu nehmen. Diesen steckte sie in ihren Mund, um sich zu befreien, und schloss ihre Handschellen auf. Ines bekam von all dem nichts mit. Sie wippte auf und ab, als würde sie sich damit in Trance zaubern.

Was blieb ihr schon anderes übrig? Claire ging in den Flur und fischte ihr Handy aus ihrer Tasche. Sie wählte den Notarzt: »Hallo, meine Schwester hat glaube ich einen psychischen

Zusammenbruch. Können Sie bitte vorbeikommen?«

Aber kann man das Zusammenbruch nennen, wenn Ines die ganze Zeit so ein Ende geplant hatte? Warum wollte sie unbedingt, dass ich ihn heirate, wenn sie ihn doch liebte? Warum wollte sie zuhören? Wollte sie sich vergewissern, dass ich mich irrte, weil sie mir doch insgeheim glaubte? Schützte sie mich vor mir selbst? »Und ich glaube ... ich auch«, beendete Claire ihren Notruf. Als die Notrufzentrale ihre Adresse genannt haben wollte, hatte sie es sich anders überlegt.

Aus der Tasche, die sie geöffnet hatte, um das Handy zu suchen, blitzen die Punktetassen und mit einem Mal, war ihr klar, was zu tun war. Sie nahm sie und beschloss, ihren ursprünglichen Plan abzuändern. Mit den Tassen bewaffnet ging sie in die Küche und machte ihnen Tee. Den Tee, den Sven eigentlich hätte bekommen sollen. Doch was sollte Claire noch hier auf dieser Welt? Sie hatte alles verloren, genau wie ihre Schwester. Sie würde ihr nie mehr trauen können, was sie vermutlich beide zerstören würde.

Das kochende Wasser kippte sie bedacht in die Kaffeetassen. Die Punkte erinnerten sie an fröhliche Kindertage.

»Hey Pünktchen«, hatte ihr Vater immer gerufen, um sie daran zu erinnern, dass sie ihren Tee noch austrinken mussten.

»Meinst du mich?«, hatte Ines dann stets gefragt.

»Kommt drauf an, sind deine Pünktchen schon rot?«

Daraufhin hatte Ines ihre Tasse leer getrunken und ihre blaue Pünktchentasse hatte die Farbe geändert und sah der roten von Claire unverwechselbar ähnlich.

»Hey Pünktchen«, riefen danach Vater und Tochter und schauten zu Claire, die dann ebenfalls den Tee leerte, damit ihre roten Pünktchen zu blauen wurden.

»Sind meine Pünktchen bereit fürs Bett?«, prüfte ihre Mutter dann und sah lächelnd auf die Tassen.

»Punkt 1 meldet sich zur Gute-Nacht-Geschichte«, brachte Claire dann lachend hervor und sprang ihrer Mutter in den Arm.

»Punkt 2 meldet sich zum Gute-Nacht-Kuss«, machte Ines es ihr nach und sie gingen gemeinsam ins Kinderzimmer, um zu viert ihr Abendritual durchzuführen.

Der dampfende Tee trieb ihr die Erinnerungen ins Gesicht. Bewaffnet mit den zwei Tassen, die sofort die Farbe gewechselt hatten, nachdem sie das Wasser hineingefüllt hatte, schlurfte sie ins Schlafzimmer zurück. Es war wohl der schwerste Gang ihres Lebens und gleichzeitig der wohl beste, den sie machen konnte. Es hieß doch immer, dass hinter der Angst das Glück liege. Sie hatte Angst. Allerdings noch mehr vorm Weiterleben als vor dem Ende.

Zurück im Schlafzimmer saß Ines immer noch auf dem Boden und umklammerte ihre Knie.

»Hey Pünktchen«, flüsterte Claire.

Ines drehte ihren Kopf zu ihr und lächelte. »Meinst du mich?«, fragte sie mit zittriger Stimme.

»Kommt drauf an, sind deine Pünktchen schon rot?«

Sie lachten, und Claire stellte ihr den Tee vor die Nase.

»Ich liebe diese Tassen«, stellte Ines zum hundertsten Mal fest.

»Ich auch. Irgendwie sind sie das Einzige, was von ihnen geblieben ist.«

Mit traurigen Augen blickte Ines sie an. »Claire ...«

»Ist schon gut. Es lohnt sich nicht mehr darüber zu sprechen. Lass uns den Tee trinken und unser Versprechen einhalten.«

»Bis an unser Lebensende ... gemeinsam, nicht einsam«, besiegelte Ines ihren Schwur.

Hand in Hand saßen sie auf dem Boden und tranken ab und an ihren Tee, bis sie sich auf den Rücken legten und mit einem Lächeln einschliefen.

***

Kochend heißes Kaffeewasser kam ihrem Gesicht gefährlich nah.

Sie blickte zur schwarzen Brühe in der durchsichtigen Kanne. Er hielt sie in seiner Hand, machte kleine Schritte zu ihrem Bett. Sie roch den frisch aufgebrühten Kaffee und lauschte dem

Radio, das ins Schlafzimmer schallte. »Supergirl« von Reamonn erinnerte sie an ihren Traum. Ihr Traum, nachdem sie ihre Hochzeitsnacht noch furchtbarer gemacht hatte, als vorhergeträumt. Was war jetzt schon wieder?

Hatte sie erneut geträumt?

Vor ihrem Bett stand Sven, der sie anlächelte. Sie war bei ihm im Schlafzimmer. Er stand auf dem weißen Teppich, auf dem sie sich gemeinsam mit Ines das Leben genommen hatte. Auch ein Traum? War das jetzt wie in dem einen Film, dass sie den Tag so oft wiederholte, bis ... Ja, bis was eigentlich? Bis sie es richtig anstellte? Und was bedeutete richtig?

Wo war Ines?

»Guten Morgen, mein Supergirl.«

Da war es wieder. Das Triggerwort, das ihr eine Gänsehaut über den Körper jagte.

Sie starrte auf ihre Pünktchen und ließ die letzten Erinnerungen Revue passieren.

»Wo ist Ines?«, fragte sie ihn dann.

»Wir sind frisch verheiratet und deine erste Frage lautet, wo deine Schwester ist? Jetzt bin ich aber gleich eifersüchtig.« Er schmunzelte. »Du wohnst jetzt hier bei mir und nicht mehr bei ihr.«

Sie hatten also geheiratet. Welche der letzten zwei Hochzeitsnächte war die Echte?

Er setzte sich zu ihr auf die Bettkante, hielt Claire die Kanne unter die Nase und grinste. »Heute beginnt unser erster gemeinsamer Tag als Ehepaar.« Sven schüttete Kaffee in ihre bunte

Pünktchen-Tasse, die sich sofort verfärbte und stellte beides auf ihren Nachttisch.

»Du musst aufstehen, bevor der Tag vorbei ist, mein Supergirl«, raunte er ihr ins Ohr und begann, daran zu knabbern.

Sie bekam eine Gänsehaut, kniff die Augen fest zusammen. Sie verstand die Welt nicht mehr. Hatte sie die letzte Nacht geträumt? War ihre Erinnerung daran wirklich real?

Seine Zunge umgarnte ihren Hals, sein Keuchen missbrauchte ihre Ohren. Sie empfand Ekel.

Sanft zog er die Bettdecke von ihr und betrachtete sie, während er ihr das Nachthemd auszog. Gierig starrte er auf ihre Brüste. Als wäre er ein ausgehungertes Raubtier, das jeden Moment über sie herfallen würde. Schon wieder. Ihr Blick war auf die Blutflecken gerichtet, die sich wie die Pünktchen auf ihrer Tasse auf ihrem weißen Nachthemd musterten.

Da wusste sie, er hatte ihr wieder weh getan. Es war real. Doch welche Nacht? Die des ersten Traums? Wenn ja, wo war ihre Schwester?

»Wo ist Ines?« Sie lag kerzengerade im Bett, ihre Stimme klang schrill.

»Ich liebe dich«, hörte sie ihn noch sagen, bevor er sich an ihr austobte. Sie ließ es über sich ergehen. Tränen kullerten ihr über ihre Wangen. Sie brauchte einen Arzt. Sie verlor den Verstand. Das passierte nicht wirklich. Das konnte nicht wahr sein.

Als er fertig war, zog er sich die Hose wieder hoch.

»Und nun gehe ich zu deiner Schwester. Lieb von dir, sie mir als Geschenk mitzubringen. Nun habe ich zwei Perlen, die sich um mich kümmern können, wenn ich es brauch.«

Da flogen ihr Fetzen der Erinnerung zu. Als sie auf dem Boden gelegen hatte und dabei waren, für immer einzuschlafen, war Sven ins Zimmer gekommen. Er hatte ihr den Finger in den Hals gesteckt und sie glaubte, auch Ines. Dann hatte er sie in ein Nachthemd gesteckt und ins Bett gelegt. Was dann passierte, wusste sie nicht mehr. Sie sah nur wenige Sequenzen vor sich. Jedes Mal, wenn sie es geschafft hatte, die Augen zu öffnen.

»Sie ist hier?«

»Natürlich. Und wie du weißt, liebt sie mich, also wird sie genauso Spaß an unserem gemeinsamen Leben haben wie du. Ich schick' sie später zu dir. Jetzt will ich erst einmal ein wenig Zeit mit ihr verbringen.« Er schaute sie zufrieden an und grinste. Dann ließ er sie im Schlafzimmer liegen.

Sie hätte sich selbst vertrauen sollen. Sie hätte ihrem Traum vertrauen sollen.

Wieso zur Hölle hatte sie gedacht, die Zukunft beeinflussen oder sich retten zu können?

Drea Summer

Drea Summer ist 1978 in Graz auf die Welt gekommen und lebte bis Ende 2016 im schönen Südburgenland. Ihre Schreibkarriere begann erst mit der Auswanderung nach Gran Canaria.

DIE BLUTSPUR

Ein dumpfes Geräusch, das aus der Küche, zwei Räume entfernt, zu kommen schien, ließ Christoph in die Höhe fahren. Ein leises Ächzen, gefolgt von einem Poltern, hörte er einen Augenaufschlag später. Nun war wieder Stille eingekehrt, doch er saß in seinem Bett, und das Adrenalin jagte durch seinen Körper. Der Mond leuchtete das Schlafzimmer bis in die kleinste Ecke aus. Vollmond!

Ein Blick auf die Uhr, die rote Zahlen an die Decke projizierte, bestätigte, dass es mitten in der Nacht war. 2:41 Uhr. Hatte er sich das Geräusch nur eingebildet? Lag es am Vollmond, der ihn nicht tief genug in den Schlaf sinken und bereits beim Furz einer Fliege wieder aufwachen ließ?

Noch leicht benommen wischte er mit der Hand über seine Augen und schaute zu seiner Frau Sandra, die seelenruhig neben ihm schlummerte. Ihre schwarzen langen Haare verdeckten ihr Gesicht fast vollständig. Er vernahm leise Atemgeräusche. Sie hatte anscheinend nichts gehört.

Ich muss nachschauen, was das für ein Geräusch war. Vielleicht war es Merlin, der gerne mitten in der Nacht durch die Wohnung streift. Langsam stand er auf, schlüpfte in seine Hausschuhe, die am Bettende standen, und öffnete die Tür.

Ein leises Quietschen, wie von einer Plastikente, durchbrach die Stille. *Mist, vor Wochen schon wollte ich die Scharniere schmieren.* Wie ein Indianer, der auf Beutefang war, schlich er den düsteren Flur entlang. Licht wollte er auf keinen Fall einschalten, das würde den vermeintlichen

Eindringling nur vorwarnen. Kurz bevor er in die Küche lugte, fiel es ihm wie Schuppen von den Augen.

Wenn hier tatsächlich ein Einbrecher ist, wie soll ich mich bloß verteidigen?

Panisch blickte er sich nach allen Seiten um. Doch nichts erschien ihm passend als Waffe. In diesem Moment vermisste er seine Golfschläger, die jahrelang im Flur gestanden hatten und die er wöchentlich benutzt hatte. Seit dem Rauswurf aus der Firma vor wenigen Monaten, in der er fast zwanzig Jahre seines Lebens verbracht hatte, war das Geld knapp, und schweren Herzens musste er seine gesamte Golfausrüstung verkaufen.

Ein Seufzer entfuhr seiner Kehle, und einen Moment später schlug er sich mit der Hand auf den Mund. Jetzt war keine Zeit, in Erinnerungen zu schwelgen. Ein Einbrecher war im Haus. Allein bei dem Gedanken daran, diesem ohne Waffe gegenüberzustehen, legte sich ein unsichtbares Seil um seinen Hals. Kurz – vielleicht waren es Millisekunden – schloss er seine Augen und konzentrierte sich auf seine Atmung.

Einatmen! Er zählte im Geiste bis fünf. Jetzt ausatmen. Nun zählte er bis sieben. Er wiederholte die gleiche Prozedur noch einmal. Sein Arzt hatte ihm gezeigt, wie er mit den Panikanfällen umgehen musste. Leider häuften sich diese in letzter Zeit. Zudem nagte die Existenzangst an ihm, und damit hatte auch die Schlaflosigkeit angefangen. Sein ganzer Körper entspannte sich wieder.

Das Seil um seinen Hals war genauso blitzschnell verschwunden, wie es aufgetaucht war.

Er setzte den rechten Fuß nach vorne, da hörte er ein Röcheln. Ein sehr leises Röcheln, einem Gurgeln ähnlich. Er atmete tief durch und war überrascht, als ihm der Duft von Waffeln in die Nase stieg. Vanille, Joghurt, Zimt ...

Woher kam dieser Geruch so plötzlich? Es war mitten in der Nacht. Um diese Zeit backte doch keiner! Vielleicht war es nur sein Unterbewusstsein, das ihn auf diese Weise beruhigen wollte.

Da! Wieder ein Röcheln! Sein Herzschlag pulsierte und ließ das Blut durch seine Adern rauschen wie Autos auf einer Autobahn. Er nahm all seinen Mut zusammen, ballte die Fäuste, sprang die beiden Schritte nach vorne, und da sah er es, was seinen Arsch auf Grundeis gehen ließ. Die Schwärze war plötzlich fort, und ohne dass er das Klicken des Lichtschalters gehört hatte, war die Küche wie von Geisterhand hell erleuchtet.

In der Mitte des Raumes lag ein schwarz gekleideter Mann auf dem Fußboden. Eine Skimaske verdeckte seine Identität. Eines der besonders scharfen Küchenmesser steckte tief in seiner Brust. Es quoll Blut aus der Wunde, das sich den Weg nach unten gebahnt hatte und den Eindringling sanft bettete.

Die Hände des Fremden hielten den Griff des Messers fest, so als ob er sich selbst erstochen hätte. Seine Augen starrten ins Leere. Seine Lippen bebten und versuchten, Worte zu formulieren, die unhörbar in seiner Kehle verschwanden.

Der Kater Merlin stupste den halb toten Mann mit seiner Nase an und schenkte ihm ein zärtliches »Miau«. Noch bevor Christoph sich fragen konnte, was hier eigentlich los war, wie dieser Mann in die Wohnung gekommen war und warum er halb tot in seiner Küche lag, hörte er Sandras Stimme.

»Schatz?«

Wieder entfaltete sich der süßliche Geruch seines Lieblingsfrühstücks in der Nase. Er sah zu ihr auf und traute seinen Augen kaum. Sandra stand in ihrem rosaweißen Hochzeitskleid und einer bunten Schürze, die sie sich um die Hüften gebunden hatte, am Herd und backte Waffeln. In ihre schwarzen Haare waren zart-rosa Perlen eingeflochten, die glitzerten.

Soeben goss sie eine neue Fuhre Teig mit einem Schöpflöffel in das Waffeleisen. Es zischte. Ihre Hände waren blutverschmiert, und ein Tropfen davon vermengte sich mit der Teigmasse, bevor sie den Deckel schloss. Tief schaute sie ihm in die Augen und lächelte ihn an. Blutspritzer zierten ihr Gesicht.

Vermutlich war es Christophs eigener Schrei, der ihn aus diesem Albtraum aufweckte. Sein T-Shirt klebte an seinem Körper, als ob es Haut wäre. Seine Handflächen waren schweißgebadet und klebrig. Es dauerte einige Sekunden, bis er begriff, dass alles nur ein böser Traum gewesen war.

Er stieß einen erleichterten Seufzer aus und drehte seinen Kopf zur Seite. Neben ihm war das Bett leer. Natürlich war es leer. Sandra hatte heute

Nachtdienst im Krankenhaus und würde erst in ein paar Stunden nach Hause kommen.

»Schon wieder so ein Scheißalbtraum«, murmelte er und quälte sich mühsam aus dem Bett. Die roten Zahlen an der Decke zeigten 2:52 Uhr. »Das liegt sicher wieder am Vollmond, dass ich nicht schlafen kann.« Er öffnete die Tür. Ein Quietschen hallte durch die Nacht.

Er schlurfte den Flur entlang, fuhr sich mit seiner Hand durch das schüttere blonde Haar, und noch bevor er in die Toilette eintrat, um seine Notdurft zu verrichten, erstarrte er vor Schreck. Die Haustür stand offen. Sperrangelweit. Aber wie konnte das möglich sein? War er etwa schon wieder geschlafwandelt? War es erneut passiert? Hatte er wieder einmal mitten in der Nacht die Wohnung verlassen, um auf Streifzug zu gehen?

Hastig schaltete er das Flurlicht ein, und mitten auf der schneeweißen Eingangstür prangte ein Handabdruck. Ein Handabdruck in Rot. Dünne Rinnsale zogen sich Richtung Boden. Ein eiskalter Schauer durchfuhr ihn trotz der Hitze, die sich in dieser Nacht mitten im August in der Wohnung staute.

In null Komma nichts erstarrte er zu Stein, als er eine klebrige Masse unter seinen bloßen Fußsohlen spürte. Es dauerte nur Sekundenbruchteile, bis er realisierte, dass es Blut war. Blut und ... Mit seinen Augen folgte er der Schleifspur, die sich von der Wohnungstür bis hin zur ...

Er hastete die wenigen Schritte in die Küche und sah am Ende der Blutspur ... Sein Atem stockte, als er in die toten Augen des Mannes blickte, auf dessen linkem Augapfel ein Marienkäfer Platz genommen hatte.

»Sieben Punkte hast du, mein Kleiner«, sprach Christoph, und schon im nächsten Moment fragte er sich selbst, wie bekloppt man sein musste, in dieser Situation die Punkte auf dem Rücken des Marienkäfers zu zählen. Mitten in der Küche, zwischen dem Geschirrspüler auf der einen und dem Herd auf der anderen Seite, lag ein Toter. Ein Mann mit einem hellgelben T-Shirt, schwarzer Trainingshose und schwarzem Stirnband. Vermutlich ein Jogger, mutmaßte Christoph.

Dadurch, dass der Kopf des Mannes ein wenig zur Seite geneigt war, sah er das riesige Loch knapp hinter seinem Ohr, aus dem etwas Glibberiges rann. *Wahrscheinlich Hirnmasse,* war sein erster Gedanke. Diese Erkenntnis ließ ihm die Magensäure bitter die Speiseröhre hochsteigen. Christoph schluckte. *Wo kommt der plötzlich her? Wer ist das? Was ist geschehen?*

Sein Innerstes wollte schreien, doch sein Verstand war der gegenteiligen Ansicht. Wenn er nun schreien würde, dann würde er die gesamte Nachbarschaft aufwecken. Binnen Minuten wäre seine ganze Wohnung voller Polizisten, und die würden ihm Fragen stellen, auf die er keine Antwort wüsste. Somit würgte er den schweren Brocken, der sich in seiner Kehle gebildet hatte, hinunter und starrte auf den Fremden. Das Blut um ihn herum schien eingetrocknet. Somit lag er vermutlich schon länger hier.

Schweißperlen bildeten sich auf Christophs Stirn, und er wischte diese mit seinem Handrücken ab. Doch aus dem Augenwinkel heraus sah er etwas Rotes auf seiner Hand. Er drehte seine Handflächen zu sich und starrte darauf. Er war übersät mit Blut. Auch sein Pyjama hatte Blutspritzer abbekommen.

»Ach du Scheiße«, murmelte er, als er sein Oberteil auszog, gefolgt von seiner Hose, und beides achtlos in den Flur schmiss. Hektisch stürzte er ins Badezimmer, wusch sich das Gesicht und die Hände. Soeben schlüpfte er in frische Kleidung, die er sich aus dem Schrank geholt hatte, da überrollte ihn eine Welle des Schreckens, die alles über ihm einstürzen ließ.

Wieso konnte er sich nicht erinnern? Er hatte einen Menschen getötet und wusste nichts mehr davon. Wie konnte das bloß möglich sein? Schlagartig änderte sich sein Gedankengang und stellte alles bisher Gedachte in den Schatten. *Wenn sich diese Schleifspur durch meine Wohnung zieht und in der Küche endet, wo ist dann der Anfang der Spur?*

Wie von Sinnen rannte er aus seiner Wohnung. Doch das Blut, das er auf jeder einzelnen Stufe im Treppenhaus kleben sah, ließ ihn wie angewurzelt stehen bleiben. Benommen hielt er sich am Geländer fest. Sterne flatterten vor seinen Augen. Ein tiefes Durchatmen später hetzte er die Treppe hinab, zwei Stufen auf einmal nehmend, vom zweiten Stock ins Erdgeschoss.

An der Haupteingangstür angekommen wich er der Blutlache auf dem Boden aus. Dort hatte Christoph den Unbekannten vermutlich kurz abgelegt. Das Adrenalin rauschte in seinen Ohren, und seine Lungenflügel klatschten Beifall. Seine Atmung ging stoßweise wie nach dem Ironman.

Er hetzte ins Freie, doch auch auf den Waschbetonplatten, die vor dem Wohnblock im 21. Bezirk in Wien als Gehweg dienten, zog sich die Spur des Grauens entlang, die unter den Straßenlaternen wie im Scheinwerferlicht glänzte.

Er brach in Tränen aus, und sein Oberkörper senkte sich nach vorne. Er stützte seine Hände auf den Oberschenkeln ab. Sein Herz polterte gegen den Brustkorb, und er hatte Angst, dass es herausspringen würde. Gedanken schossen ihm wie Pfeile durch sein Gehirn.

Es würde ein Leichtes sein für die Polizei, diese Spur in seine Wohnung zurückzuverfolgen. Dafür brauchte man kein Spezialist zu sein. Jeder mit einem kleinen Patzen Verstand könnte das kombinieren, dass Christoph der Mörder wäre. Der Mörder eines ihm unbekannten Mannes.

Er würde angeklagt werden, ohne jemals zu wissen, was und vor allem warum das alles passiert war. Warum nur hatte er diesen Mann überhaupt in seine Wohnung geschleppt? Warum hatte er ihn nicht einfach auf dem Gehweg liegen gelassen? Fragen über Fragen beschäftigten ihn. Doch Antworten bekam er nicht darauf. Am liebsten hätte er den ganzen Schmerz und die Angst, die er in diesem Moment fühlte, hinausgeschrien. Er konnte … nein, er musste sich zügeln und schloss für ein paar Sekunden seine Augen.

»Das ist alles nur ein Albtraum. Das ist alles nicht wahr«, murmelte er vor sich hin. Doch als er seine Augen wieder öffnete, war das Blut noch immer da. Er setzte seinen Körper in Bewegung und rannte der Blutspur, die sich neben der Hecke entlangzog, hinterher. Als er um die Ecke bog, blieb er ruckartig stehen.

Hier also muss es gewesen sein, dachte er und starrte auf den großen Blutfleck und den Beginn der Schleifspur. *Hier muss ich ihn anscheinend getötet haben.* Aber wer war der Mann, der mitten in der Nacht joggen ging? *Was hat er mir bloß angetan?*

»Als ob das jetzt nicht egal ist, wer er war und was er getan hat. Er ist tot, und ich bin sein Mörder«, schalt er sich.

Ich muss das hier wegwischen, wegputzen … keine Ahnung. Einfach wegmachen. Ich muss meine Spuren verwischen. Und das ganz dringend, bevor die Sonne aufgeht.

»Bevor die Sonne aufgeht«, murmelte er seinen Gedanken nach und starrte auf sein leeres Handgelenk, an dem er normalerweise seine Uhr trug. Doch diese lag, wie jede Nacht, in dem kleinen Kästchen, das auf dem Wohnzimmerschrank seinen angestammten Platz hatte. Mitsamt dem Schmuck seiner Frau, der genauso wie seine Uhr nur mehr wertloser Plunder war. Hatten die beiden doch aufgrund seiner Kündigung und der damit eingetretenen Finanzkrise im Hause Mayer alles, was nicht niet- und nagelfest war, verkauft, damit sie sich überhaupt die Butter auf dem Brot leisten konnten.

Sandra verdiente zwar als Krankenschwester Geld, doch wie das so war, in Sozialberufen wurde man nur unzureichend entlohnt für seine Leistung. Somit konnten notwendige Rechnungen und die Kreditrate für die Eigentumswohnung bezahlt werden. Kein Essen, kein Benzin, sonst gar nichts.

Und als ob das nicht genug wäre, würden sie bald noch ein Maul mehr zu stopfen haben. Sandra war im fünften Monat schwanger. Natürlich freute er sich auf das gemeinsame Baby, doch die Freude war schlagartig getrübt worden, als der Chef ihm die Kündigung überreicht hatte und sich mit einem fast schon freundschaftlichen Schlag auf die Schulter für die letzten Jahre bedankte, doch ...

Wie von Geisterhand hörte er die Songzeile: *»Sie verstehen wohl, es wäre schrecklich, wenn wir Sie bei uns verlieren. Ich weiß auch nicht, wie's ohne Sie hier weitergehen soll. Doch wollen wir das ab nächsten Ersten mal probieren?«*

Fast hätte er gelacht. Wie absurd das alles war. Welche Gedanken ihm in dieser Situation in den Sinn kamen, und nun trällerte sein Hirn noch ein Liedchen von Udo Jürgens. Wieder starrte er auf den Blutfleck. Und jetzt auch noch das! *Als ob mir nicht schon genug Böses widerfahren ist in letzter Zeit. Nein, nun kommt noch ein Mord dazu. EIN*

MORD!, hallte es in seinem Kopf nach wie das Echo zwischen den Bergen.

»Denk nach, denk nach, denk nach.« Er hämmerte mit den Fäusten gegen seine Stirn. »Dir muss etwas einfallen. Und das ganz zackig!«

Erst mal Ruhe bewahren.

»Auch einfacher gesagt als getan, was?«, murmelte er. Doch da fiel ihm ein, dass der Gärtner, der sich hier wöchentlich um die Grünflächen kümmerte, immer einen Gartenschlauch benutzte, den er in einem Spind unten in der Tiefgarage verwahrte. »Natürlich. Das ist doch die Idee!«

Fast schon freudig rannte er ins Innere des Hauses. Doch da trübte sich seine Laune wieder, da ihm bewusst wurde, dass er hier im Treppenhaus nicht mit dem Gartenschlauch arbeiten konnte, ohne die Garage zumindest teilweise unter Wasser zu setzen. Und ein weiteres Problem machte sich schlagartig in seinen Gedanken breit.

Wie bekomme ich die Leiche wieder aus meiner Wohnung raus?

»Okay, okay. Eines nach dem anderen.«

Er lief die Stufen hinab zu dem Spind in der Garage. Seine Nackenhaare stellten sich auf, als er das Zahlenschloss sah, das anprangernd den Zutritt verweigerte. »Das kann doch wohl alles nicht wahr sein«, schrie er und rüttelte daran, sodass die Blechtür schepperte.

Er zog so wild daran, dass der gesamte Spind in Wallung geriet und schlussendlich mit einem lauten Knall auf dem Boden landete. Christoph stieß einen spitzen Schrei aus, und im letzten Moment machte er einen Satz zur Seite.

»Du bist ja echt zu blöd! Jeden Moment wird einer der neugierigen Nachbarn kommen und klick-klick.« Er spürte schon die Handschellen, die sich in seine Handgelenke fraßen. Er blieb ganz ruhig stehen und lauschte. Sogar seinen Atem hielt er an. Doch er hörte nichts. Kein Öffnen der Türen, keine Schreie wegen der Blutspur, keinen Pieps. *Mehr Glück als Verstand!*

Und da sah er den rettenden Schlauch, der dank der fehlenden Rückwand des Spinds wie für ihn bereitlag. »Ich hätte eigentlich nur den Schrank nach vorne schieben müssen. Aber wer konnte das auch ahnen?«

Wie automatisch krochen seine Mundwinkel nach oben, und er begann zu lachen. Zuerst nur ganz leise, doch sogleich verwandelte es sich in ein schallendes Gelächter. *So was nennt man Situationskomik, oder?,* schoss es ihm durch den Kopf. Plötzlich verstummte er. Von einer Sekunde auf die nächste rannen ihm Tränen die Wangen hinab. Mit zittrigen Händen wischte er sie fort. Wie angewurzelt stand er da.

Ich drehe jetzt vollkommen durch. Ich werde eingeliefert in eine Anstalt. Vielleicht sind das die ersten Anzeichen eines Nervenzusammenbruchs. Letzteres würde ihn aufgrund der Situation auch nicht wundern. Wer wurde auch im Traum zum Mörder und wachte aus diesem Albtraum nicht mehr auf?

»Konzentriere dich jetzt!«, ermahnte er sich, holte den Schlauch heraus, befestigte ihn an dem Wasserhahn, der sich neben der Tür zum Treppenhaus befand, und rannte mit dem anderen Ende des Schlauches vor die Tür. Schnell hatte er den Gehweg vom Blut gereinigt. Zumindest nahm er dies an. Erst vor Kurzem hatte er in einer Fernsehserie gesehen, dass ein Mörder das Blut mit einem bestimmten Bleichmittel weggewaschen hatte. Aber woher sollte er Bleichmittel bekommen? So ganz auf die Schnelle, und das auch noch mitten in der Nacht? Da dachte er an Sandra, die auf diese Frage mit Sicherheit eine Antwort hätte, nur ... konnte er ihr diese Frage überhaupt stellen? Und er würde sie jetzt bestimmt nicht anrufen, das wäre viel zu verdächtig.

Er beschloss, dass er sich später nochmals im Freien umschauen wollte, wenn das Wasser getrocknet wäre. Was bei den heutigen Nachttemperaturen wohl nur ein paar Minuten dauern würde.

Er ließ den Schlauch fallen und ging rasch zurück in seine Wohnung. Um zur Abstellkammer zu kommen, musste er wohl oder übel über den Toten steigen. Nach etlichen Versuchen, seinen Fuß über die Leiche zu bekommen, und einigen spitzen Schreien, die er losließ, als der Fuß zitterte wie Espenlaub, hatte er es auf Zehenspitzen geschafft und gelangte schlussendlich an die Tür der Abstellkammer. Er inspizierte das Regal mit den Putzutensilien, die wie alles in diesem Raum fein säuberlich geordnet waren.

Sandra hasste es, wenn nicht alles an seinem Platz stand. Von dort holte er einen Putzeimer, einen Wischer und einen Allzweckreiniger. Nochmals kontrollierte er das Regal, ob sich nicht vielleicht doch ein Bleichmittel oder Ähnliches darin befand. Doch da hatte er leider kein Glück. Er sprang, ohne groß zu überlegen, mit den Sachen über den Toten. Ein Stein polterte von seinem Herzen, als er dies auf Anhieb schaffte.

Das Wasser plätscherte in den Eimer. Da kam ihm urplötzlich ein Einfall. »Natürlich! Essig! Ich werde Essig dazugeben. Das desinfiziert auch!« Was im ersten Moment klar schien und für ihn auf der Hand lag, war im zweiten Moment doch nicht mehr so eine tolle Idee. Brauchte er wirklich ein Desinfektionsmittel zum Reinigen? Würde das auch alle Spuren verwischen?

Er wusste keine Antwort darauf, und Zeit, um sich im Internet schlauzumachen, hatte er definitiv nicht. Er nahm sich fest vor, dies auf dem schnellsten Weg nachzuholen. *Wissen ist Macht!* Er schüttete vorsichtshalber einen guten Schuss Essig zum Reinigungsmittel ins Wasser. Schaden konnte das mit Sicherheit nicht, wenn es auch nicht half.

Er machte sich auf den ersten Stufen ans Wischen, doch schon nach dem dritten Mal, als er mit dem Wischer über das Blut ging, stellte er fest, dass eine kleine rote Spur aus Wassertropfen zurückblieb. Das war natürlich gar nicht gut. Da musste er später wohl oder übel nochmals mit klarem Wasser nachwischen.

»Was bin ich doch für ein schlauer Fuchs«, lobte er sich und schrubbte munter weiter.

Als er nach einer guten halben Stunde im Erdgeschoss angekommen war, rann ihm der Schweiß von der Stirn, und er keuchte vor Anstrengung. Plötzlich hörte er den Klang einer sich schließenden Tür, gleich darauf einen Schlüssel, der sich im Schloss drehte. Wie von Sinnen starrte er auf die roten Farbpigmente, die auf den Stufen glänzten. Da! Schritte. Eindeutig Stöckelschuhe.

Sein ganzer Körper war in Aufruhr. Was, wenn sie das Blut sah? Oder zumindest das, was davon übrig geblieben war? Was sollte er sagen? Wie konnte er sich rausreden? Krampfhaft umschloss er mit seinen Fingern den Stiel des Wischers, der in dem dunkelroten Wasser steckte.

»Guten Morgen, Herr Mayer«, sagte Frau Donner, die sich am Treppengeländer festhielt, um nicht auf dem nassen Boden auszurutschen. »Was machen Sie denn um diese Zeit schon hier? Warum wischen Sie die Treppe? Macht das nicht der Hausmeister?«

Augenblicklich bekam Christoph eine Gänsehaut, und auch diese Gänsehaut bekam eine Gänsehaut, und sein ganzer Körper erschauderte. Er schwitzte förmlich Blut und Wasser, denn er wusste keine Antwort darauf. Wie sollte er *das* bloß erklären? Konnte man das überhaupt erklären? Verlegen stotterte er: »Guten Morgen. Ähm ... ja. Wissen Sie ... es ist so ... also ich ...«

Doch Frau Donner setzte ein gekünsteltes Lächeln auf und machte eine abwertende

Handbewegung. »Wissen Sie, es ist mir egal, warum Sie das machen. Ich habe doch nur aus reiner Höflichkeit gefragt. Auf Wiedersehen.« Noch während sie sprach, öffnete sie die Hauseingangstür und verschwand ins Freie. Sie stutzte zwar im ersten Moment, als sie den Schlauch liegen sah, stöckelte dann aber weiter.

Christoph lockerte seinen Griff um den Stiel. Trotz der Affenhitze in diesem Haus fühlten sich seine Finger eisig kalt an. Er stapfte zurück in seine Wohnung und tauschte das schmutzige Wasser gegen frisches aus. Wieder Reinigungsmittel und Essig. Er wischte, so schnell er konnte, stellte aber bereits im ersten Stock fest, dass er das Wasser wieder wechseln musste.

Die Morgendämmerung brach an, und es würde nicht mehr lange dauern, bis die nächsten Bewohner des Hauses sich auf den Weg zur Arbeit machten. Bei dem Wort Arbeit versetzte es ihm einen Stich ins Herz. Es schmerzte. Diese Wunde war tief und würde so schnell nicht wieder verheilen.

Endlich, gefühlte Stunden später, glänzte das Treppenhaus, und es roch frisch nach Pinienwald.

Er wollte soeben seinen Eimer nehmen und sich um die Sauerei in seiner Wohnung kümmern, da klopfte es hinter ihm an die Glasscheibe der Eingangstür. Er erschrak, als er die beiden Beamten in Uniform sah. Um ein Haar hätte er das Wasser aus dem Putzeimer verschüttet.

Wie ein Waldbrand breitete sich die aufsteigende Hitze in ihm aus, und er hatte Angst, innerlich zu verbrennen. Seine Atmung setzte für einen

Moment aus. Es fühlte sich so an, als säße ein Elefant auf seinem Brustkorb.

Jetzt ist alles vorbei. Die ganze Mühe, die ich mir gemacht habe, war völlig umsonst. Sie haben mich gekriegt. Aber wie? Ich habe doch alles weggewischt. Oder hat mich jemand bei dem Mord beobachtet? Aber das kann nicht sein, das ist doch mit Sicherheit schon Stunden her. Dann hätten die Beamten hier schon früher auf der Matte gestanden. Vielleicht hat Frau Donner die Polizei gerufen? Weil ihr das eigenartig vorkam, dass ich in den frühen Morgenstunden putze? Mit zittrigen Fingern öffnete er die Tür.

»Guten Morgen«, sagte der Polizist mit dem silbergrauen Bart. »Hauptkommissar Wegner, und das ist mein Kollege Reinisch. Wir suchen Herrn Oskar. Wohnt er in diesem Haus?«

Es lag Christoph auf der Zunge, und er öffnete seinen Mund leicht, um zu sagen, dass besagter Herr im vierten Stock des Mietshauses wohnte. Allerdings schoss ihm gerade rechtzeitig ein, dass es noch ein klitzekleines Problem in seiner Wohnung gab und vor allem an seiner Wohnungstür. Er vermutete, dass sich die Beamten für den blutigen Abdruck daran interessieren würden.

»Nein, kenn ich nicht«, stotterte er stattdessen. In diesem Moment war er wirklich froh, dass die Hausverwaltung gerade die Fassade und die Klingeltafeln neu machen ließ. Somit waren weder die kleinen Schildchen neben den Türglocken beschriftet noch hatte der Wohnblock eine Hausnummer.

»Und Sie sind?«, fragte Wegner.

»Ähm ... Mayer. Christoph Mayer.«

»Und Sie sind hier der Hausmeister?«, sagte Wegner und zeigte auf den Putzeimer.

»Ähm ... nein, das heißt, ja. Das heißt, nein. Ich habe etwas verschüttet und hab alles wieder saubergemacht.« Christoph zwang sich zu einem Lächeln und hoffte, dass es nicht so gezwungen aussah, wie es sich anfühlte.

»Aha. Also sind Sie nicht der Hausmeister, sondern ein Mieter.«

Christoph nickte.

»Gut, dann werden wir uns hier im Block ein wenig umsehen. Leider stehen ja derzeit keine Hausnummern an den Eingängen.« Mit diesen Worten drehten sich die Polizisten um und schritten vom Haus weg.

Als die Eingangstür ins Schloss fiel, purzelte gleichzeitig ein riesengroßer Felsbrocken von seinen Schultern und zerschellte in tausend Stücke. Seine Knie wurden weich, und ihm wurde schwummrig vor Augen. Für einen Moment hielt er sich an der Wand fest.

Die Schritte, die durch das Treppenhaus hallten, holten ihn zurück in die Wirklichkeit. Er musste schnell in seine Wohnung und das Blut von der Tür waschen, bevor einer seiner unmittelbaren Nachbarn oder diejenigen, die von weiter oben kamen, es sahen. Er packte den Eimer fester am Griff und lief, so schnell er konnte, in den zweiten Stock. Außer Atem kam er dort an. Er nahm den Wischer zur Hand und fuhr damit über den

Handabdruck. Dieser war sofort spurlos verschwunden.

»Na, das ging ja einfach«, sagte Christoph, lächelte und öffnete die Tür, die er sofort wieder hinter sich schloss.

So, nun Leiche entsorgen, dachte er und schaute den Mann an, der stumm auf dem Boden lag. Aber wie? Und wo? Wie machte man so etwas? Der Tote brachte locker neunzig Kilo auf die Waage. Wie wollte Christoph das schaffen? Allein, ohne Hilfe?

»Müllsäcke. Ich brauche Müllsäcke«, murmelte er und kramte unter der Küchenspüle. Sofort fand er sie und riss zwei von der Rolle ab. Nun stand er da mit einem der Müllsäcke in der Hand und fragte sich, ob das nun wirklich sein Ernst sei, dass er einen Toten anfassen musste. Er brauchte frische Luft. Und zwar sofort. Er stürmte zum Fenster und riss es auf. Ein paar tiefe Atemzüge später nahm er all seinen Mut zusammen, griff sich die Füße, hob sie hoch und stülpte den Sack über die Beine der Leiche.

Ein widerlicher Gestank breitete sich in der ganzen Küche aus. Es roch nach Fäkalien. Sofort ließ Christoph die Füße des Toten fallen, beugte sich aus dem Fenster und keuchte. Das Abendessen von gestern kam seine Speiseröhre hochgekrabbelt, und er hatte Mühe, den Würgereflex zu unterdrücken.

»Denk nach!«, sagte er zu sich selbst und schlug sich Sekunden später auf die Stirn. »Natürlich.

Wieso bin ich da nicht schon eher draufgekommen?«

Er rannte aus der Küche hinaus, schnappte sich den Teppich, indem er den Wohnzimmertisch beiseiteschob, und rollte diesen zusammen. *Ha, mit dem Teppich kann ich ihn unbemerkt durch das Treppenhaus ziehen, und kein Tröpfchen Blut wird mehr vergossen.*

Doch es stellte sich schon sehr bald heraus, dass diese Theorie in der Praxis nicht so einfach umzusetzen war. Wie sollte er den Teppich unter die Leiche bekommen, ohne diese anfassen zu müssen? »Da musst du jetzt stark sein. Reiß dich zusammen!«

Er breitete den Teppich in der viel zu kleinen Küche aus und hob den Mann abwechselnd bei seinen Füßen und seinen Schultern an, um ihn auf den Teppich zu ziehen. Jedes Mal, wenn er ihn anfasste, hielt er die Luft an. Nicht der Gestank, der sich in seine Nase bohrte, sondern allein das Glucksen, das der Körper jedes Mal von sich gab, wenn er ihn ein wenig bewegte, ließ ihm kalte Schauer über den Rücken laufen.

Christophs T-Shirt klebte an seiner Haut. Die Schweißperlen rannen wie Sturzbäche herab und versiegten im Teppich. Schlussendlich hatte er es geschafft, und die Leiche war in den Teppich eingewickelt. Er betrachtete zufrieden sein Werk, drehte sich schlagartig um und erbrach sich in die Spüle. Der säuerliche Geruch zwang ihn erneut, seinen Mageninhalt zu entleeren, und es dauerte, bis er nur noch klare Flüssigkeit spuckte. *Fuck!*

Das Wasser, das er laufen ließ, beseitigte die Spuren seiner Kotze. Und auch ein Teil des widerlichen Gestankes verschwand im Abfluss. Ein Blick auf die Uhr drängte ihn zum Weitermachen. Nur noch eine Dreiviertelstunde hatte er Zeit, bis Sandra nach Hause kam. Eine Dreiviertelstunde, die nun über das Leben in Freiheit oder im Knast entscheiden würde.

Er hoffte, dass es ausreichen würde, um zumindest den Toten ins Auto zu befördern und in der Küche die letzten Spuren zu beseitigen. Den Rest musste er wohl oder übel abends machen, wenn Sandra wieder zum Nachtdienst ging.

»Los geht es!«, sagte Christoph, als er den Teppich mit beiden Händen umfasste und bis vor den Treppenabgang zog.

Und nun? Wie könnte er den schweren Körper, den er mühevoll und unter größter Anstrengung die letzten Meter hinter sich hergeschleift hatte, bis in die Tiefgarage schaffen? Ihn einfach auf die Schulter zu legen, ging wohl nicht. Er würde unter der Last zusammenbrechen wie ein Stück morsches Holz.

Somit packte er die Rolle an und zog sie Stufe für Stufe hinunter. Knacks! Christoph hielt die Luft an, als er dieses Geräusch vernahm. Vielleicht waren es Knochen, die brachen. Bis er unzählige Stufen weiter an seinem Ziel angelangt wäre, würde der Kopf des Joggers wohl Matsch sein.

Sein Atem ging flach, und eine eiskalte Hand legte sich auf seine Schulter, die ihn so schnell nicht mehr loslassen würde. Zumindest so lange nicht, bis er bei seinem Auto angelangt war und den Teppich inklusive Inhalt im Kofferraum verstaut hatte. Allerdings müsste das alles schnell gehen, da jeden Moment jemand sein Vorhaben stören könnte. Jeder Muskel in Christophs Körper war angespannt.

Sie werden mich einsperren, den Rest meines Lebens. Ich werde mein Kind nie zu Gesicht bekommen, es nicht aufwachsen sehen. Und erst der Schock, den Sandra erleiden muss ...

»Nein, nein, nein«, flüsterte er und schüttelte seinen Kopf, um die Bilder, die vor seinem geistigen Auge aufflammten, hinauszubekommen. »Das darf alles nicht passieren.« Er zog, so fest er nur konnte, an dem Teppich und rannte damit die Stufen hinunter. Die Geräusche, die hinter ihm explodierten, versuchte er auszublenden. Knack! Klack! Knack!

Zeitgleich hörte er hinter sich ein Stöhnen, gefolgt von einem Krachen, das sich in der sonstigen Stille wie der Urknall anhörte. »Nein, nein, nein! Das bilde ich mir alles nur ein. Der kann nicht mehr leben.«

Völlig außer Atem kam er in der Tiefgarage an. Er hörte einen Motor starten. Im letzten Moment zog er die Rolle in eine dunkle Nische. Es durfte ihn niemand entdecken. Niemand! Das Auto fuhr in einem Affenzahn an ihm vorbei. Die Fahrerin schaute stur nach vorne. Als das Auto außer Hörweite war, schleifte Christoph den Teppich zu seinem Wagen. Nur unter größter Anstrengung konnte er den Toten in den Kofferraum hieven.

Als dies endlich erledigt war und der Deckel im Schloss einrastete, atmete er auf und wischte sich den Schweiß von seiner Stirn. Nun nur noch in der Küche saubermachen, dann wäre alles erledigt. Na ja, alles bis auf die Entsorgung.

Er lief zurück in seine Wohnung. Zwanzig Minuten noch! Zwanzig! Er schüttete den Essig direkt auf die Blutlache. Schon nach Sekunden brannte dieser in seinen Augen, und er versuchte, den Würgereflex, den der Geruch auslöste, herunterzuschlucken. Mit mehreren feuchten Küchentüchern wischte er einige Male über den Fleck, und wenige Momente später hatte er alle Spuren ...

Moment! Da lag noch sein Pyjama im Flur.

Sofort rannte er damit zur Waschmaschine und stopfte noch andere Wäsche dazu. Im letzten Moment, bevor er den Startknopf drückte, fiel ihm ein, dass auch die Küchentücher und der Wischer belastendes Beweismaterial wären. Flugs schmiss er auch diese in die Trommel, schloss die Tür und schaltete die Waschmaschine ein. Ein leises Surren, gefolgt von einem Wasserplätschern.

Erleichtert atmete er einen Seufzer aus. Stundenlange Arbeit, und er wusste nicht einmal genau, ob er diesen Jogger überhaupt umgebracht hatte. Wobei, wenn er es nicht gewesen war, wer sollte es sonst gewesen sein? Schließlich hatte der Tote doch in seiner Wohnung gelegen.

Wieder kreisten tausend Fragen in seinem Kopf wie Geier über einem Kadaver in der Wüste. Würde er jemals Antworten auf seine Fragen bekommen? Er schleppte sich ins Wohnzimmer und nahm auf dem Sofa Platz. Er legte seine Handflächen auf sein Gesicht, und stützte seine Ellbogen auf den Oberschenkeln ab.

Konnte ihm die Polizei nachweisen, was passiert war? Würde sie ihm jemals auf die Schliche kommen? Eigentlich konnte ihm nichts mehr passieren. Alle Überreste, die zu seiner Überführung beigetragen hätten, hatte er vernichtet. Und auch den Jogger würde er verschwinden lassen. Vielleicht sogar in der Donau versenken. Beschweren mit Steinen oder so. Oder mit Betonfüßen, wie man es manchmal in einem Krimi sah. *Mal sehen.*

»Christoph! Liebling. Wach doch auf.« Es war Sandras Stimme, die ihn aus seinem Traum erwachen ließ. Die Sonne schien strahlend hell ins Schlafzimmer.

Christoph war im ersten Moment verwirrt. War er nicht eben noch ...? Erleichtert atmete er aus. Natürlich. Alles war nur ein Traum gewesen. Ein sehr realer Traum. Überglücklich schloss er seine Frau in die Arme. »Schön, dass du da bist.«

»Ich bin schon seit zwei Stunden da, aber du sahst noch so erschöpft aus, als ich heimkam, da wollte ich dich nicht wecken.«

»Ich hatte einen schlimmen, sehr schlimmen Albtraum. Es war furchtbar real.« Christoph strich ihr zärtlich über die Wange.

»Viel kannst du ja nicht geschlafen haben, denn als ich nach Hause kam, war alles sauber. Fast schon steril geputzt. Auch die Waschmaschine hast du angemacht. Super, lieb von dir, dass du mich so unterstützt. Aber ich muss dich was fragen. Warum war Merlin ...«

Doch weiter drangen ihre Worte nicht in sein Gehirn. Er sah Sandra an. Ihre Lippen bewegten sich, doch er hörte kein Wort von dem, was sie sagte. Christoph war vor Schock erstarrt. *Geputzt – steril – Waschmaschine,* hallte es in seinem Gehörgang nach.

War es doch kein Traum gewesen? War es doch die bittere Realität? Hatte er einen Menschen getötet? Wie von Sinnen fuhr er im Bett hoch. *Die Leiche in meinem Kofferraum!* Er sprang aus dem Bett und sprintete zu seinem Auto. Im Treppenhaus roch es angenehm frisch. Nach Pinienwald. Hatte er wirklich ...?

Zwei Stufen auf einmal nehmend, hastete er in die Garage. Als er seine Finger auf den Drücker am Kofferraumdeckel hielt, stockte er einen Moment lang. Was wäre, wenn ...? Wollte er ... nein, konnte er die Wahrheit ertragen?

Wie von Geisterhand sprang der Deckel nach oben. Christoph stieß einen Schrei aus und sprang einen Schritt zurück. Tränen liefen ihm über die Wangen, als er sah, dass der Laderaum leer war.

»Leer«, stammelte er, doch sogleich jubelte er. »Leer!« Er hatte nichts verbrochen. Die Leiche war fort! Kein Toter – kein Mord. So einfach war das!

In diesem Moment hätte Christoph die Welt umarmen können. Er fühlte sich wie neugeboren. Noch in der Tiefgarage sah er den Spind des Hausmeisters, der an seinem angestammten Platz stand. Auch der Gartenschlauch, den Christoph vergessen hatte wegzuräumen, war nicht mehr da.

Sein kehliges Lachen aufgrund dieser Erkenntnis hallte im Treppenhaus wider. Der tonnenschwere Stein, der Sekunden zuvor noch auf seinen Schultern gelastet hatte, war plötzlich wie fortgeblasen. Natürlich war doch alles nur ein böser Albtraum gewesen.

Doch als er die Stufen wieder nach oben stieg, überkam ihn ein schlechtes Gefühl. Wenn er keinen Menschen umgebracht hatte, wieso hatte er dann geputzt? Alles fast schon klinisch rein gemacht? Hatte ihm sein Unterbewusstsein im Schlaf einen Streich gespielt?

Der Gedanke bestätigte sich, als Sandra ihn im Türrahmen empfing, auf ihrem Arm der Kater Merlin, der die Streicheleinheiten seiner Besitzerin schnurrend genoss.

»Du sagst mir sofort, was in dich gefahren ist! Wieso du aus der Wohnung stürmst und vor allem, warum ich unseren Kater, als ich von der Arbeit gekommen bin, vor dem Wohnblock im Freien gefunden habe?«

»Schatz, ich bin wieder geschlafwandelt. Und ich musste kontrollieren, ob ich alles tatsächlich geträumt habe. Es tut mir leid.« Christoph zog die Tür hinter sich zu. *Jetzt erst mal einen starken Kaffee. Dann ist die Welt perfekt,* dachte er sich noch, doch in diesem Moment sah er den Wohnzimmerboden. Den gesamten Wohnzimmerboden. Schnappatmung setzte bei Christoph ein, und er hielt sich am Türrahmen fest, da seine Knie zitterten.

»Ich hab den Teppich sowieso nicht gemocht. Gut, dass du ihn weggeschafft hast.« Sandra zwinkerte ihm zu.

***

3 Tage später

24. August 2020 −Bericht aus der Tageszeitung *Österreich*

Am gestrigen späten Nachmittag wurde ein Mann aus der Donau geborgen. Die Polizei gab bekannt, dass es sich hierbei um den 42-jährigen Helge Bischof handelt. Er war aufgrund der hohen sommerlichen Temperaturen tagsüber erst spät nachts joggen. Von seiner Joggingrunde sei er nicht mehr zurückgekommen, erzählte uns seine Frau heute im Interview. Die Polizei bittet um die Mithilfe der Bevölkerung.

Nadine Teuber

Seit 2017 ist Nadine Teuber als Schriftstellerin tätig und konzentriert sich auf gesellschaftskritische Psychothriller. Nadine Teuber lebt mit ihrer Familie in der Wahlheimat Berlin.

DEIN LETZTER TRAUM

Stoßweise entwich Julia der Atem und hinterließ kleine Wölkchen in der klirrenden Luft. Weiter, schneller!

Hinter ihr kläffte der Köter. Von wegen, Hunde, die bellen, beißen nicht. Sie wusste genau, was er mit ihr anstellte, wenn ...

Eine Erinnerung kam ihr in den Sinn und brachte sie beinahe zu Fall. Sie fing sich und rannte weiter. Diese Situation hatte sie schon einmal erlebt, obwohl sie nie zuvor hier gewesen war. Sie war definitiv zum ersten Mal in dieser Straße, nie zuvor hatte ihr Weg sie hierher geführt und doch ...

Sie erreichte das Ende der Straße. Links oder rechts herum? Sie hatte keine Zeit zum Überlegen, das Kläffen kam immer näher. Sie warf einen Blick zurück, während sie sich nach rechts wandte.

Der Hund humpelte hinter ihr her. Ihr Glück. Drei Beine ... Moment mal!

Nicht rechts herum. Für diesen Weg hatte sie sich schon einmal entschieden. Sackgasse und der Hund hatte sie zerfleischt.

Sie riss ihren Körper in die andere Richtung und rannte. Noch kleiner und dunkler war dieser Weg. Der Schnee war plattgetreten und rutschig. Sollte der Pfad ebenfalls abrupt enden, wäre sie verloren. Doch es war ihre einzige Chance.

Das Stechen in der Brust wurde immer stärker. Sie war nie besonders sportlich gewesen, was sie angesichts ihrer misslichen Lage bereute. Dieses eine Mal hing alles davon ab.

Die Gasse machte eine Biege und Julia schluchzte vor Erleichterung auf, als sie das Ende sah. Eine mannshohe Ziegelmauer. Weder sie noch der Hund konnten sie erklimmen, doch sie hatte einen entscheidenden Vorteil: Die einfache Holzleiter, die irgendjemand dagegen gelehnt hatte.

Mit zitternden Fingern setzte Julia den letzten Punkt hinter den Tagebucheintrag, pustete die schwarze Tinte trocken und schloss das Buch. Die Professorin lamentierte noch immer über luzides Träumen, doch Julia hörte nicht zu. Träume ... Ihr zukünftiges Fachgebiet. Sie kannte sich besser aus als die Professorin.

Jedes Mal, wenn die Professorin das Wort »Traum« sagte, zuckte Julia zusammen und dachte an jenes schwarze Buch, das in den Tiefen ihres Rucksacks steckte. Sie wusste genau, was dort geschrieben stand, jedes einzelne, verdammte Wort. Sie selbst hatte die Wörter vor wenigen Stunden hineingeschrieben und doch graute ihr davor, das Buch hervorzuholen und die Wörter zu lesen.

Luzides Träumen, das Thema der heutigen Vorlesung, handelte von Träumen, in denen einem bewusst war, dass man träumte, und man somit die weitere Handlung des Traumes beeinflussen konnte. War es Zufall, dass dieses Thema genau heute behandelt wurde?

Wie wahrscheinlich war es, dass sie an diesem Morgen nicht erwacht war, sondern nur geträumt hatte, zu erwachen? Dass sie den Weg zur Uni nur geträumt hatte und sie den Traum der vergangenen Nacht deshalb noch einmal durchlebt hatte?

Alles in ihr sträubte sich dagegen, das Buch aus der Tasche zu ziehen, und doch zog es sie an. Wie ein Autounfall, den man mitbekam, den man nicht sehen wollte und dem man sich trotzdem nicht entziehen konnte. Sie musste es einfach wissen.

»Traumbuch« stand in silbernen Lettern auf dem Cover. Auf den ersten Blick hatte sie sich in dieses Buch verliebt, das ihr jetzt zum Verhängnis wurde. Widerwillig blätterte sie zu dem letzten Eintrag. Langsam, als ob sie es vermeiden könnte, wenn sie es nur weit genug hinauszögerte.

Der letzte Eintrag füllte eine halbe Seite, die tiefschwarze Schrift verschwamm vor ihren Augen. Verzweifelt presste sie die Lider zusammen. Sie wollte nicht lesen, was sie dort geschrieben hatte, doch sie musste. Sie schluckte, schaute wieder hin und las. Von dem ungewohnten Weg, auf dem sie sich befunden hatte. Von dem Hund, der auf drei Beinen hinter ihr her gehumpelt war. Dass sie sich entschlossen hatte, am Ende des Weges rechts abzubiegen. Dass sie in einer Sackgasse gelandet war, der Hund sie erreicht und zerfleischt hatte.

Julia schlug das Buch gehetzt zu und brachte die Professorin damit aus dem Takt. Sie blickte zu ihr auf, ebenso die anderen Studenten, dann fuhr sie fort.

Wie war es möglich?

Der Schweiß rannte ihren Hals hinab. Es war unmöglich. Daumen und Zeigefinger der rechten Hand näherten sich dem linken Handrücken und sie kniff in die dünne Haut. Schlagartig presste sie die Lippen zusammen, um nicht laut aufzuschreien. Wenn es stimmte, was alle sagten, war sie definitiv wach. Kein Traum, der im Traum geendet war.

Sie hatte in der vergangenen Nacht von einem unbekannten Weg geträumt, auf dem ein Hund sie verfolgt und schließlich angefallen hatte. Wie an jedem Tag hatte sie den Traum gleich nach dem Erwachen aufgeschrieben.

Sie war zu spät zur Uni aufgebrochen, also war sie eine Abkürzung gegangen, die sie nie zuvor gegangen war. Und dort hatte sie das Bellen aus dem Traum gehört. Der Hund hatte die Verfolgung aufgenommen und sie durch die Straßen gehetzt, die sie bereits aus dem Traum kannte. Sie hatte gewusst, dass rechts der Tod wartete.

Alles ergab keinen Sinn. Sie konnte nicht in die Zukunft geblickt haben. Es musste eine andere Erklärung geben.

»Sie wird immer besser.«

»Es ist ihr Fachgebiet. Es wäre schlimm, wenn nicht.«

»Es ist nur deshalb ihr Fachgebiet, weil ...«

»Ja, das Thema hatten wir zur Genüge.«

»Die Frage ist nur, ob es zu schnell ist, wenn sie heute Nacht ...«

»Nein. Wir müssen jetzt dranbleiben.«

»Aber, vielleicht sollte sie ...«
»Nein. Heute Nacht!«

Beide Bücher lagen nebeneinander und Julia verglich die jeweils letzten Einträge miteinander. Das Traumbuch und das Tagebuch. Seit sie sich vorgenommen hatte, Traumforscherin zu werden, führte sie diese beiden Bücher als ihr erstes Forschungsprojekt: Wie beeinflusste der Alltag das Träumen?

Dieser Fragestellung wollte sie nachgehen, deshalb notierte sie jeden noch so unbedeutenden Traum und jedes noch so unbedeutende Detail ihres Alltags. Seit sie die beiden Bücher führte, bemerkte sie, dass sich das Erlebte und Erträumte annäherten. Doch nicht in der Art, wie sie es sich vorgestellt hatte. Sie träumte nicht die Dinge, die sie erlebt hatte. Sie erlebte die Dinge, die sie geträumt hatte. Bislang hatte sie die Dinge als unbedeutend abgetan.

Sie hatte nachts von einem Eis mit drei Kugeln geträumt. Als sie eben jenes Eis später in den Händen hielt, fiel ihr der Traum wieder ein.

Sie hatte nachts geträumt, dass ihre Zimmerpflanze verwelkt war. Beim Gießen am nächsten Tag waren ihr die braunen Blätter aufgefallen und sie hatte den Topf samt Blume entsorgt.

Am Zeitungskiosk hatte eine Schlagzeile sie angesprungen, von der sie in der Nacht zuvor geträumt hatte. Ein Politiker, der in Kindesmisshandlung verwickelt war.

Nichts, was sie in Beunruhigung versetzen konnte. Natürlich hatte sie nach dem Traum Lust auf ein Eis gehabt. Die Blätter der Pflanze hatte sie sich nach dem Traum genauer angeschaut. Der Skandal des Politikers hatte bereits seit einigen Tagen die Runde gemacht. Vermutlich hatte sie zuvor unbewusst Wortfetzen aufgeschnappt.

Doch der Hund ... Nie zuvor hatte sie ihn gesehen. Ein dreibeiniger, humpelnder Hund, der ihre Gegend unsicher machte.

Julia kniff die Augen zusammen. Hatte sie zuvor von einem dreibeinigen Hund gehört? Nein, nichts. Doch wie hatte sie davon träumen können? Ließ sie Dinge wahr werden?

Verärgert schüttelte sie den Kopf. Es war Zufall. Mehr nicht. Wahrscheinlich hätte am Ende des Weges keine Sackgasse ihren Tod bedeutet. Es war ein blöder Zufall. Anders konnte es nicht sein.

Gedankenverloren stand Julia an der Kasse. Ein Kaffee für unterwegs und ein Brötchen, damit sie in der Uni nicht verhungerte. Sie dachte an nichts bestimmtes und inspizierte die Waren der Kundin vor ihr auf dem Kassenband. Der Wocheneinkauf einer alleinstehenden, älteren Dame. Nichts Aufregendes. Nichts, was um halb acht an einem Wochentag erledigt werden musste.

»Ich hab' nur das Eine.«

Ein Ellenbogen landete in Julias Seite. Der Kaffee fiel zu Boden.

»Hey.« Julia protestierte, doch der Typ grinste sie frech an und schob sich zwischen sie und die ältere Dame.

Empört bückte Julia sich nach dem Kaffeebecher, hob ihn auf und legte ihn wieder auf das Kassenband. Eigentlich hasste sie die komplett in Plastik verpackten Becher, doch dieses Mal hatte er seinen Nutzen gezeigt. Ein offener Becher hätte eine riesige Sauerei bedeutet. Etwas, das Julia in ihrer Eile nicht gebrauchen konnte.

Als sie sich wieder aufrichtete, zählte die ältere Dame bereits ihr Wechselgeld und der Kassierer zog die Schachtel Kondome des Rüpels über den Scanner.

Es brachte nichts, sich darüber aufzuregen. Und doch tat sie es.

Ungeduldig wartete sie, bis der Typ vor ihr fertig war und der Kassierer ihren Kaffeebecher in die Hand nahm.

Er lächelte ihr zu. »Lassen Sie sich nicht den Tag verderben!«

Überrascht stahl sich ein Lächeln in ihr Gesicht. Zu selten hörte man heutzutage noch freundliche Worte. »Danke«, murmelte sie und fragte sich, ob »Danke« das passende Wort an dieser Stelle war.

Julia wartete lächelnd ab, bis er ihren Einkauf eingescannt hatte, zahlte und verließ den Discounter. Zitternd schlug sie den Jackenkragen hoch. Den eisigen Wind und die feinen Nieseltropfen, die sich wie Stecknadeln in ihre Haut bohrten, hielt sie dennoch nicht ab.

Sie ärgerte sich, dass sie dem Rüpel nicht mehr entgegengesetzt hatte. Sie hätte darauf bestehen müssen, dass er sich an das Ende der Schlange stellte.

»Niemand macht die Haufen weg, Hilde. Das hätte es früher nicht gegeben.«

Julia blickte von ihrem Brötchen auf. Die zittrige Stimme gehörte einer Frau, die mindestens achtzig Jahre alt sein musste. Wind und Wetter schienen ihr nichts auszumachen.

Sie drückte ihrer Begleitung, die nur unwesentlich jünger aussah, die Hundeleine in die Hand und kramte mit ebenso zittrigen Fingern ein schwarzes Tütchen aus der Handtasche. Sie stützte eine Hand an dem Baumstamm ab, ging schwerfällig in die Hocke und klaubte gezielt den Haufen auf, den ihr Hund unter dem Baum hinterlassen haben musste. Die übrigen Hinterlassenschaften ließ sie unter lautem Schimpfen liegen.

»Jetzt hilf mir schon hoch, Hilde, ich bin doch auch nicht mehr die Jüngste.« Sie stützte die freie Hand in den Rücken und ächzte.

Julia trat einen Schritt auf sie zu. »Darf ich Ihnen helfen?«

Die ältere Frau blickte hoch, lächelte und in dem Moment, da sie auf Julias Angebot antworten wollte, kam ein Auto von der Straße ab, krachte der alten Frau in den Rücken. Wie in Zeitlupe schlingerte es auf Julia zu. Unfähig, sich zu rühren ...

... erwachte Julia und setzte sich schweißgebadet auf. Das Herz klopfte ihr bis zum Hals und beruhigte sich allmählich. Es war nur ein Traum gewesen. Ein blöder Traum. Nichts Reales. Nur ein Traum.

Sie sagte es sich wieder und wieder, bis sie es sich selbst glaubte. Müde tastete sie nach dem Buch. Sie musste alles aufschreiben, bevor es im Nebel des Halbschlafes verschwand.

Sie ertastete das Buch, das wie immer auf ihrem Nachttisch neben dem Wecker lag, ließ den Blick ihren Fingern folgen – und erstarrte.

Sie hatte verschlafen. Der Wecker hatte nicht geklingelt oder sie hatte ihn nicht gehört. Es war viertel nach sieben. Duschen, Frühstücken, in Ruhe zur Uni gehen – fielen heute aus. Sie musste sofort los. Wenn sie sich einen Kaffee holte, konnte sie zumindest in der Uni die Lebensgeister wecken.

Zehn Minuten später stand sie am Kühlregal des benachbarten Lebensmittelladens. »Iced Latte Macchiato« lockte die Aufschrift auf dem mit Aluminiumfolie und Plastikdeckel verschlossenen Becher. Sie mochte keine Wegwerfartikel, aber heute führte kein Weg daran vorbei. Alternativ hätte sie auf den Kaffee verzichten müssen.

Der Weg zur Kasse führte sie durch den To-go-Bereich. Der Hunger siegte und sie entschied sich für ein belegtes Brötchen. Die Läden waren darauf eingestellt, dass Bequemlichkeit immer wichtiger wurde. Zeit war Geld. Entweder nutzt du deine

Zeit, um dir das Frühstück zuzubereiten, oder dein Geld, um es zu kaufen.

An der Kasse stand eine einzige Frau, doch ihr Einkauf reichte mindestens für eine dreiköpfige Familie. Ungeduldig trat Julia von einem Fuß auf den anderen. Sie hatte doch keine Zeit.

Jemand drängelte sich an ihr vorbei, der Kaffee fiel auf den Boden.

Irritiert schüttelte Julia den Kopf und schaute den Mann an, der seine Schachtel Kondome frech grinsend auf dem Band positionierte, drehte den Kopf, sodass sie den am Boden liegenden Kaffeebecher sah, und wieder den Mann.

Kondome, Kaffee, Kondome, Kaffee. Ein Déjà-vu.

Das Piepsen des Scanners holte sie zurück in die Wirklichkeit. Sie bückte sich nach dem Kaffee und legte ihn auf das Band.

Die Frau war weg. Der Mann nun auch.

»Lassen Sie sich nicht den Tag verderben!« Der Kassierer lächelte ihr freundlich zu und deutete mit einem Kopfwink hinter dem Drängler her.

Déjà-vu.

Wann hatte sie zuletzt Kaffee im Discounter gekauft? Bestimmt mehrere Monate nicht. Und wann war sie dabei angerempelt worden? Es musste noch länger her sein.

Sie zahlte, wünschte dem Kassierer einen schönen Tag und eilte aus dem Laden. Der Kaffee musste bis zur Uni warten und verschwand sofort in ihrem Rucksack, doch das Brötchen konnte sie bereits auf dem Weg verschlingen. Im Eilschritt setzte sie sich in Bewegung, zog die Steppjacke fester um sich und biss herzhaft in das noch warme Brötchen.

»Niemand macht die Haufen weg, Hilde. Das hätte es früher nicht gegeben.«

Was erwartete die Besitzerin der zittrigen Stimme? Niemanden störte es, welchen Dreck er den anderen hinterließ. Zigarettenkippen auf dem Boden, achtlos fortgeworfene Kaffeebecher und eben Hundehaufen. Das brachte es mit sich, wenn man in einer Großstadt lebte. Das war bestimmt auch vor gefühlt hundert Jahren, als die Frau noch jung gewesen sein musste, nicht anders gewesen.

Julia blickte auf und sah die Frau unter dem Baum, die sich bereitmachte, die Hinterlassenschaften von dem matschigen Grünstreifen aufzusammeln.

Ein flaues Gefühl breitete sich in Julias Magen aus. Warum nur?

Sie wollte schreien, die Frau daran hindern, doch was sollte sie ihr sagen?

Ohne nachzudenken, steckte Julia das Brötchen in ihre Jackentasche, sprintete los und riss die Frau unter dem Baum weg.

»Hilfe, Hilde!«, rief die zittrige Stimme und auch die Freundin der alten Frau rief aufgebracht.

»Kommen Sie dort weg!« Julia winkte die Frau zu sich herüber. Sie verbarg sich mit der älteren Frau im nächsten Hauseingang.

Die Zweite gehorchte ihr. Weshalb nur? Julia konnte selbst nicht sagen, worauf sie jetzt wartete. Es war so ein Gefühl ...

Es krachte.

Ein dunkelblaues Auto wickelte sich um den Baum, unter den der Hund seinen Haufen gesetzt hatte. Nun waren die Hundehaufen das geringste Übel. Kreischend schlugen die älteren Frauen die Hände vor den Mund und Julia fiel es wie Schuppen von den Augen.

Sie hatte den Traum längst vergessen gehabt, da sie ihn nicht sofort in das Traumbuch geschrieben hatte. Es war unverkennbar der Unfall, bei dem sie heute Nacht gestorben war und der sie aufgeweckt hatte.

Die Beine gaben unter ihr nach. Alles um sie herum drehte sich. Wie konnte sie den Autounfall vorhergesehen haben? Es ... ergab ... alles ... keinen ... Sinn!

Sie wurde verrückt. Das war die einzige logische Erklärung.

»Oh Gott, Kindchen!« Die zittrige Stimme drang wie unter Rauschen an ihr Ohr. »Geht es Ihnen nicht gut?«

Schüttelte Julia den Kopf oder bildete sie sich nur ein, den Kopf zu schütteln? Saß sie überhaupt hier, auf der Treppe vor dem Haus, oder dachte sie nur, dort zu sitzen?

»Hilde, ruf schnell den Krankenwagen.«

»Sie müssen dem Fahrer helfen«, flüsterte Julia. Es war bestimmt nur ein Traum. Sie war heute Morgen einfach nicht erwacht. Das war die Erklärung dafür, dass sie ihren Wecker nicht gehört hatte. Sie hörte immer ihren Wecker!

Sie musste sich darauf konzentrieren, aufzuwachen. Wenn sie den Traum beeinflussen konnte, dann konnte sie sich dazu zwingen, zu erwachen.

Der Regen fiel immer dichter vom Himmel, doch sie bemerkte ihn nicht. Ihre Gedanken drehten sich schneller im Kreis. Die Kälte kam nicht mehr zu ihr durch. Sie fühlte sich unwirklich.

»Hallo?« Die Jüngere der beiden brüllte in ihr Telefon. »Halloho?«

»Hast du schon gewählt?« Die Ältere wieder. »Du musst doch auf den Knopf drücken.«

Nur am Rande bekam Julia mit, dass ein Sanitäter kam, sie befragte, untersuchte und sie schließlich mitnahm. Zu sehr war sie in sich selbst gefangen. Wie konnte sie diesen Unfall vorhergesehen haben? Es war schlichtweg nicht möglich.

Die Fragen in ihrem Kopf überschlugen sich während der Fahrt im Rettungswagen, als sie den langen, weißen Flur entlanggeführt wurde und als ein Mann im weißen Kittel ihr in die Augen leuchtete. Mechanisch nickte sie auf seine Fragen und schließlich führte er sie wieder auf den langen Flur, wo er auf einen der vielen Stühle deutete.

Als sie sich setzte, spürte sie den Stuhl unter sich nicht, als würde sie träumen oder als wäre sie verpackt in Zuckerwatte. Starr blickte sie die Wand an und wartete, ohne zu wissen, worauf.

»Ja, ja, sie war es.«

Julia blickte auf.

Die Frau richtete ihren Zeigefinger auf sie. Es war jene Frau, die sie Stunden zuvor vor dem Unfall bewahrt hatte.

Die dunkelblaue Uniform wies ihren Begleiter als Polizisten aus und sogleich blickte dieser mit skeptisch hochgezogener Augenbraue in ihre Richtung.

Wie sollte sie ihm erklären, woher sie von dem Unfall gewusst hatte? »Ich habe es geträumt«, klang selbst in ihren eigenen Ohren befremdlich. Vielleicht war sie geisteskrank und bildete sich nach einem Geschehnis ein, es vorher geträumt zu haben.

Oder – für einen Moment stoppte ihr Herz – sie war gestört und glaubte, die Dinge, die sie geträumt hatte, wirklich zu erleben.

Vielleicht hatte sie die Frau von dem Baum weggezerrt, aber den Unfall hatte es nur in ihrer eigenen Vorstellung gegeben.

»Guten Tag, Frau ...?« Der Polizist streckte ihr die Hand entgegen.

»Somnia«, stellte sich Julia pflichtbewusst vor und schüttelte seine Hand. Sie hatte keine Ahnung, was sie ihm sagen sollte, doch es schien nicht ratsam, ihn bereits jetzt zu verärgern.

»Frau Somnia«, beendete er seinen Satz und ließ sich auf dem Stuhl neben ihr nieder, während die ältere Frau in einigem Abstand zu ihnen stehenblieb.

Unter seinem Blick fühlte sie sich unwohl. Was sollte sie ihm sagen? Er wartete offensichtlich auf etwas. Worauf?

Er wartete. Tonlos.

Sie ließe sich nicht von ihm kleinkriegen. Wenn er eine Frage hätte, so sollte er sie stellen. Dafür lohnte sich nun das Psychologiestudium. Manipulationstechniken waren ihr bekannt.

Ihr Zeitgefühl schmolz unter seinem Blick. Wie lange saßen sie hier?

Nach einer Zeit, die ihr endlos vorkam, erhob er sich schwerfällig. »Ich wünsche Ihnen alles Gute, Frau Somnia.« Mit diesen Worten ließen die alte Dame und der Polizist sie allein zurück.

Verwirrt blickte sie hinter ihnen her.

»Frau Somnia?« Ein Pfleger trat auf sie zu und hielt ihr einen Briefumschlag entgegen. »Ihre Entlassungspapiere. Wenn sie in den nächsten Tagen merken, dass es Ihnen nicht gut geht, kommen Sie bitte wieder.« Er drückte ihr den Briefumschlag in die Hand und war genauso schnell verschwunden wie zuvor der Polizist und die Frau.

Zögerlich erhob sich Julia und trat auf den Ausgang des Krankenhauses zu. Die ganze Situation kam ihr unwirklich und unlogisch vor.

So wie alles andere, was in Zusammenhang mit den Träumen passierte, unlogisch war. Es musste eine Erklärung dafür geben und sie musste herausfinden, was dahintersteckte.

Seit einem Jahr führte Julia die beiden Tagebücher – eines für den Tag, eines für die Nacht. Die ersten Einträge zeigten noch keine großen Überschneidungen. Mit der Zeit hatte sie sich immer genauer an die Träume erinnern können und die Übereinstimmungen wurden mit jedem Tag deutlicher. Weshalb war es ihr früher nie aufgefallen?

Alles, was sie im Traum erlebt hatte, war hinterher genauso passiert. Als sie Markus aus ihrer Grundschulklasse zufällig getroffen hatte – verrückt, sie hatte doch erst letztens von ihm geträumt. Als sie sich beim Gemüseschneiden in den Finger geschnitten hatte. Die Beerdigung ihrer Großmutter. Alles.

Sie zwang sich, ruhig zu atmen. Bewusst langsam blätterte sie Seite für Seite der Bücher durch und las, was dort geschrieben stand.

Ein Jahr lang hatte sie nur Belanglosigkeiten geträumt und erlebt. Doch seit kurzem waren ihre Träume gefährlich. Der Hund, der Unfall ...

Genau diese beiden Träume hatten ihr gezeigt, dass sie in der Lage war, das Geträumte zu verändern. Sie konnte in die andere Richtung laufen. Sie konnte die Frau und sich selbst vor dem Unfall retten.

Irgendeinen Sinn musste es haben, dass sie die Träume erlebte. Vielleicht waren es Vorhersehungen. Vielleicht kam etwas Schlimmes auf sie zu, das sie verhindern musste.

Verärgert schüttelte sie den Kopf.

So etwas passierte nicht im echten Leben. Irgendjemand hatte seine Finger im Spiel und sie musste herausfinden, weshalb.

Sie musste sich weit genug auf die Träume einlassen, um die Hintergründe zu analysieren. Dabei durfte sie nicht so weit gehen, dass sie zum Spielball wurde. Sie musste vorsichtig sein.

Sie konnte es kaum erwarten, sich schlafen zu legen. Zu gespannt war sie, was der Traum der folgenden Nacht ihr brachte.

»Sie ahnt etwas.«
»Das ist völlig unerheblich.« Der Mann in dem weißen Kittel hielt es nicht einmal für notwendig, von seinen Notizen aufzuschauen. Er schob die drahtige Brille auf die Stirn und ergänzte mit einem stumpfen Bleistift seine Notizen am Rand.
»Aber ...«
Nun hob er doch den Kopf und blickte den Jüngeren scharf an. »Es ist egal.« Der Professor, wie ihn heimlich jeder nannte, leckte den Zeigefinger an und blätterte die Seite des Notizbuches um. Dann setzte er den Stift wieder an und kritzelte unverständliche Zeichen auf das Blatt. Das Kratzen des Bleistiftes war das einzige Geräusch, das den Raum erfüllte. Zwölf Augenpaare warteten ungeduldig auf weitere Anweisungen.
Schließlich setzte der Professor den Stift ab, schlug das Buch zu und strich über seine Glatze
»Seid wachsam! Sie darf nichts merken. Und jetzt: Macht weiter! Wir brauchen Ergebnisse!«

Es war heiß und dunkel. Sehr heiß und sehr dunkel. Julia wusste nicht, wo sie sich befand. Sie lag auf dem Rücken und blickte an eine Decke, die von dem schwachen Schein einer stark gedimmten Lampe minimal erhellt wurde. Hölzerne Latten, kaum eine handbreit von ihr entfernt, doch für

einen Sarg war der Raum, den sie aus den Augenwinkeln erfasste, zu weitläufig.

Sie kniff die Augen zu schmalen Schlitzen zusammen und dachte nach. Über die Seite drehte
sie sich in eine aufrechte Position und blickte sich
um. Große, hölzerne Stufen, die hinab führten. Sie
war nackt und auch die Hitze erklärte sich nun wie
von selbst: Sie befand sich in einer Sauna.

Julia wusste nicht, wie sie hierher gelangt war,
und das konnte nur eines bedeuten: Sie träumte.
Luzides Träumen. Die Art, zu träumen, von der
ihre Professorin berichtet hatte. Ein Traum, bei
dem der Träumende sehr wohl weiß, dass er
träumt, und bei dem er den Traum aktiv verändern kann.

Sollte sie abwarten, was der Traum für sie be-
reithielt? Oder den Traum aktiv verändern?

Sie kniff sich in den schweißnassen Oberschenkel. Sie glaubte, den Schmerz zu spüren, doch als
sie genau hinfühlte, war dort nichts. Den blassen
Abdruck ihrer Fingernägel sah sie in dem
schummrigen Licht deutlich. Sie spürte auch nicht
den Schweiß, der zwischen ihren Brüsten hinab-
lief, sie meinte nur, ihn zu spüren. Auch die Hitze
war unwirklich.

Was wollte sie beeinflussen? Es war sehr un-
wahrscheinlich, dass in der Sauna etwas passierte.
Sie war allein. Wenn jetzt kein Meteorit einschlug,
war dies der langweiligste Traum seit langem.

Sie grinste.

Vielleicht käme ein heißer Mann zu ihr herein,
um sie nach allen Regeln der Kunst zu verführen.

Sie kniff die Augen erwartungsvoll zusammen und visualisierte ihre Vorstellung des Mannes, der hier über sie herfallen sollte. Muskelbepackt, groß, nackt. Eine Narbe auf der Wange, die dunklen Haare kräuseln sich von der Feuchte der Hitze um sein grobschlächtiges Gesicht, das kein Lächeln zeigt.

Das viel zu kleine Handtuch hätte er lässig über die Schultern geworfen. Die schwergängige Tür flöge unter der Kraft seiner Muskeln wie von selbst auf. Er käme herein und die Temperatur stiege schlagartig um weitere Grade. Er ließe sich direkt neben ihr auf der obersten Stufe nieder. So dicht, dass sein Oberschenkel den ihren berührte.

Das wäre zur Abwechslung ein sehr angenehmer Traum.

Ohne ein Wort ließe er seine Hände bestimmt über ihren Körper wandern. Von Sanftheit fehlte jede Spur, doch gerade in diesem Moment vermisste Julia es, hart angepackt zu werden. Grob sollte er sein, sich nehmen, wonach ihm beliebte. Auf ihre Befindlichkeiten sollte er keine Rücksicht nehmen. Und wenn er ihr Schmerzen zufügen wollte, so sollte er es gefälligst tun.

Sie kicherte.

Woher auch immer diese Fantasie kam ... sie war nett. Ob sie auch im echten Leben von einem grobschlächtigen Barbaren misshandelt werden wollte? Wohl eher nicht, aber im Traum war alles möglich. Es lag in ihrer Hand – oder eher in ihrem Kopf.

Sie wartete, doch es wurde nur immer heißer. Obwohl sie es nicht fühlen konnte, wusste sie einfach, dass es so war. Sie sollte den Saunagang nun beenden und sich umschauen, ob es vor dem Raum ein eiskaltes Tauchbecken gab.

Sie liebte den Wechsel zwischen der Hitze der Sauna und der Kälte des Eises. Viel zu lange war es her, seit sie sich das letzte Mal Zeit für ein wenig Wellness genommen hatte.

Wer wusste schon, ob sich der heiße Kerl nicht im Eisbecken zu ihr begab? Oder längst dort auf sie wartete?

Langsam setzte sie sich auf, wickelte das Saunatuch eng um die Brüste und trat mit wippender Hüfte die Stufen hinab.

So wenig benötigte sie, um sich unwiderstehlich und begehrlich zu fühlen.

Die Hitze des Bodens kribbelte unter ihren Fußsohlen. Auf Zehenspitzen sprang sie bis zur gläsernen Tür. Beherzt griff sie nach dem geschwungenen Holzgriff und warf sich dagegen.

Ihre Stirn knallte gegen die Scheibe, die sich um keinen Millimeter rührte. Schlagartig wurde ihr bewusst, dass es kein erotischer Traum war. Es war auch nicht der langweiligste Traum seit langem und ungefährlich erst recht nicht. Sie war in diesem Raum, der von Minute zu Minute heißer wurde, eingesperrt.

Sie versuchte, sich auf die Hitze zu konzentrieren, denn sie wusste, dass sie nicht real war. Ihr Körper musste spüren, dass die Temperaturen niedriger waren. Das Glühen existierte nur in ihrem Kopf.

Sie fühlte den hölzernen Griff nicht unter ihren Händen, auch nicht die Glasscheibe, gegen die sie wieder und wieder schlug. Sie wusste, dass ihre Stirn von dem Zusammenstoß schmerzte, aber sie fühlte den Schmerz nicht. Keinen Millimeter rührte sich die verdammte Tür. Durch die dunkle Scheibe konnte sie klar das Tauchbecken erkennen, das die Erlösung von der unfühlbaren und doch unerträglichen Hitze bedeutete.

Dort saß er. Der Muskelprotz und betrachtete sie unverwandt aus seinen dunklen Augen.

Verzweifelt schlug sie gegen die Tür. Sie schrie und tobte. Das Handtuch rutschte unter ihrem Gebaren zu Boden und offenbarte ihm die Brüste, von denen sie sich vor wenigen Minuten noch vorgestellt hatte, dass er sich daran gütlich täte.

Die Beine gaben unter ihr nach. Tränen flossen über ihr Gesicht, als sie über dem Handtuch zusammenbrach.

Aus den Augenwinkeln nahm sie eine Bewegung wahr: Der grobschlächtige Kerl, der ihr nur ein wenig Vergnügen bereiten sollte, stieg aus dem Tauchbecken, schlang sich das knappe Handtuch um die Hüften und entfernte sich, ohne einen Blick zu ihr zurück zu werfen.

Schwach schlug sie mit der flachen Hand auf den Boden, als ihr bewusst wurde, dass sie verloren war. Ihr Kreislauf sackte ab, die Sauna verschwamm vor ihren Augen. Doch was sie am meisten ängstigte, war nicht die Vorstellung, in dem

Traum zu sterben. Es war das Wissen, dass der Traum sie nach dem Erwachen heimsuchen würde.

Schweißgebadet erwachte Julia.

Wieder einmal war sie in einem Traum gestorben. Dieses Mal war es ihr direkt nach dem Aufwachen bewusst. In den vergangenen Tagen hatte sie sich nach und nach daran erinnert. Beinahe wäre es zu spät gewesen. Doch heute konnte sie einen großen Bogen um alle Saunen machen, um sich nicht in Gefahr zu begeben.

Die gefährlichen Träume zehrten an ihren Kräften. Unruhiger Schlaf, wenig Erholung. Heute konnte sie nicht noch mehr Aufregung gebrauchen. Vielleicht sollte sie die Uni heute sausen lassen. Akzeptieren, dass sie sich krank und erschöpft fühlte, und einfach im Bett bleiben. In der Uni konnte ihr ohnehin niemand mehr etwas Neues beibringen.

Sie schüttelte das Kissen in Position und lehnte es gegen das Kopfende ihres Bettes. Dann griff sie nach dem Traumtagebuch auf dem Nachttisch. Den Traum aufzuschreiben und zu analysieren, schien ihr die beste Art, den Tag herumzubringen. Im Anschluss könnte sie noch ein kleines, hoffentlich traumloses Nickerchen machen und sich dann dem Lernstoff, den sie nun verpasste, nachholen.

Der Plan gefiel ihr. Nie zuvor hatte sie die Uni geschwänzt. Sie fühlte sich geradezu draufgängerisch.

Julia erwachte davon, dass ihre Füße kribbelten. Ein Ziehen in den Beinen, ein Drücken an dem Hüftknochen – plötzlich fühlte sie sich furchtbar alt. Sie hatte einfach zu lange im Bett gelegen und jetzt rächte sich ihr Körper.

Um den Schmerz auszugleichen, rollte sie sich auf die Seite. Im Bett zu bleiben, war die einzige Möglichkeit, dem Erleben des Traumes zu entkommen. Doch gleichzeitig bedeutete es auch, dem Grund für ihre real gewordenen Träume fernzubleiben. Sie war hin und hergerissen. Froh, dass sie nicht erneut Schlimmes geträumt hatte, doch auch wissbegierig.

Einerseits wollte sie herausfinden, was es mit den Träumen auf sich hatte, doch andererseits wollte sie damit nichts mehr zu tun haben. Es war ihr zu viel. Sie glaubte, den Verstand zu verlieren. Es war doch nicht möglich, dass sie eine mediale Fähigkeit besaß. Sie glaubte nicht an Derartiges.

Das schloss nicht aus, dass andere, die daran glaubten, mediale Fähigkeiten besaßen. Nicht erst im Studium hatte sie gelernt, dass alles von der eigenen Überzeugung abhing. Erfolg oder Misserfolg? Armut oder Reichtum? Und eben auch übersinnliche Begabungen, unabhängig davon, ob es Übersinnliches wirklich gab.

Sie drehte sich mehrmals hin und her, doch sie fand keine Position, in der das Liegen erträglich wurde. Hinzu kam, dass ihr Magen vernehmlich knurrte. Klar, sie hatte das Bett seit dem Vortag nicht verlassen, also auch nicht gefrühstückt. Die Uhr zeigte mittlerweile den frühen Nachmittag an.

Julia wägte ab. Sollte sie es wagen, das Bett zu verlassen? Konnte sich der Traum überhaupt erfüllen, wenn sie sich von sämtlichen Saunen fernhielt? Sie hatte seit ewigen Zeiten keine Sauna besucht. Weshalb sollte sie sich ausgerechnet heute in einer wiederfinden?

Es konnte nichts passieren. Sie wurde schon paranoid durch die Vorkommnisse.

Sie richtete sich auf und streckte die Beine vorsichtig aus dem Bett. Es kribbelte in den Beinen und sie spürte regelrecht, wie sich das gestaute Blut seinen Weg durch die Venen bahnte.

Dass sie sich von Saunen fernhielt, hieß nicht zwangsläufig, dass sie den ganzen Tag in der Wohnung hocken musste. Die Sonnenstrahlen tanzten verlockend durch das Fenster nach all den kalten, grauen Tagen zuvor.

Sie konnte mit dem dicken Psychologiebuch zum Park gehen und beim Lernen ein paar der Strahlen einfangen. Das erschien ihr am sinnvollsten. So konnte sie die versäumten Stunden nachholen und lief dabei nicht Gefahr, in einer Sauna zu landen.

Sie schulterte den schweren Rucksack und machte sich auf den Weg. Die Sonne wärmte ihr Gesicht. Es war herrlich. Kaum zu glauben, dass eine Woche zuvor Minusgrade geherrscht hatten. Jetzt spazierte sie im T-Shirt durch die Straßen.

Die Anspannung der letzten Tage fiel von ihr ab. Sie fühlte sich leicht und unbeschwert. Was ein freier Tag und ein paar Sonnenstrahlen ausmachten.

In der Ferne erkannte sie den Eingang zum Park. Der mächtige, von Kletterpflanzen gesäumte Torbogen. Das Grün leuchtete regelrecht. Bloß noch die Straße hinunter, dann konnte sie ihre Decke auf der Wiese ausbreiten.

Sie beschleunigte die Schritte, weil sie es kaum erwarten konnte. Abrupt stoppte sie vor dem Eingang des Parks. Oder dort, wo sich vor kurzem noch der Eingang zum Park befunden hatte. Sie kniff sich in den linken Handrücken. Tränen schossen ihr vor Schmerz in die Augen.

Das hier war kein Traum. Sie zweifelte an ihrem Verstand.

Statt des Parkeingangs klaffte vor ihr eine bedrohliche Tür, darüber in roten Lettern die Aufschrift »Sauna«. Das Grün, das sie von Weitem gesehen hatte, war verschwunden.

Die Szenen des Traumes kamen ihr in den Sinn. Keinen Fuß setzte sie dort hinein.

Die Tür war deutlich größer als übliche. Ein schwarzer Rahmen mit dunklem, undurchsichtigem Glas-Einsatz verstärkte den Eindruck, dass Julia dahinter Ungeheuerliches erwartete.

Julia trat einen Schritt zurück, konnte sich von dem Anblick jedoch nicht losreißen.

Wie ein gieriger Mund schwangen die Flügel auf und offenbarten einen dunklen Gang, der nach wenigen Metern in völliger Schwärze endete.

Wer sollte freiwillig einen Fuß in dieses Ungetüm, das jeglicher Logik eines Wellnessbereiches widersprach, setzen?

Julia tat einen Schritt auf den Schlund zu. Noch einen und noch einen.

Ihre Augen weiteten sich entsetzt, doch sie konnte ihren Füßen nicht befehlen, stehenzubleiben. Sie lehnte sich zurück, sträubte sich, kämpfte dagegen an. Ihr Körper widersetzte sich ihr.

Kaum war sie über die Schwelle getreten, da schloss sich die Tür hinter ihr mit einem vernehmlichen Knarren.

Eine Gänsehaut lief über ihren Rücken, während sie weiter geradeaus ging. Langsam, doch unaufhaltsam durch den Gang, den sie nicht einmal mehr erahnen konnte. Ihr Protest wurde dabei schwächer. War es besser, in der Dunkelheit zu stehen und nicht zu wissen, was auf sie zukam? Oder an einen Ort zu gehen, den sie ebenso wenig sehen konnte? Es kam auf das Gleiche hinaus, also konnte sie ihre Kräfte sparen. Die Füße gehorchten ihr ohnehin nicht, so sehr sie sich auch anstrengte.

Für ein Gebäude mit der Aufschrift »Sauna« war es erstaunlich kühl. Das Gewicht des Rucksacks drückte unangenehm schwer auf ihre Wirbelsäule.

Wie konnte der Eingang zum Park einfach so verschwinden?

Automatisch blieb sie stehen, setzte den Rucksack ab und zog in der absoluten Dunkelheit die Wolldecke aus dem Rucksack. Sie breitete sie auf dem Boden aus, setzte sich darauf und schlug entgegen jeder Logik das Buch auf.

Sie wusste genau, was darin stand, sie brauchte nicht hinzuschauen. Konnte es auch gar nicht.

Langsam erhellte sich ihre Umgebung, doch sie war nicht länger auf einem Flur und sie hielt auch nicht länger das Psychologiebuch in der Hand. Die gedimmte Lampe offenbarte ihr, dass sie im Schneidersitz in einer Saunakabine saß. Sie war nackt, unter sich das obligatorische Saunatuch. Mit einem Mal war es nicht mehr kühl, sondern der Umgebung angemessen.

Julias Haut schimmerte feucht in dem sanften Licht der Lampe.

Sie musste Ruhe bewahren. Es war schlichtweg nicht möglich, dass der Stadtpark verschwunden und stattdessen eine Sauna errichtet worden war. Nicht innerhalb weniger Tage. Es war nicht möglich und das ließ nur den Schluss zu, dass sie noch immer oder schon wieder träumte. Luzides Träumen. Ihr konnte in der Sauna also nichts passieren.

Es gab zwei Optionen: Sie konnte abwarten, wie der Traum dieses Mal endete, oder sie verließ die Sauna einfach. Es war ihr Traum, sie konnte tun und lassen, was sie wollte. Auch gehen. Sie musste es nur wirklich wollen.

Sie atmete die kochend heiße Luft ein und wischte den Schweiß zwischen ihren Brüsten fort. Wie konnte es so heiß sein, wenn sie die Situation nur träumte?

Sie erhob sich und wickelte sich in das Saunatuch ein. Das Holz brannte unbarmherzig unter ihren Fußsohlen.

Natürlich befand sie sich auf der höchsten Bank, dort wo es am heißesten war. Der Schweiß bildet sich immer schneller. Trotzdem würde sie ruhig und gemächlich hinabsteigen. Wenn sie jetzt in Panik verfiel, kam sie hinterher vielleicht tatsächlich nicht hinaus.

Endlich erreichte sie den glühenden Boden. Sie hielt das Handtuch vor der Brust fest zusammen. Es war zwar keine Menschenseele zu sehen, doch man konnte ja nie wissen. Ruhig legte sie die schwitzende Hand auf den Holzgriff der Glastür. Fest entschlossen atmete sie aus und drückte gegen die Tür. Wie sie befürchtet hatte, rührte sich die Tür keinen Millimeter.

Langsam atmete Julia ein. Die meisten Menschen neigten in einer solchen Situation dazu, durchzudrehen. Dadurch verschlimmerten sie jedoch alles. Der Körper verbrauchte mehr Reserven, mehr Sauerstoff und da sie sich offensichtlich in einem Traum befand konnte ihr überhaupt nichts passieren. Zu oft war sie in den vergangenen Tagen im Traum gestorben. Ihr machte das keine Angst mehr. Im schlimmsten Fall wachte sie auf.

Julia schloss die Augen und stellte sich vor, unter freiem Himmel zu stehen. Schneeflocken wirbelten um sie herum, eine leichte Schneedecke tauchte die Welt in einen glitzernden Zauber. Der Schweiß auf ihrer Stirn gefror zu funkelnden Kristallen. Ein dicker Wollmantel schützte sie vor der klirrenden Kälte. Warm und weich schmiegte er sich an ihre Haut.

Sie öffnete die Augen, verschwunden war die Sauna, verschwunden war die Winterlandschaft. Drei weiße und eine Spiegelwand drängten sich dicht um sie. Eine schmale Pritsche nahm die Hälfte des Raumes ein.

Ein Aufblitzen gefolgt von einem stechenden Schmerz in ihrer Stirnhöhle ließ sie aufschreien und die Hände links und rechts an die Schläfen pressen. Als der Schmerz abebbte, spürte sie erneut die Hitze der Sauna auf ihrem nackten Körper. Sie lag auf der obersten Stufe, spürte die hölzernen Latten in ihrem Rücken.

Tränen liefen ihr über das Gesicht.

Weshalb geschah ihr das? Sie hatte niemals jemandem etwas getan. Weshalb suchten derartige Träume sie heim?

Erneut öffnete sie die Augen, setzte sich auf und wickelte das Handtuch um den schutzlosen Körper, als könne es die Hitze abhalten.

Erneut stieg sie die Stufen hinab. Dieses Mal würde sie die Sauna verlassen. Alles, was sie sich vornahm, konnte sie erreichen, wenn sie nur fest genug daran glaubte.

Wieder brannte der Boden unter ihren Füßen. Sie trat an die Tür, schloss die Augen und legte die Hand auf den hölzernen Griff. Sie fühlte sich wie in einem Hamsterrad. Wieder und wieder stand sie vor der Tür und kam doch nicht heraus.

Sie stellte sich vor, die Tür wäre leichtgängig. Sie müsste nur sanft die Hand dagegen legen, dann schwänge sie auf und entließe sie in die kühle, rettende Freiheit.

Mit sanftem Druck lehnte sie sich gegen das Holz und es geschah, wie sie es sich eingeredet hatte. Sie kam endlich frei.

Bevor die Tür es sich anders überlegen konnte, trat sie hindurch und ließ die Tür zufallen, doch im selben Moment, da sie hinaustrat, bemerkte sie, dass etwas nicht stimmte.

Die Luft außerhalb der Sauna war noch heißer als innerhalb. Trockener, beißender. Ihre Haut färbte sich rötlich. Innerhalb von Sekunden schälte sie sich wie bei einem Sonnenbrand.

Julia schrie. Schrill, vor Schmerz, in dem Wissen, dass sie diese Hitze nicht überleben konnte.

Sie musste aufwachen. Dicke Blasen schlug die Haut an ihren Unterarmen. Sie platzten, übelriechende Flüssigkeit trat aus.

Warum erwachte sie nicht?

Julia fiel auf die Knie. Tränen, die sofort von der Luft aufgesogen wurden, verließen ihre Augen und hinterließen eine salzige Kruste auf ihrem Gesicht. Sämtliche Kraft wich aus ihr. Wenn die Hitze nicht schlagartig endete, war es um sie geschehen.

Ein letztes Mal wünschte sie sich in den Schnee. Für einen Moment wehte ein kühler Lufthauch in ihr Gesicht, dann kehrte die Hitze mit voller Wucht zurück.

»Schade, wirklich schade.« Er zog die Brille von der Nase, steckte das Ende des Bügels in den Mund und betrachtete mit ernsthaftem Bedauern den Leichnam der jungen Frau. »Aber die

Erkenntnisse, zu denen wir durch sie gelangt sind, sind enorm.«

»Aber ...« Der Jüngere rang mit sich, knetete die Finger und schaute beschämt zu Boden. »War das wirklich notwendig?«

Der eiskalte Blick des Älteren traf ihn hart. »Die Wissenschaft muss tun, was die Wissenschaft tun muss«, blaffte er ihn an. »Was meinen Sie, wo wir heute stünden, wenn man sich immer mit den ethischen Grundsatzfragen aufhielte?«

»Im Mittelalter?«, kam dem Jüngeren ein Kollege zu Hilfe.

»Sehr recht, sehr recht.« Der Ältere nickte so heftig mit dem Kopf, dass die Umstehenden befürchteten, dass dieser jeden Moment abfiele. »Und jetzt sehen Sie zu, die Leiche zu beseitigen, damit wir das Zimmer neu belegen können. Unsere Forschungen sind noch nicht abgeschlossen.«

»Sind Sie ernsthaft der Meinung, dass sich Menschen durch ihre Träume beeinflussen lassen? Sie haben die Probandin am helllichten Tag manipuliert.«

Der Ältere setzte die Brille zurück auf die Nase und kniff die Augen verärgert zu schmalen Schlitzen zusammen. »Sie war ein zu großes Risiko. Es musste sein, bevor sie herausfand, was wir tun. Sie hätte beinahe alles auffliegen lassen.«

»Es war ihr gutes Recht.«

»Und unseres. Zehn Jahre Forschung durften nicht umsonst sein.« Der Ältere wandte sich von dem Querdenker ab. Bei Gelegenheit sollte er

zusehen, ihn auch loszuwerden. Vielleicht käme er als neuer Proband für ihre Forschungen in Betracht. Ein Bett war schließlich freigeworden und langsam wurde das Zuchtmaterial knapp.
»Hongku, entfernen Sie die Leiche aus dem Experimentierraum und präparieren Sie einen neuen Probanden. Gleich morgen setzen wir die Forschungsreihe fort. Dokumentieren Sie zu Experiment 38, dass die Probandin sich durch das Geträumte beeinflussen ließ. Der Experimental-Aufbau bleibt erhalten.« Er wandte sich von der Glasscheibe ab, durch die sie das Experiment so oft beobachtet hatten. Die Probandin auf sieben Quadratmetern, die sämtliche Hologramme für wahr gehalten hatte. Sie hatte geglaubt zu träumen, zu schlafen, aufzuwachen und ein Leben zu leben. Sämtliche Bilder in ihrem Kopf hatten die Elektroden erstellt. In den vermeintlichen Wachphasen hatten sich die Räumlichkeiten durch ihre Vorstellungen verändert. Nun ja, bei der Sauna hatte seine Truppe nachgeholfen. Gestorben durch die Vorstellung, zu verbrennen. Das einzig Echte, waren die Tagebücher, die sie geführt hatte.
»Sichern Sie die Bücher. Nicht, dass sie jemandem versehentlich in die Hände fallen.« Mit diesen Worten drehte er sich um und verließ den Beobachtungsraum. Er hatte schließlich jede Menge weiterer Experimente auszuwerten. Der kühle Zug auf dem Flur, der von der Lüftung herrührte, tat gut nach der stickigen Luft zwischen all den anderen Möchtegern-

Wissenschaftlern. Er blickte den Gang hinab, dessen Ende er nicht einmal erahnen konnte. Alle drei Meter wurden die Wände zu beiden Seiten durch lautlos aufgleitende Türen unterbrochen. Hinter jeder Tür erwartete ihn ein identischer Aufbau – und ein Proband, an dem er seine Forschungen vorantreiben konnte.